緩步

班宇——著

目次

代序

新年頌

一個設問句常在此時被提出——
如何描述這樣的一年？
不必耗費心神，答案寫在前頁，
揭曉於所有徒步的時刻。且看
枝頭上的靈鵲，水池裡的家鴨
現身於四月和八月，九月則是行星
二月飛過來一隻白鷹，從山峰行至窗口：
大規模的禽類集合，被迫接引凝視
——進入星座，渡過另一重幻河。

迅速窺見又迅速忘卻，可由此獲得
一次歷史性憂鬱，微小的暫停。如同
分針之核，傾往重力，公羊們的節日，

自私的聾啞生活：栽種時辰，互斥，
普及一次定律——非進非出，虛張聲勢，
披拂赤裸的懸置，近乎無限——
處決著未經呵護的實體陀螺。在此地，
對於雨和雪，我想諸位早已司空見慣。

畢竟從南到北，人人身體不好，而我的憂鬱
主要始於刺破生日的氣球，謊話招搖，
臨淵而上，畏彼霜下歇，到處是可悲的不等式
——究竟有何所懼？你的文明與你時時對立。
像兩隻忙碌的工蜂，旋轉花紋的尾部鳴震，
斬斷祖傳思維，登臺鞠躬。無話不說，
也無話可說，身體變成自我陰影的通用介質，
取消界限，上不封頂，觸及閃電如同悅納懲罰。
很難進一步說明，生詞越來越少，唯有意會，

沒有意義。我說，大立法者，有一個算一個，
統統還魂，為之做出人間詮釋——衝動的觀眾，何以
能在你這位三流魔術師的口袋裡掏出一顆光滑的糖果？

回家的路上，我為我的糖果哭泣——也是謊言，
我無家可歸。沒什麼了不起，至少我還記得
那些星星在你眼裡的問候，一眨又一眨，
排好了次序，像走失的局外人，在黑暗裡遍布：
來自大地以南，也像北方母親，只會孕育孤獨，
說得很多或者什麼也不說，從永恆的迷途裡
脫穎而出，來到此刻。天色未明，往後三十年的經驗
即將娓娓道來，急切地虛構著一場空難——
不可能發生，大清洗仍停滯於明日荒野，
悄無聲息，並且遙不可及。像這一年和新年的距離。

在距離之間我們曾經結識了彼此，原因也在於

「無人能獨自承擔生命」，多麼堂皇的詛咒
到了最後我們獨自吞下頭痛的果實。獨自，
詞語之中的雙重間諜，關鍵時刻抽身而去。
像極了這一年誕生的史詩，續寫冬日格勒的門牌號碼。

我們這些可憐的多餘人——
有誰能認出那些汙穢的臉孔、凍住的淤泥，
誰就能「在不幸之中悟出真理」。可笑但偉大，
走在人群裡的星星，永不失信，這次但願沒有迷路，
因我聽見了幸福的哭聲，返航的哭聲，
得以重逢的哭聲。在新年，我們的倒數的時間。

我年輕時的朋友

那些天像是我生命裡一個短暫的假期，消散退隱之後，反而變得無限悠長、清晰，無論之前還是之後，我都很少有過這樣的陪伴。如今的大部分時間，我不過是在跟自己說話而已。

一

主教學樓是蘇聯人設計的，沿街而落，坐北朝南，總共三層，左右以中軸對稱，近似涅瓦河畔的冬宮，一把靈匕鍘入大地的腹中，孕育著聖母、聖徒與聖子。始建於一九五一年，蓋了兩年半，中途停工一段時間，許與國際形勢有關。外牆斑駁，經年塗改，標語被拆成了筆劃，如同折線，向上延至無盡。頂部鑲著一顆泛暗的鋼製五星，原本底下還有一柄斧頭和一把鐮刀，於一九五八年某日連夜拆除，去向不明，僅存這顆五角星，重新釘嵌，移至正中央，風雨不蝕，透著幽沉的赤色。外牆黃綠相交，一度長滿了爬山虎，不知何人所植，密佈覆蓋，像遠古異獸的鱗片，彼此擠壓傾軋，滲出汁液，樓體沉靜，隱匿在其中，也像蟲族的暗室巢穴，一張一弛，緩慢地呼吸著，吐出瘴氣與毒液。後因植物長勢凶猛，遮光過度，壁虎棲息繁衍，牆體開裂，瓦面岌岌可危，不得不一次次地請人修整，校方對此甚為頭疼。一九九七年，兩位外地口音的男性拜訪後勤處，帶來了五箱蘋果，兩桶十斤[1]裝白酒，以及一種自己調配的藥水，呈油狀，顏色接近止咳糖漿，如被夕陽煅燒過，裝在玻璃器皿裡，據說功效顯著，目前尚處保密階段，正在申請科研專利，只需隨意噴灑在葉片上，過不了幾天，便可自行掉落，且不再生長，絕無後顧之憂。校長親自督陣實驗，後勤主任獻出辦公室裡的一盆君子蘭，遵照囑咐，先以茶水稀釋藥水，平穩傾入攪動，又加入半箱消過氯氣的自來水，一併灌入噴壺，輕輕按壓，射出水霧，均勻落灑在寬厚油綠的葉片上面。校長極為滿意，很享受這一過程。當年的春節聯歡晚會上，趙本山與綁著頭巾的范偉聯手出演小品《紅高粱模特隊》，裡面有句臺詞，形容時裝模特兒的登臺亮相也如在給作物撒藥：收腹是勒緊小肚，提臀是要把藥箱卡住，斜視是要看清果樹，這邊加壓，那邊噴霧。為此，校長召開了一次誓師大會，動員全校教職員工上陣，為學生們做好表率，齊心協力，共同鏟除反動禍患。實驗很成功，沒過多久，那盆君子蘭的葉片盡數枯亡，向內萎成一朵，如被抽去了筋脈與血液，仍保持著一種小小的綻放形狀，似可團入掌心。校長命人拍下一張照片，儲存記錄，以供後來者借鑑參照。二〇〇四年，校史館重新開放，我們班級被派去清掃衛生，灰塵鋪天蓋地，滾滾襲來，大小物件凌亂散落，沒有歷史，全是破爛。邱桐後來跟我說，她見到了當年的這張照片，裝在一個舊文件袋裡，保存完好。我不太信，問她說，真有？她說，騙你幹啥。我問，到底長啥樣？她說，就跟冬天裡你的雞巴籃子似的，縮縮著，凍成個逼型。我說，我跟你沒法嘮。她說，不是你非得問的嗎？我還猶豫著要不要揣回來，給你留個紀念，後來想了想，好像也不大吉利。

1 一斤約為五百毫升。

兩位外地男性是跟後勤主任一起被抓起來的。那時，人們醒悟過來，他們幾個長得有幾分相似，特別是嘴部肌肉，講話時總愛往右側輕咬一下，似要將那些竄出來的句子再吞回去。三人本是兄弟，另外兩位在老家的化工廠上班，老大當庫管，身體不好，有糖尿病，老三是司機，悶頭悶腦，不善言辭，有過婚史，媳婦被打跑，留了一個四歲的孩子，患有小兒痲痺。廠子周轉不靈，工資拖欠一年有餘，廠長說，要錢的話，那是一分也沒有，要我的命，那也是一分不值，東西都擺在這裡，誰有辦法銷出去，那算誰有能耐，誰有能耐，誰就能走進新時代，誰的心情就豪邁。所以，不光是為了生計，也想要活得豪邁一點，老大和老三承接軍令，運出一車濃硫酸，往西再往西，直接奔了過來，在郊區租了間平房，套上起毛的西裝，揣著介紹信，四處苦心推銷，幾個月過去，持續碰壁，毫無成果，倆人成天臉對著臉，悶頭抽旱菸，互相看不順眼。跑到學校裡向老二求助，實在是走投無路，才有此下策。後來東窗事發，也不是因為這些爬山虎，事實上，那次修整的效果不錯，可謂歷年最佳，葉脈迅速枯死，爭先恐後地掉落下來，折繞成枯林，盤踞在地，如蛻掉的一層死皮，或化療後脫落的大把頭髮。只是清理起來有些麻煩，需三、五人一起，抱在胸前，連拖帶拽地移出校門，情態近於那幅世界名畫，〈伏爾加河上的縴夫〉。事故起因是儲存車罐的洩漏，開始是一點一點向外滲，隨後窟窿漸大，銹蝕嚴重，無法判定是否人為。平房不遠處就是大片的農田，種著一株株玉米，已進入蠟熟期，籽粒由綠轉黃，形狀飽滿，長得很密，還有一道民用溝渠，罐車就停在旁邊，當日無風，平靜流淌著的黑水裡突然向外鼓出白汽，升成一道十幾米的煙柱，筆直射向天空，味道刺鼻，無人敢去接近。上報之後，拉來好幾卡車的建築材料，大家戴著口罩，抄起家裡的臉盆，盛著石灰往上面鋪，又蓋了幾層厚厚的沙土，如在埋棺，即便如此，白霧還從地底往外面鑽，黏滯在空氣裡，許久不散。農田肯定是廢掉了，被沖毀的也不僅是莊稼、水渠，還有那間平房的狗窩和地洞，他們兄弟養的雜種狼狗早就不知跑去何處，而在灌滿黑色液體的地洞裡，意外發現了一具屍體，腐蝕嚴重，似被鏤空，身體蜷在一處，看著像小孩兒或者一位佝僂的老者，地洞外邊是兩把鐵鍬和一副尿黃色的橡膠手套。沒人知道死掉的是誰。

我問邱桐，這事兒你咋這麼清楚？她說，廢話，後勤主任是我爸，剩下的那兩位，一個是我大爺，一個是我老叔，都實在親戚，你可別給我說出去啊。我說，原來妳家的基因這麼出色。她說，是，你看著辦。我說，我現在有點想去退房，還來得及嗎？邱桐說，怕了？我兜上褲子，說道，也不能這麼講。邱桐伸手過來，扒拉了兩下，說，你看，又往回縮，真隨你啊，啥也不是。我說，內心多少泛起一點波瀾。邱桐說，咋還拽上詞兒了，這會兒又顯你是語文課代表了。我說，我誰也代表不了。邱桐從床上竄出來，摟緊我的腰部，半天不放，空氣靜默。我咳嗽了兩聲。她說道，要不，我給你唆嘞兩口？我說，那委屈妳了。邱桐聽後，一腳將我踹開，說道，怎麼也不要個逼臉，你以為自己是誰啊。

我一邊騎著車，一邊在心裡忿忿不平，我沒以為自己是誰，妳也不要以為自己是誰，我啥也不是，妳也不是個啥。邱桐橫跨在後座上，兩手亂晃，也不摟我，她的腿偏長，腳掌要保持著上抬的狀態，才不至於拖到地面，我騎得飛快，故意往溝裡引，她一聲不吭，像在賭氣。付完房費，我兜裡還剩二十五塊錢，她一分也沒有，避風塘十八元一位，時間不限，棗茶隨便喝，沒了自己續，還能吃瓜子，下跳棋，看過期的彩圖雜誌。我進去後，在角落裡找了個座兒，越想越不是滋味，恨不得把自己埋起來。沒過幾分鐘，邱桐跟著一大幫外校的混了進來，勾肩搭背，有說有笑，不知道怎麼聊上的，她就是有這個本事。落座後，還陪著打了幾把撲克，掃視一周，才回到我這邊。我沒理她。邱桐自斟自飲，一口氣喝了半壺水，問我，最近肖旭跟你說我啥沒？我說，沒。我問她，孔曉樂跟妳說我啥沒？她說，說了。我說，啥？她說，說看你好像一個根號二，遙哪出溜兒。我說，啥意思？她說，身高，一點四一四。我說，我操你媽啊邱桐。她說，別自卑嘛，你看你這個人，又不是我說的啊，我就不這麼認為，我覺得你很高大，特別威猛，身體靈活，動作矯健，燙個頭就能去演《灌籃高手》，登梯暴扣，你看我說的行不。

我現在根本想不起來，為何那時每天要跟邱桐待在一起，雖是同桌，但不至於課餘時間也往一起湊。有段時間，我總覺得自己是她爸，只要她一叫喚，我就像接到了某種指令，立即奔去查看情況，解決問題。得知她爸進去之後，我就不怎麼敢往這方面想了。我知道，邱桐不喜歡我，她喜歡能在晚會上說相聲的，懂點兒雜技曲藝，愛好很獨特。當然，我也不喜歡她。我誰也不喜歡。非得挑一個的話，可能比較傾心於孔曉樂，梳個五號頭，長得乾乾淨淨，不多說話，據說父母都是知識份子，從小就讀過不少世界名著，比我可強多了，我就看過幾本作文選，不屬於一個系統的。有一次，老師讓孔曉樂朗讀自己的作文，什麼題目忘了，反正裡面引了一句米蘭．昆德拉，當時我心尖兒一顫，如繭破殼，迎向光明新世界，既有酸楚又有甜蜜。原因是前一天在網吧裡聽過首歌，裡面唱道，你終將認識一個女友，在她面前，你不小心掉出一本米蘭．昆德拉。我是沒掉，但孔曉樂掉落在我的面前，輕輕地，翩然而至。我覺得這就是命運。生命中不能承受之輕。

邱桐不這麼認為，她覺得不論輕還是重，都沒什麼不能承受的，你不受著呢麼，我也在受著，她媽跟她說過，人生無非就是三個字兒：活受罪。我說，這是一個詞兒，習慣俗語，不是三個字，你語文真的太差了。邱桐說，不對，得先分開來看，活，人嘛，無論你我，都在活著，受，意思就是承受，忍受，自作自受，反正都不好受，罪，出生之前就有，活著也有，像鐘乳石一樣倒懸在洞穴裡，一點一點生長，世界也就是一個溶洞，喀斯特地貌，我們坐著小船從此經過，你看，我的比喻是不是還行，所以，連在一起，不是活著就要受罪，而是得去感受我們的罪，這樣才算活著。我說，妳跟我在這兒排列組合呢？她說，你就說有沒有道理吧，受不受教育。我說，不受。邱桐說，那你覺悟不夠。我說，我也沒罪。邱桐說，像你能說了算似的。我說，你媽說了算，行不？

我猜我是我們班裡唯一見過邱桐她媽的人，高中三年，她媽連一次家長會都沒來過，這導致我有時覺得邱桐是個孤兒，無依無靠，進而又多出幾分莫名的憐愛。後來有一次，我騎車送她回家，她媽在街邊喊住我們，穿一身淡黃色的睡衣，褲腳兒飛邊子，看著髒兮兮的，手裡掐著菸捲，我跟她媽問好，她媽連忙熱情地點頭回應，東一句西一句，噓寒問暖，表現出來一種令人難以接受的諂媚之態，邱桐的臉沉在一旁，半天不講話。那一刻，我幾乎確認了自己就是她爸，也即這個女人的前夫，離異之後，負責照應女兒，起早貪黑，含辛茹苦，將女兒撫養長大。這些年裡，她一定做過許多對不起我的事情，那些虛假的笑聲意味著無可彌補的愧疚。而我到底會不會原諒她呢？確實想不清楚，有點超綱[2]。她媽長得跟邱桐一點也不像，個子矮，小臉盤兒，妝化得很濃，眼睛滴溜亂轉，看著發賊[3]。我問邱桐，你媽平時是幹啥的？她說，做買賣的。我就不再往下問了。那些年裡，如果談起一個人的職業，不管是做買賣，還是炒股票，或者幹工程，其實都是在說，沒有工作，靠打麻將維生。我當時不太理解這一點，月有陰晴，賭有勝負，再怎麼厲害的高手，也要講一點運氣，無法一直贏下去，更不可能每天都往家裡拿錢，負擔日常開銷。後來等到我徹夜打牌時，才反應過來，打麻將也不是為了贏，而是一種構建自我認同的方式，以最小的單位對外部世界進行一次抗訴，也就是說，必須要維持著一種根本性的運動，投入自身擁有的時間與意義：四個人團結緊張地結成一桌，那便是精神上的守望與互助，而打出去的每一張牌，又都是一次次的獨立行動。

邱桐家住的房子很舊，樓前有一座殘破的環形花壇，內外兩層，無人打理，裡面沒花，也不長草，全是碎玻璃和砂礫，螞蟻爬來爬去。她上樓後，我總在花壇邊上坐一會兒，再騎車回去，精神恍惚。邱桐說，我有時候在樓上看你一眼，就待在那邊，也不知道想啥，裝他媽深沉。我說，不是，我本來就深沉。邱桐說，我不知道你？我說，咱倆這事兒，妳到底怎麼想的？邱桐說，其實我那天一進房間，就後悔了。我說，我也是。邱桐說，咱倆真不至於的。我說，我也這麼覺得。她說，後來萬幸，沒成，我還挺感激，不然現在算咋回事，對吧，我就想試一試，倆人兒抱在一起，到底是啥感覺。

---

2 越線、超過範圍。
3 特別漂亮，讚揚之意。

我說，妳這麼說，那我就放心了，之前好幾宿沒睡著。邱桐說，本來也什麼都沒發生，別往心裡去。我說，那行，但我還有一個問題。邱桐說，你問。我說，妳這跟我是第幾次？之前是誰呢？總共有幾個？我都認識嗎？邱桐說，這都他媽幾個問題了。我說，能不能跟我說一說？邱桐說，這些你就別管了，跟你關係不大，我媽還老跟我說一句話，你也記住，她說，別操沒有用的心。

高中期間，我對自己沒有任何期許，無論是感情還是學業，好或者壞，都沒什麼不能接受的。不過，我有著一條自己的原則，時至今日，也是如此：我始終避免讓自己成為一個灰溜溜的人。很難去描述這樣的人到底如何，但我確實見過不少次。比如校史館對外開放當日，畢業多年的校友回來參觀，學校為此特意重做一塊大理石牌匾，黑底金漆，嵌入牆內，校名那幾個字是郭沫若當年題寫的，被一位教職工私自存留下來，當作至寶，傳給後輩，只是一張泛黃發脆的紙條，不過一拃長，那天展示時，那位後輩小心地站在旁邊，像一位沒怎麼得到過上場機會的守門員，舉手投足生硬異常，精神高度緊張，生怕損壞或被盜去，結束後，飯也沒吃，屁滾尿流地帶回家裡，摩挲著入夢，從此再未出現。以及，我那位離家出走的同學，留下一句話，說要騎著自行車去北京，找一幢最高的樓，從上面跳下來，以示對教育制度的抗議，兩天之後，安安穩穩地回到教室，背起手來繼續聽課，沒人關心他到底發生了什麼，我想有一天他自己也會明白，即便跳了下去，我們所能給予的也不過是鄙夷罷了。我們比制度本身還要殘忍得多。再比如，我跟邱桐出去開房的那天夜裡，我回到家後，睡得迷迷糊糊，聽見我媽在廚房裡罵我爸，原因是她剛翻過我的口袋，知道我這一天花掉多少錢。她說，這就是你的兒子，我他媽沒白天沒黑夜，快要賣血供他了，他拿著錢出去跟女的花，真隨了根兒，以後這孩子我不管了，你自己管。我爸說，隨了誰？我給誰花？我媽說，你以為我不知道？我爸說，我他媽怕妳知道？我媽說，不是有孩子的份兒上，我能跟你過？我爸說，妳愛過不過。我媽又開始翻他的兜，鑰匙聲撞在一起，唏哩嘩啦地亂響，然後她問，你的錢呢？我爸說，沒了，花了。我媽說，花哪去了，不說明白，今天咱倆沒完，我的話放這兒了。我爸說，逛窯子吃豆腐渣，該省的省，該花的花，就他媽花，操妳媽的，我現在出去接著花。

然後是關門的聲音，總有一個人要離開。不是用力摔響，而是輕輕地，那麼輕，鎖舌彈出來又悄悄扣緊，合攏不動，怕把這個夜晚吵醒。我又想起孔曉樂的作文，這也是生命中不能承受之輕。我搞不清自己到底是不是在作夢，也不想分辨。走出去的人們，總歸是灰溜溜的，像那位揣著紙條的後輩，或者離家出走的同學，再或者我爸和我，惴惴不安，一無所有，灰溜溜地走在前面。人越是不想成為什麼，就越會變成什麼，如同一個詛咒，你所懼怕的事物總會來臨，跑是跑不掉的。別操沒有用的心。

二

十幾歲時，我目睹過很多次的墜落，它們在我的生活裡接續發生，層出不窮，不止於背馳的成長行徑、糟糕的情感經歷與不可理喻的生存姿勢，而是顯現為一種真正的疲態。我親見他們自行步入泥沼，任其擺佈，打不起精神，四肢軟弱，沒有掙扎與抵抗。我感覺得到，接下來漫長的時光裡，他們將漸漸沉沒下去，悄無聲息。甫一出場，便抵頂峰，之後竭盡全部的想像，也沒有一個可供去往的方向，無法再次振作起來。我對此懷有一種深切的恐懼，時常提醒著自己，千萬不可墮入其中，我與他們不同，更骯髒也更堅硬。米蘭·昆德拉說過，人一旦沉迷於自己的軟弱，便會一味地軟弱下去，會在眾人的目光之下，倒在街頭，倒在地上，倒在比地面更低的地方。比地面更低的地方，無非艱險的溶洞，如洪鐘，如塔林，僅可一人穿行，我從此游去，保持著絕對的機警，唯恐陷落，或被割裂身軀。事實上，多年之後，我發現這種憂慮毫無道理，預感悉數破產，那些凝滯其中的人們，總會尋得一個衝出重圍的方法，如復燃的灰燼，輕而易舉地將過往付之一炬，他們比我更加游刃有餘，緊抱著命運，重新書寫刻度，從此變成切合時宜的新人。我卻依然行在死蔭之地，勞作歷險，耗盡心血，投入諸多的努力，只是艱難地維持著普通與平庸。我想，這並不存在公平和公正的問題，亦非個人境遇所能完整概括，當我們意識到自身不過是吸附在岩石、荒野與海洋上的一堆無機物，在更為廣大的虛空裡環繞飛馳之時。

我上一次見到邱桐是在二〇〇八年。高考過後，我們有過幾次簡短的通話，沒什麼要緊的事情，無非問詢彼此的境況。她在重慶的一所三本院校讀法律，軍訓時差點兒跟教官談起戀愛，離別晚會上，寢室的女生合唱了一首劉若英的〈後來〉，下臺之後，哭得一塌糊塗。邱桐問我，你聽過沒有？我說，沒。邱桐說，那你應該聽一聽，有些人一旦錯過就不再。我說，很有道理，我爺就是，我很想念他。邱桐說，這些年來，有沒有人能讓你不寂寞？我說，沒有啊。她說，不是，沒問你，我說的是歌詞。我說，問沒問那也是沒有。還有一次，她哭著給我打來電話，說接到母親生病的消息，獨自在醫院裡，沒人照顧，而她正在備考，相距遙遠，無法及時趕回，內心擔憂，日夜不得安眠。她對我說，這麼多年來，真是太不容易了，母女二人相依為命，守在一間舊屋裡，度過冬夏，屈辱受盡，好不容易捱到現在，母親卻又病倒了。接電話時，我在外面租的房子裡，坐在床沿上，剛抽完一整根，精神燦爛流轉，盯著滿地的垃圾，眼裡全是星空與河流，暗若絲絨，柔軟得令人心碎。她還沒講完，我便開始痛哭起來，撕心裂肺，完全無法抑制。聽見我的哭聲，她沉默半晌，反倒清醒一些，堅定地對我起誓道，謝謝，謝謝你聽我說話，我一定要讓她過上幸福的生活，全力以赴，在所不惜。我說，我的心裡下雨了。她說，我也是。我說，媽媽啊。她說，是的，我的媽媽，我唯一的親人。我說，媽媽，一起飛吧。她說，什麼？我說，媽媽，一起搖滾吧。

邱桐以及許多的朋友們，在那些年裡，都使我感到無比困惑，彷彿自從分別之後，他們開啟了一種向後的生長，逗留於時間的反面，重新拾起被遺落的情感，不再衝動、瘋狂，變得規矩而正常，為進入另一個世界做好充分的熱身準備，時光向前流去，他們看起來卻更加年輕了。這種改變突如其來，我一度將之視為虛妄與偽飾，作夢都想著要去痛斥，也覺得總有一天，它們將自行剝落，從而顯出本來的成色和質地。但這一天並不存在。或者說，它正逐漸遠去，只在某個偶然的瞬間閃現小小的一角，虛虛實實，真偽難辨，之後便藏匿起來，無跡可尋。

那一年暑假，我以複習英語考級為理由，沒有回家，租住在學校附近，不怎麼出門，也很少吃飯，每天近乎瘋狂地打著遊戲。當時，我很沉迷於一款仙俠題材的網遊，晨昏顛倒，日均在線超過十六個小時，還負責組織管理一個幫會。我在裡面扮演著不同的角色，其中一個名為「憤怒的機器」，拜入少林，遊蕩蒼山，無起無念緣無滅，無相無我世無端。另外一個叫做「無政府主義者」，以筆為戟，梯雲四縱，我身本似遠行客，清秋劍氣蔽蒼穹。我偏愛後者所帶來的操作體驗，技能豐富，自由度很高，玩起來具備挑戰性，在遊戲裡，我結識了不少朋友，還喜歡上了一個女孩。我在伺服器裡熱愛爭鬥，行俠仗義，在社區裡發帖撰寫攻略心得，獲得不少信任與敬重。大家喊我的名字時，常用簡寫，開始叫「政府」，後來覺得歧義過大，像在跟誰告狀，就改叫「主義」，但也依然奇怪，私聊和公屏裡經常讀到這樣的話：主義，今晚在哪裡擺攤。或者：主義，帶好你的隊伍，戰場上見。如果戰敗，螢幕暗下來的同時，還會出現一行血紅的小字：無政府主義者已經陣亡。如果使用回城卷軸，則是一行綠字：青山不改，綠水長流，無政府主義者就此別過，諸位後會有期。

邱桐放假返沈，想約我見面，我說沒回家，還在學校裡待著。她說，談女朋友了？我想了想，說，沒有。遊戲裡的算不算，實在說不好。她說，那我去看你吧。我說，來是可以，但我沒什麼錢了，食宿均需自理。說完這話的第三天，她坐了六個小時的火車來到我所在的城市。因為要組隊打一個任務，我沒去車站迎接，只發了個地址，直至收到她的訊息，說已在樓下，我才很不情願地套了件衣服出門。

邱桐換了一個造型，看著比過去成熟不少。她穿著一件暗色碎花連衣裙，化了淡妝，掛著一對兒銀色的耳釘，也不再紮馬尾，一襲烏黑的直髮，平平垂落，撫過肩膀，她跟我說，這叫離子燙，花了一百三，剛弄好的，問我好不好看。我說，還可以，跟從前確實不太一樣了。她說，你怎麼還這樣，也沒個變化。我反問她，我應該有什麼變化？邱桐見我不滿，又問道，咱倆幾年沒見了。我說，將近三年。她說，你跟其他同學還有聯繫嗎？我說，沒有，班級的群我都退了。邱桐說，這兩天我看他們張羅著聚會呢。我說，我不去，妳去嗎？她說，肯定不啊，我這不是來看你了嗎？

學校旁邊開著一家火鍋自助餐，二十五元一位，另收鍋底十元，肉和青菜隨便吃，不浪費即可，啤酒飲料也不限量。我帶著邱桐來吃晚飯，這一路上，她特別興奮，東瞧西望，看見什麼都想問一問，話說個不停，我跟她講，經濟條件有限，就請這一頓，表示一下心意，你儘管多吃，最好能吃出三頓的份量，這樣日後回憶起來，也顯得我比較熱情。邱桐拍著我的肩膀說，放心吧，用不著你，我媽給我拿錢了。我說，妳媽身體如何？她說，謹遵醫囑，術後恢復得很快，堅持鍛鍊身心，天天出去跳舞打麻將。

每張桌子上都擺了一個電磁爐，上面放著變形的鋁盆，羊肉捲、鴨血、午餐肉、粉絲和青菜放在進門處的網筐裡，只能捧著橘色的塑料托盤去夾，來來回回，走動不便，地上積著一層滑膩的透明油汙。麻醬小料是調好的，齁得要死，兩塊錢一份，不提供免費紙巾，一塊錢一盒。我們就著自來水煮火鍋，血沫一層一層沸騰泛起，蕩至邊緣，我夾起一團翻滾著的碎肉片，放入口中，毫無滋味，如同被人塞進一把鋸末。只吃了兩口，邱桐便把筷子放下來，說道，這裡跟重慶真沒法比。我說，是吧，對付一口，怠慢了，見諒。邱桐說，咱倆喝點酒吧要不？我說，不行，晚上有事兒，得保持清醒。她說，我都來了，你還有啥事兒，總不能去玩遊戲吧。我說，就是遊戲，今晚要開荒，我的位置很關鍵，跟你也說不清楚。邱桐嘆了口氣，說道，這麼多年你都在幹些什麼啊。我抬頭鄭重說道，邱桐，咱倆就是同學關係，我不是妳爸，妳也不是我媽，妳以前告訴過我的話，我也還給妳，記住，少操沒用的心。邱桐說，你這人還挺記仇的。我平穩情緒，說道，沒特意記，話趕著話兒，嘮到這裡，就想起來了。

邱桐說自己的酒量不錯，喝到第五瓶時，開始說胡話，破口大罵她的學校，還要教服務員說重慶方言，反覆指導，發音不準的一律不放過。之後便趴在桌子上，低聲自語，怎麼叫也不起來。我心裡很急，也有點上頭，時間一分一秒地過去，遊戲裡的朋友發來訊息，問我怎麼還不上線。實在沒辦法，我拖著她回到我的住處，精神與體力瀕臨崩潰。這一路上，她吐了兩次，一次在校門口的石橋上，與底下奔湧著的汙水合流，第二次是在樓道裡，我使勁拍打著她後背，她一邊嘔吐，一邊自省道，這點兒酒讓我喝的，也沒多少啊。進屋之後，她一頭栽倒在床上，我去廚房燒水，回來見她換了個姿勢，單腿外露，夾著我的被子，咬住一角，迷迷糊糊地說，你可別碰我，聽見沒，不然我他媽饒不了你。我說，妳放一百個心，我絕對不，但妳也得答應我，想吐提前說話，不要弄到床上，我沒法收拾。邱桐說，真他媽沒良心，這些年我是怎麼過來的，誰能明白呢，我心裡很苦。我說，人生之苦，始於有欲，或尊至帝王，或卑如草芥，皆念念不得逃脫，神明上蒼，憐世人此般瘋癡，乃采朝露，擷晚霞，繞越雲霧，煉化五色奇石，育成靈獸種種，方置成幻境一處，名曰太虛，凡入得此地者，有志抒志，望利得利，鍾情得情，以解世間之苦也。還沒等我說完，邱桐便睡著了，一呼一吸，散出濃烈的酒味，如貪杯酣眠的小獸。

太虛幻境的副本我打了四次，集結群雄，改換兩套裝備，均以失敗告終。食人草，琴仙子，火麒麟，被無限複製出來，層層疊疊，蜂擁而至，我守在一處，招數用盡，無論怎麼佈置，始終無法應對。整個螢幕上，皆是無狀之狀，無物之象，提示著我：幻境情志纏綿，一旦陷入，便無可逃脫。打到最後一局，已近凌晨，邱桐清醒過來，穿著我的拖鞋，自己去倒了一點熱水，雙手捂著茶杯，站在椅子背後，也不講話。待我關掉電腦，沮喪地決定中止這個失敗之夜時，她小聲問我說，頭還是很痛，能不能陪她躺一會兒。

我重新鋪好被褥，鬆開綁帶，用力將窗簾拉嚴，最初的這一抹晨光裡，久積的灰塵滾滾傾瀉，在空氣裡游動，無聲漂浮，落入我們的呼吸。邱桐穿著外套，還覺得冷，我將被子對折起來，全部覆在她身上，自己側身縮於牆壁一側。我說，睡著了就不冷了。她說，我到底喝了多少酒？我說，沒數，記不清。她說，感覺也沒多少。我說，不重要，心情問題。她說，可能喝的是假酒。我說，那不至於。她說，這酒叫什麼名字，以前沒喝過。我說，黑冰。她說，聽著像毒品。我說，這個還行，零售也要一塊五一瓶，不是最次的，本地還有一款更難喝的，叫做公牛，味道接近於稀釋過後的尿液，喝醉一次，保你三天起不來床，頭疼得想給卸下來，看見酒字兒都迷糊。她說，黑冰，公牛，名字太怪了，行動代號似的。我說，也還好吧，名可名，非常名。她說，提到公牛，我總能想到那個籃球隊，芝加哥公牛，你知道吧，我小時候不認識美國，也不知道什麼芝加哥，聽電視裡老提，一直以為說的是石家莊，石家莊公牛隊，也挺順口，反正都仨字兒。我說，芝加哥，石家莊，可能也差不多，都很國際化。她說，我以前對國外沒概念的。我說，我現在也沒有啊。她說，跟你說個事情，我要出國了，下個學期做準備，學語言，畢業之後就走，不知道什麼時候能回來，也不知道回不回來了，所以這次過來看看你。我說，去石家莊啊？她說，沒跟你開玩笑，日本吧也許。我說，沒想到，妳媽這麼厲害，打麻將也能送妳出國，確實佩服。她說，不是，不是我媽的錢。我說，有人包養妳了？她說，滾犢子，我爸的。我說，妳爸？她說，對。我說，妳爸不進去了嗎？給果樹噴藥，一嗒嗒，二嗒嗒，三嗒嗒，四大爺。她說，騙你的，還真信，我爸不是後勤主任。我說，那是？她說，地洞裡的那具屍體，其實是我爸，快十年了，賠償金剛發下來，他以前是化工廠的廠長。我說，我操。她說，屍體也不只一具，還一個女的，廠裡的會計，坐辦公室的，也在同期失蹤，不太確定，但應該是她，我還見過兩回，能說愛笑，梳著大波浪，見了我就摟著，可親了，性格特好，他們倆死前抱在一起，難解難分，加上腐蝕嚴重，處理草率，當時就以為是一個人。我說，原來如此，妳媽肯定挺恨他們的吧。她說，也還行，就那樣，活著肯定恨，死了就算了。

我起床撒了個尿，凍得直哆嗦，也是奇怪，不過八月份，夏天卻正在褪去，空氣漸冷，外面安靜且蕭條，像是瀋陽剛入冬時，尚未供暖，寒風不息，四處透著陰，嘶嘶低叫，直往懷裡竄。尿到一半時，我想到有一部電影裡說過，我不害怕痛苦，當你生活在寒冷裡的時候，你會感到愛的痛苦，並且無法割捨。愛不愛的，我不太有把握，痛苦是切實存在的，也難以捨離，這一點我深有體會。它們往往會轉化為一種鑽石，近於不朽，閃爍著堅硬的光，將我們的生活切剖開來，一分為二。我很懊悔，沒在她處境艱難的時刻去重慶看望，向她傾訴，關於那些不太結實的情誼，我沒那麼喜歡她，只覺得理應這樣去做，如若不然，便如此刻，我的慰藉再也無處安放了。我不知道她是否還記得，喝醉後對我說過的另外一些事情，不是語言、教育或者感情問題，也不是那兩具屍體。她說，總有一個聲音，彷彿從腹中上升，縈繞著她的手與心，眼和肩，對她說道：這就是你的選擇，你無非想要如此。現在，這個聲音也迴蕩在我的耳畔。

我躺回到床上，邱桐仰著面，半閉著眼，將被子分過來一部分，我搭在腿上，翻了個身，斜臥在她旁邊。我問她說，妳想去哪裡轉一轉，睡醒了我陪妳。她說，你不至於因為這個來同情我吧，真沒必要。我說，沒那意思，忽然有點醒悟，妳來一次也不易，再見不知何年何月了。她說，別了，要麼你帶我打打遊戲。我說，什麼？她說，剛才看了半天，感覺還挺有意思的。我說，你要願意，那我沒問題。她說，是不是還分個門派？我說，對，武當，少林，丐幫，五毒，崑崙，唐門。她說，女孩兒一般選什麼啊？我想了想，說，峨眉吧，也分為兩類，一種使琴，峨眉俗家，斷水迷心，造成對方大範圍混亂，一種用劍，峨眉佛家，加攻加血，藏於萬人之後。她說，後面一種能幫到你，對吧。我說，是，戰場上必不可少，能迅速提升狀態，我們一般管她們叫佛，只是輔助，沒有什麼傷害，殺不死人，玩著不太過癮，所以很少有人去選擇，茫茫武林，鎧甲萬千，一佛難求啊。她說，那行，我來當佛。

三

我每年至少要去兩次上海，一次在元旦過後，一次是在秋天，差不多十月底，都是參加行業內的展會。通常住在浦東區的一家快捷酒店，離機場不遠，打車不到五十塊錢。年初時，我辦理入住，前檯服務員看過身份證，跟我說道，你是瀋陽的？我說，是，過來出個差。她很高興，笑著說，真巧，我也是啊，我住皇姑區，岐山一校附近。我說，妳在上海生活？她說，不是，假期在這裡邊玩邊打工，今天是第三天上班。我說，休假這麼早。她說，不是，我自己放了個長假，出來四處轉轉。我說，羨慕，年輕就是好。她說，那倒也沒覺得。我說，當時都不這麼以為，過後才能想明白。她說，先生，房卡請收好，電梯在樓的後面，右側一拐，也需要刷卡，你是做什麼的啊？我說，幹工程的。

退房那天不是她值班，換了個男的，說話聲音很小，靦腆得像小女孩，手腕上露出來一點點的花臂紋身，看著極不相稱。我買了一瓶可樂，一塊巧克力，放在前檯，跟他說，請幫我留給你的女同事，瀋陽來的那位。他有些困惑，仍點了點頭，沒再多問。然後我便出了門，不知為何，總覺得他一定不會轉交，對他來說，這也許相當棘手，無法處置。

晚上九點的航班，我叫了個車先到市內，去見兩位朋友，他們是一對夫妻，以前在遊戲裡認識的，很難得，關係一直維持到現在。丈夫在機場上班，曾是部隊的飛行員，妻子一直沒有工作，賦閒在家，有一段時間想開美容院，還問過我要不要入股，後來也沒成。他們都不喝酒，生活規律、簡樸，到約定地點後，帶我去了一家美式風格的漢堡店，全實木裝修，燈光昏暗，環境略顯侷促，但味道不錯，薯條上還撒了黑松露。我頭天醉酒，胃裡吐得一乾二淨，身體發虛，沒什麼食慾，只是聽他們講話，主要是妻子不停抱怨著丈夫。她說：你能信嗎，他這個人真的太無聊了，十幾年來，業餘生活就兩件事情，讀書和看電視劇，而且只是一本書，一部電視劇，翻來覆去，無止無休，書就是《三國演義》，電視劇是《編輯部的故事》，那裡面每一集的內容，聽得我都快背下來了，他可一點也不膩歪[4]，你服不服，反正我是服了。丈夫嘿嘿一笑，不置可否。妻子說：還別不信，我現在都能給你唱上一段兒，投入藍天，你就是白雲，投入白雲，你就是細雨，在共同的目光裡，你中有我，我中有你。她唱得很忘我，我本來想著要不要鼓個掌，以示激勵與尊重，剛頓了兩秒鐘，她又接著唱道：投入地笑一次，忘了自己，投入地愛一次，忘了自己，伸出你的手，別有顧慮，敞開你的心，別再猶豫。歌聲停下來時，餐廳的音樂忽然抬高了音量，一曲輕快而逍遙的小調，像是劇集結束後漸入的廣告部分，幾位朋友在樹蔭之下並肩行走。我說，唱得我都要哭了。妻子擠著眼睛，笑道，太難聽了是吧？我說，不是，唱得太好了啊。

妻子說，你可別哭啊，你一哭，我也想哭。丈夫說，我也是。妻子說，誰問你了。丈夫繼續嘿嘿一笑，取下眼鏡，用紙巾揩著臉。妻子說，有時候他出門上班，我實在沒事兒做，就去遊戲裡看一看。丈夫糾正道，不是有時，是每一天。我說，我很久沒登錄過了。妻子說，後來幾個大區合併在一起，冒出來很多不認識的，打得亂七八糟，相互

4 膩煩。

吵個不停。我說，現在還有人玩嗎？妻子說，也有，很少很少，隊伍組織不起來，幫會都散掉了，一座座的空城裡，沒有活人，全是外掛，只有郊外的灰色野兔，偶爾蹦進來看一眼又再跑掉，我上了號，不去打怪，也不做任務，只是四處轉一轉。我又想到前檯的那個女孩，此時此刻，好像所有人都是四處轉一轉，不為見到誰，也不為發生一點什麼。妻子說，記得吧，你走之前，把帳號密碼留給我們了。我說，有印象。妻子說，對，技能加得特好，很威風啊，偶爾我也會登一下你的號，還見到過有人給你留言。我說，是嗎，都說什麼了啊？妻子說，有以前的仇家，開始一直追著罵，話都巨髒，光看著都嫌噁心，接著又說有點想你了，溫情脈脈的，我一句沒回過，你說人咋能這麼分裂呢，也有問價要買裝備的，還有跟你講著悄悄話的，隔個一年半載，沒頭沒尾地發來一兩句。我說，說些什麼？妻子說，記不太清，古詩詞居多吧可能，有一句李煜的，這個我有印象，離恨恰似春草，更行更遠還生，小時候背過，還有個半句話，我年輕時的朋友啊，欲言又止，不知具體啥意思，起初我以為是系統自動發的，後來發現不是，我查過，好像是個佛，可能還是小號，級別不太高。我說，那很正常，追我的佛可太多了。她說，是，我都差一點兒。丈夫在旁邊，又是嘿嘿一笑。

丈夫開車送我去機場，堵在高架橋的入口處，斜坡上到一半，挪動幾步便又踩緊煞車，我們半仰著靠在座椅上，如被江水裡冒出來的一隻巨手擎住，不得光明與喘息。

車窗外什麼都有，也什麼都沒有，到處只是謊話。我不知道為什麼每次來這裡都是這樣：半陰不晴的天氣，混沌不明的潮濕，渙散失重的街道，接近於北方冬季的傍晚，虛弱的亮光還在，隨時準備褪去，也還沒到點亮日光燈的時間，室內室外只是一片沉默的晦暗，走在黃昏裡，也像走在黃泉路上，左腳絆住右腳，影子拖在腰間，跌跌撞撞，心臟亮著最後的一點光，像血的源泉，一簇一簇環繞上升，漸行漸暗，人在隱去，人在消逝，要去往何處呢？海洋嗎，地洞嗎，太虛幻境嗎？

妻子對我說，來上海三年了，一個朋友也沒有，前兩年吧，天天就盼著過春節，能回家去看看，像個老年人。丈夫說，那能怪誰，妳又不出門。妻子說，有人跟我說，生個孩子吧，有孩子一切就都好了，他不要，其實我也不太想，很害怕，不知道在怕些什麼。我說，你們倆不也過得挺好的。她說，好與不好，自己心裡有數，你也結婚了，對吧，反正就是這樣，你沒準兒能明白。丈夫說，我不明白啊。我說，我爭取明白。她說，跟你們男的說話太費勁了，你要是有認識的女性朋友，也在上海的，下次介紹給我認識啊，興許能談得來。我說，好，我記著。她說，又快到春節了，今年我們不回去了。

十月底時，我前往上海，住在同一家酒店裡，辦理手續時，驚訝地發現前檯的那個女孩還在，個子好像長高了一點，不過她已經認不出我來，一臉的不耐煩，皺著眉頭擺弄電腦，指揮我看向攝影鏡頭，往左一點，再往右一點，右，右，多餘的話，一句也不講。我很想問問她，上次的那瓶可樂有沒有喝到，以及不是說要四處轉一轉，為什麼沒走呢。我躺在酒店的床上，看著我那兩位朋友發來的懷孕寫真，產期將近，他們都胖了不少，妻子在笑，齜著一口白牙，丈夫的雙手輕輕托住妻子的腹部，喜悅地瞇著眼睛，假裝聆聽，甜蜜如同新人。就是這樣，伸出你的手，別有顧慮，敞開你的心，別再猶豫。

邱桐發來訊息，問我到上海沒有。我說，到了，正在工作。邱桐問，要忙到什麼時候。我說，那說不好。邱桐說，實在不行，我去找你也方便。我說，別了，妳的孩子太小，等我忙完這兩天，一定過來見妳。邱桐說，那我等你啊，別他媽忽悠我，跟上次似的。我說，上次？她說，對，妳說給我介紹一個在上海的朋友，等了大半年，也沒下文。我說，抱歉，她不在這裡了。

邱桐這種心情之迫切，我實在很難理解，也想不出來任何必要的理由。在此之前，我們已經有十幾年沒見過面了，聯繫也極少，我對她的現狀幾乎一無所知，不是不去想，而是覺得平行的人們都在遠行，長路消逝，相隔遼遠，剩下的不過是漫漶的風景，野草沉眠，野草生長，野草一望無際。

離開上海的前一天晚上，我打車去邱桐住的小區，定在六點鐘見面，我提前很長時間出發，因為想著要給孩子買一件禮物。附近有座高檔商場，我逛了一個多小時，從一樓走到五樓，也沒選出來。衣服沒辦法挑，不知是男孩還是女孩，玩具又都長成一個樣子，神態相似，熊貓呈癡呆狀，長頸鹿也不見得有多聰明，還有一些，我根本認不出來是什麼物種。有時我覺得成年人與孩子的區別也在於此，孩子僅通過一、兩個明顯的特徵來辨別事物，成年人則不行，接收到的資訊過於蕪雜，瞻前顧後，徒生無數的猶疑與猜測。比如櫃檯底下的一個玩偶，鼻子像貓，耳朵像熊，眼睛像老鼠，打扮得像人，梳著瀏海兒，但好像又都不對，我問服務員，這是什麼東西啊？服務員說，謝靈通。我說，有名有姓的，是小獅子嗎，謝遜的後代？她說，別問了，我也說不明白。

我在門口等了邱桐二十來分鐘，抽了三根菸，天色漸晚，人們走入走出，腳步忙亂，我很吃力地辨認著哪一個是她，按照預想，她應該比從前婉約一些，優雅得體一些，畢竟身為人母，也是一個上升之人，但這都不是什麼確切的詞語。我想到她時，第一印象仍是多年之前，她住在我租的那間屋子裡，待了整整十天，搖身一變，成為家裡的女主人，挽起頭髮，每日精心收拾，買菜做飯，我們一起打遊戲，散步，在海邊久坐，互相說著話，什麼都沒發生，也不需要發生。她講述她愛著的那個人，要多差就有多差，同時，也是要多好就有多好，我給她講音樂，文學，女孩，幻想，總之，我的全部事物的影子。那些天像是我生命裡一個短暫的假期，消散退隱之後，反而變得無限悠長、清晰，無論之前還是之後，我都很少有過這樣的陪伴。如今的大部分時間，我不過是在跟自己說話而已。

夜晚轉涼，灰霧游浮，事物之間彷彿隔著一層佈滿汙漬的玻璃窗，怎麼也擦不乾淨。邱桐從窗外走來，裹著一件棕色長衣，雙手抄在口袋裡，踢著低幫皮靴，象徵性地向我奔跑幾步，又放緩速度，仰臉望著我笑，輕輕搖了搖頭，好像在說，果然如此，一切不出我所料。我把手裡的菸踩滅，只動嘴型，不發聲音，這是以前我們上課時經常玩的遊戲，沒辦法大聲講話，那就讓對方花點心思猜一猜。但此時不是，我很想對她說點什麼，又不想被她聽到。

邱桐問我，你會拆裝兒童座椅嗎？我說，沒弄過。她說，我的車就倆座兒，不太方便，想著帶你去一家日本料理，東西新鮮，味道也好，就是有點遠。我說，別麻煩了，隨便吃一口。她說，那不行，都訂好位子了。我說，我主要是來看看妳。說完，我遞去一個鼓鼓的手袋，邱桐打開來看，裡面裝著一頂嵌有銀製鈕釦的黑色復古貝雷帽，底下還有一隻謝靈通。她把帽子扣在頭上，跟我說，還有禮物，太客氣了，謝謝啊，很好看，你還挺會買的。我說，想來想去，不知送什麼合適，我想妳這些年裡的變化肯定很大，但頭圍還是比較可靠的。邱桐說，聽著不像好話。我說，孩子誰在帶呢？邱桐說，有個阿姨，我還想過要不要給你做一頓飯，後來覺得家裡實在太亂了，怕你笑話。我說，多慮了，我啥時候笑話過妳。她說，以前是沒，現在可不好說。

出租車行駛在一條小路上，速度很慢，車輪碾過落葉，發出輕微的聲響，偶有行人穿過其間，向車內迅速掃來一眼，又匆匆移開。邱桐與我坐在後排，簡單寒暄幾句，便陷入了沉默，不明原因，但她一直在笑，我有點不適，說道，給我看看妳家孩子的照片。她動作麻利地打開手機相冊，滿滿一螢幕，全是溫暖的肉色，然後一邊翻著，一邊向我解釋道，這是剛生下來的時候，太醜了，我連一眼都不想多看，跟老頭兒似的，這是百天照，一套下來五千多，比結婚照還貴，也沒看出個好來，誰去了都是那幾套衣服，孩子像個擺設，這是我帶他去逛植物園，那些樹名兒我一個都叫不上來，他一直呼呼大睡，眼睛都沒睜過，你說來氣不。我問，長得像妳還是爸爸？她說，你看呢。我說，像妳多些，眉眼兒之間。她說，可別像我，我太難看了現在。我說，不啊，沒什麼變化，跟以前一樣，英姿颯爽。她說，別光說我，你跟孔曉樂準備啥時候要一個呢？我說，沒細想，有了再說吧。她說，想生就得趁早，我都有點晚了，總覺得帶不動。我沒回應。她又說，不要也行，其實還是兩個人好，自在一點。

開到一半，邱桐把謝靈通掏了出來，擺弄幾下，放在身前，又捋了捋頭髮，說道，來，你給我倆拍一張，留個紀念。我說，妳跟它？她說，對，你看，我倆衣品很像，顏色一致。我說，能不能告訴我，這到底是個什麼東西啊。她說，謝靈通啊，這都不知道。我說，是個人嗎，小孩兒？還是動物？她說，海獺，科學家，背著個藍色防水包，它很博學的，無所不知，還有個實驗室，總鑽在裡面，但有點恐高，我兒子特別喜歡它，因為很像他爸。我說，他爸恐高？她說，不是，他爸也是科學家，天天在實驗室裡，不怎麼愛回家。我說，實驗啥？她說，我也搞不清楚，都是專業術語，生物的一類也許，我總想到黎明的那首歌，你還記得吧，快樂兩千年，在實驗室裡做實驗，看看有沒有不變的諾言，所以，我覺得可能是諾言吧。我說，這麼大歲數了，能不能正經說話。她說，見了你控制不住，平時我也不這樣。

我掏出手機，給邱桐與謝靈通合影，她們不斷變換姿勢，我從各個角度奮力拍攝。我抬高時，她們像在海底，一個媽媽抱著自己的孩子，低頭微笑，嘟起嘴巴，如在索吻，而世界正緩緩沉溺；我放低時，謝靈通就變得很大，躊躇滿志，露出幾分可笑的威嚴，佔據了半個螢幕，像要保護著身後的邱桐；我將手機擺在胸前，沒有對焦，隨機按下一張，拍出幾重運動的幻影，一個要離開，一個在等待，各自守盼；或者說，一個在誕生，一個在作夢，形影難分。

照片也如諾言，一句又一句，我沒有仔細挑選，統統發了過去，螢幕亮起，消息一條條彈進來。她一隻手拿著手機，另一隻手撫摸著謝靈通，對我說，你知道吧，海獺很脆弱，全靠著這一身皮毛保暖，如果毛髮被弄得亂七八糟，或者被大魚咬出一道傷口，那麼冰冷的海水就會直接浸入到皮膚裡，一點一點帶走體內的熱量，最終凍死在近海，浪潮把這些泛白僵硬的屍體一次次沖到岸邊，直挺挺的，排成幾列，像是集體殉情自殺。我說，沒想到，海獺很重感情啊。她說，我覺得是，你有時跟牠也很像。我說，我不像。她說，那你像啥，自己說說。我想了想，說道，可能是植物，一棵叫不上來名字的樹。

四

主樓內的教室數目有限，擴招之後，只有高三的學生在此上課，相比後建的新樓，這裡環境更好，光照雖是問題，但室內結構合理，長廳肅靜，溫度適宜。新樓近似醫院，過於潔整，沒有牆線，白瓷磚反著冷光，一間間教室也像病房，到處都是信那水的味道，令人緊張莫名。自新樓向南行去，隔著一條馬路，有一座近乎廢棄的公園，沒有圍欄，任意進出。園內有死湖，夏季養荷，長勢茂盛，葉片寬大，接續而生，如同填海造地，形成一片綠色的島嶼；臨近秋日，立葉乾枯變黃，逐一下移，埋在水底；冬季落雪，湖面封存，長久不開化，植物死損大半，來年不復生。如此數年，池底淤積，遍佈著雜物，水色由綠轉棕，形近油脂，風吹不動，池水密度漸增，凝點降低，再到了冬天，只在表面結上一層起皺的薄冰，若朝著湖面高聲喊去，亦可使其碎裂。

有近半年的時間，我待在湖邊，什麼也不做，只是坐在岸邊的石階上，每天吃過早飯，便來到這裡，傍晚時離開。身後是一株枯木，死了不知道多少年，眼前是新樓與舊樓，各自莊嚴矗立，鈴聲響起，吞吐著無數年輕的時間。我那時剛畢業，在一家保險公司上班，經理給了一張紅底黃字的三米條幅，派我每天穿著西裝皮鞋在公園裡駐守，擺上兩張課桌和幾份合約，再放一個大喇叭，向著走過來的人們推銷產品。錄音循環播放：種下一顆小樹，收割一片綠蔭；留下一份保險，託付一種希望。我幹了不到一個月，就收攤不做了，垂頭喪氣，臉面不說，心裡也過不去，保險管不管用不知道，但在人生的關鍵時刻，不還得回家收割你爸，再託付給你媽。工作也沒辭掉，業績肯定沒有，我這個人也可算作公司的成果，所以就這樣待了下來。

我是在公園裡遇見的孔曉樂，連續好幾次，第一天我沒好意思喊她，看見她跟著兩個女孩散步說笑，第二天相互對視幾眼，我心頭一沉，也沒打招呼，裝不認識，第三天她沒來，我以為日後也會避開，第四天下了大雨，我沒去，第五天裡，她自己來到公園，在岸邊陪我坐了一會兒。那年，學校旁邊開了家大型連鎖超市，她在裡面當收銀員，分早晚班。正式開工前後，她吃過午飯，總喜歡來這邊走一走。我說，我平時就待在這裡，妳想來見我的話，隨時都可以，不想的話，我換個地方也行。

遺憾的是，我們並沒有太多可以說的。對於孔曉樂這些年是怎麼過來的，我並不好奇。在這點上，她對我也一樣。孔曉樂的變化有一些，比上學時要熱情，也胖了不少，腿部尤其緊實，像一截光滑的小石柱。講話時缺乏邏輯，前言不搭後語，經常提些沒什麼意義的問題。比如，她問過我，什麼是垃圾，什麼是愛？我說，垃圾是垃圾，愛就是愛。她說，等於沒說。我說，那妳談談。她說，有人愛著，那就不是垃圾，不然就是。我說，那不一定，愛不能改變根本屬性，這是物理問題，但有人就是喜歡垃圾，這是精神命題。她說，我是垃圾嗎？我說，這話問得沒道理。她說，我總感覺自己是，我很自卑的啊。還有一次，她問我，在什麼情況下，你會對一個人產生不信任的感覺？我說，在什麼情況下我都不信任，為人比較警惕。她說，你不是這樣的，再想一想。我說，反反覆覆的謊言？她說，如果經常被騙，還要選擇去相信，那是神聖的愛嗎？我說，不是，那是對自己的縱容與冒犯。她說，我覺得就是，你還真是不懂愛啊。我說，妳懂，行了吧，但請不要告訴我了。

有一次，孔曉樂來公園時，給我帶了一個蘋果，說是超市的理貨員送的，她不怎麼愛吃，放在包裡覺得還挺沉。我正好喜歡吃蘋果，也沒洗，在衣服上蹭幾下，就開始啃，沒兩分鐘，便吃完了。從此之後，她每次都會給我帶一個過來。事實上，我對蘋果很有感情，不覺得多麼好吃，但有了就想吃。我看過一些電影，有人喜歡在路上拋橘子，有人在夜晚反覆拋著石榴，如一枚躍動的燭火，我總想著拋幾個蘋果。國光，銀冬，黃元帥，紅富士，都行。彷彿可以暗示一點什麼。有人唱過，太陽下山了，月亮出來了，老人們喝醉了，姑娘們睡著了，蘋果樹我夢裡的蘋果樹，只有你知道我在異鄉的路上。所以，看來還得是蘋果，比較值得信賴，什麼都知道，但它不說。後來每次吃完時，我都會想到，蘋果核是垃圾，那麼蘋果也許是愛。

有天作夢，回到高中時期，孔曉樂怒氣衝衝從講臺上走過來，持著教鞭，似要抽打，厲聲向我問道，你他媽憑什麼騙我？我說，我騙妳了？她說，對，你沒等我。我說，我要等妳？她說，早就說好的事情。我說，對不起，可能忘了。她哭了起來，特別委屈，說道，你知道我等了你多久嗎？我說，一個晚上？她說，日以繼夜。我說，這個成語很好，容我琢磨一下。她說，你可真不是個東西。我說，現在等待，來得及嗎？她繼續嚎啕，也不說話，被晾在那裡，沒人上前安慰。上課鈴聲響起，我很緊張，如果老師見她這樣，肯定會詢問原因。而原因又是什麼呢，我沒等她？可我自己都不知道為什麼要等啊。第二天，我把這個夢講給孔曉樂，她聽哭了，跟我說道，妳就這麼嫌棄我。我說，從來沒有。

婚後的前兩年，我們過得不錯，家裡託人給我安排了一份工作，收入不高，比較穩定。她還在超市裡上班，作為儲備幹部，本有兩次升職的機會，都沒抓住，被人搶了先，就有點失落，我勸她休息一段時間，她也沒聽。到了第三年，貸款買的新房下來了，她一邊上班，一邊忙著裝修，跑前跑後，就她一個人，我很少能幫得上忙。房子裝好後，因為要放味道，沒有立即搬進去。有一天忽然下起大雨，單位領導沒在，我趕忙借了件雨衣，連跑帶顛地去新房關窗，擰開門後，我看見孔曉樂跟一個男人在客廳裡。也沒做什麼，兩個人就坐在沙發上看著電視，規規矩矩，離得也不近，電視裡放著購物節目，先是鐳射鑽石鍋具，然後是桑蠶長絲床品四件套，優惠力度極大，價格心動，第三件是什麼不知道，我想到有些工作還等著我處理，沒陪他們看完，就先走了。回到單位後，我想起來，那人以前是超市的理貨員，現在升為主管了，不僅長得比我高大一些，運氣也不錯。

我和孔曉樂沒再談起過這件事情，但我的心理有點變化，睡不踏實，半夜老醒，還跟蹤過那個男人一回，守在超市職工通道對面的飯店，點一桌子啤酒，喝了一下午，直到見他下班走出來，便跟在後面。他騎著自行車，我一路小跑，累得氣喘吁吁，好在住得不遠，十幾分鐘就到家了。當天我在兜裡揣著一把刀，眼看著他進了大門，一層一層往樓上走，但我實在是沒有力氣了。

我坐在路邊，極其疲憊，體力透支，野狗一樣地喘著粗氣，歇了很長時間，可還是緩不過來，口乾舌燥，頭腦裡嗡嗡作響，許多聲音一齊湧過來。準備起身回去時，我看見他喊著口號走出單元門，精神百倍，趾高氣揚，繞著小區的健步道來回走圈，右手還牽著一個小男孩。我踩不穩步伐，搖搖晃晃來到他們面前，笑著跟男孩打了個招呼，他剛看見我時，有點沒反應過來，表情僵著，之後連忙領著孩子避開，我就跟在後面，寸步不離。

走了一圈半，他冒了一腦袋的汗，順著脖子往下淌，低聲跟我說道，兄弟，有啥事兒，能不能別當著孩子的面兒。我說，沒事，就是過來看看你們。他說，兄弟，對不住了，真不是你想的那樣。我說，我想啥了你知道？他說，總之，我跟你道歉，你衝著我來，咱怎麼都好說。我說，跟你沒關係，我主要是喜歡孩子，不信你來我兜裡摸一摸，裝著我給他帶的禮物。這時，男孩也轉過身來，仰頭看著我說，叔，你帶的是啥，我爸不讓我要外人的東西。我說，我是你爸的好朋友，不是外人。他說，你先冷靜，兄弟，有些後果我們都承擔不起，你給我一個機會，我好好解釋一下。我沒理他，跟男孩說，這個禮物呢，我本來要送你爸，後來又想給你，但是吧，你現在可能還用不上，那就長大一點兒再說。男孩說，叔，我都五歲半了。我說，是，那也還不夠，你就先記著，叔欠你一個禮物，作夢也得想著，千萬別忘。男孩說，行，我記住了，謝謝叔啊。

從這時起，我養成了一個壞毛病，像是缸裡的金魚，環境發生一點變化，就想要甩籽[5]，迫不及待，無法忍受片刻。近幾年裡，我經常主動申請出差，一旦放下行李，馬上想盡一切辦法，先把自己收拾利索，有時花點小錢，有時一分不花，有時很快，多數時候很慢，半天弄不出來，極為痛苦。開始時像是為了報復，後來也不是，就變成了一種習慣，染了毒癮似的，克服不掉。我在哈爾濱睡過一個長途司機的妻子，相貌不行，也不會打扮，但性格好，整個過程一直笑呵呵的，我說什麼她都不拒絕，結束之後，我給了三百塊錢，她開心得樂出聲來，我問她怎麼這麼高興，她說，老公今晚要回來了，一個多月沒見到，特別想念，她老公還說想吃燉豆角，她這就準備去買菜。我聽著很羨慕。我在上海也睡過，一個飛行員的妻子，特別過癮，身材棒極了，伺候得也周到，隨意擺弄，我從後面薅住她的頭髮，對著鏡子幹，她就一直哭個不停，我問她為什麼哭，她說，我好愛你啊，你知不知道。我說，妳再說一遍。她說，我真的好愛你。

講完之後，邱桐捂著嘴啜泣，一句話也不說，只是哭，不知是害怕還是憐憫。我說，這就是我的這些年，現在也厭倦了，想要毀滅一點什麼，可最終連自己也毀不掉。我跟孔曉樂還生活在一起，有天半夜，我起來撒尿，發現廚房亮著燈，我走過去，她坐在餐桌旁邊，披頭散髮，張著大嘴喘氣，面前擺了半瓶白酒，她說，我操你媽。我說，有什麼事兒明天再說。她說，你別以為我不知道。我說，妳以為我怕妳知道？她一把鼻涕一把眼淚，跪了下來，雙手伏在地上，跟我說，求求你，不要走，原諒我好不好，怎麼都行，你別走，我不想自己一個人。我低頭看著她枯糙的頭髮，沒有一絲光澤，像

5 通常指在群聊或社群媒體上，主動退出某個聊天群組。

一捧放久了的乾草，隨時可以引燃。我想起許多以前的事情，既不慚愧，也不淡然，坦白來說，我毫無知覺。我跟她說，我不走，因為我也無處可去。我們回到床上，睡了一覺，抱在一起又分開，第二天醒來後，好像一切都未發生過。

臨近午夜，餐廳打烊，我準備叫車回酒店，喝得頭疼，明天還要起早。邱桐讓我陪她再走一走，說不知道下次見面又是什麼時候了。長街空曠而安靜，地面濕潤，好像剛下過一點雨，我想，所謂時間，正是這樣一種不均衡的介質，或許是由意識來決定，儘管我們確立了秩序，制訂了種種規則，仍無法控制其流淌的速率。在這樣一個晚上，過去的許多年呼嘯而逝，又彷彿暫停於此，立在眼前，緩緩揭示著動作與樣貌。邱桐笑著跟我說，咱倆沒發生過啥吧，真記不清了，一孕傻三年。我說，放心，我們沒有。她嘆了口氣，說，我傻了整整六年啊。我說，女兒還認識妳吧？她說，偶爾打個電話，也不太親近，她都快七歲了，什麼都知道的。我說，你想她嗎？她說，不太想，或者說，盡量讓自己不想，我沒辦法面對她，太多愧疚了。我說，不能怪妳。邱桐說，很多時候，我根本不知道自己在幹些什麼，時常陷入恍惚，不知道為什麼來到這裡，我的生命像是一個個連綴不起來的片段，來不及做任何的準備。我說，那也不錯，至少可以保持著一點期待。邱桐說，是吧，我也這麼想的。然後又補充一句，也只能這麼去想了。

路邊有幢二層別墅，磚木結構，緩坡瓦頂，中央有門廊，刻工複雜精巧，頂端疊有玻璃穹頂，底部是一排歐式的石柱，圍著黑色鐵欄。舉目望去，月光在烏雲裡沉睡，暗紅的外牆落著爬山虎，多吸附在上部，下面零星幾枝，應是被修剪的結果。邱桐指著說，我們在這裡合張影，好不好？我說，沒問題。她舉起手機，調到自拍模式，螢幕裡是我們的臉，以及一片墨色的綠，在夜裡生長，吞噬著邊際。她比了一個勝利的手勢，我撇起嘴唇，好像她是一位永遠的贏家，而我根本不在乎這場遊戲的輸贏。邱桐說，我其實都不太記得孔曉樂了，就只有一次。我說，什麼？邱桐說，臨近高考時，爬山虎又長到了房頂，從窗戶外面伸過來，還記得吧，那次，學校請了個很厲害的工人師傅，穿著一身灰色的工作服，乾乾淨淨，拎著鋁製長梯，就自己一個人，懷裡裝著一把壁紙刀，攀上爬下，忙活一整天，然後跟大家說，清理結束，過後見分曉，誰都不信，以為是騙子，但沒過多久，只要在下面輕輕一扯，那些植物就一大片一大片地掉落到地上，很壯觀，像被施了法術，當時不知什麼原因，後來聽說，那人會在一堆葉片裡找到主莖，橫著切斷，之後就不用管了，待到養分供給不足時，葉黃枝枯，那些莖鬚再也沒了力氣，潰爛腐敗，自然從牆壁的縫隙裡脫落出來，這些都是孔曉樂告訴給我的。她還悄悄跟我說，那個人其實是她爸，你知道吧，我當時真的很羨慕她。我說，這事兒我都不清楚，結婚之前，她爸就沒了，她也沒跟我說起來過。邱桐說，我也就只記得這麼一件，我的記憶力太差了，能想起來的東西越來越少，越來越少，有時還會為此哭上一會兒，有人說能忘掉是很幸運的事情，我卻感覺沒有比這更令我難過的了。邱桐挽著我的手臂，低聲講述，我沒有說話，只是陪著她朝前走去，我的記憶力尚可，前面的街口我有印象，從此轉過去，十字路口再向北，走不到一公里，就是邱桐住的地方。而我離得還很遠，遠到要經過高橋，穿越隧道，一路走到天明。我想，在那時，她的孩子應該已經醒了，委屈地哭喊不止，以責備這一夜的離開，邱桐會一邊撫摸著他的毛髮，一邊遞去那只嶄新的玩具。他停下幾秒，笑起來，或者繼續哭泣，表達著喜愛與厭棄的情緒。在那片刻的安寧之間，他們望向對方，陌生而驚異，就像從來沒有遇見過那樣。

緩步

她的存在無法被抹去，像是一塊堅冰，或者一座島嶼，從大海裡升起來，橫亙在我們中間，始終無法融化與跨越。

木木說，今天我在走廊裡唱了首歌。我問，什麼歌？木木閉上眼睛，沒再說話。好像還輕輕吐了口氣。在她面前，橫著一塊模糊的螢光幕，泛黯的塑料薄膜尚未掀去，上面鼓著不少氣泡，像是裡面那隻企鵝、北極熊和獨眼貓在水中各自的呼吸。沒有聲音。它們的嘴向前努著，短蹼狀的雙手來回比劃，不知到底在講些什麼，沒過多久，便又坐著一駕墨綠色的燈籠魚艇匆忙離去，像是要去辦一件什麼了不得的事情，只留下一長串氣泡。大大小小的圓圈，與海水一起，從螢幕裡向外湧來。

很應景，木木正坐在一艘黃色的潛水艇裡，毫無疑問，披頭四專輯封面的造型，也是我最初會唱的幾首英文歌之一，歌詞簡單，像童謠。很少有人知道，這首歌是保羅·麥卡尼寫的，鼓手林哥·史達演唱，跟藍儂扯不上太大關係。我也是到了一定年齡才發現，他們樂隊那些我喜歡的歌曲，基本上都不是藍儂所作。初聽時不會想那麼多，那陣子，我跟小林剛談戀愛，她願意聽，我就循環播放，放著放著，她跟我說，以後要是結婚了，想把這張封面畫在臥室的牆上，這樣一來，每天就像睡在潛水艇裡。我覺得有點俗。夜深人靜，還要乘船去尋找神祕之海，十分顛簸，心力交瘁。我既沒贊成，也不反對。當然，這個願望最後也沒能實現，裝修把我們搞得心力交瘁，到了後期，基本是任人擺佈，工程隊的監理說什麼樣的吊頂好看，什麼牌子的塗料合適，我們就起立鼓掌，完全服從。剛住進去時，家具很少，連窗簾都沒有，室內空蕩，說話都有回音，像在山洞裡。夜間躺在床上，映著外面的光線，小林安慰自己說，還是白牆好，像一張畫布，怎麼想像都行，潛水艇裡也應該有一面白牆。

理髮器電機振動的聲音時大時小，好像在鬧情緒，李可皺著眉，向後使勁甩了幾下，這下可好，完全沒了動靜，她反覆推動幾次開關，跟我說，哥，沒電了，得充一會兒。我說，不急。她抱怨道，不堪用呢，下午剛充的。又轉過頭去，跟木木說，你繼續看動畫片，等會兒小姑再給你剪，行不？木木睜開眼睛，跟她說，今天我在走廊裡唱了首歌呢。

商場裡禁菸，我跟李可不敢遠走，躲進休息間裡偷著抽。休息間也是倉庫，被雜物灌滿，相當凌亂，地面上還有一攤沒來得及收拾的碎髮，我將一塊巨大的紅色凸形積木拖至門口，斜坐在上面，把菸點著，扭過身體盯緊外面的木木，她打了個哈欠，流出一小顆淚珠，似乎想去揉一揉眼睛，又伸不出手來，圍布太長，只鼓出來兩個拳頭，上下躥動，找不到出口，她看著樂，我也跟著樂。李可騎在一匹斑馬身上，兩腿蜷著，身體前後晃蕩，問我說，哥，樂啥呢？我抖了抖菸灰，說，沒事。李可說，哥，你的腰怎麼樣了？我說，不太好。李可說，醫院怎麼說的？我說，三四，四五，骶骨，三節突出，要麼忍著，要麼手術，別的都白扯。李可說，盡量別吧，聽見手術倆字兒都害怕，現在什麼症狀啊？我說，走路或者站著時間一長，腰疼腿麻，必須得休一會兒，間歇性跛行，有意思不？三十來歲，武功全廢。李可說，那不至於，我有個朋友，家裡祖傳治療腰脫，他爸是遼足[6]的隊醫，我帶你過去。我說，遼足都解散了，還隊啥醫，以後再說。李可說，小林最近怎麼樣啊？我說，我上哪知道去，應該挺好的。李可說，心真狠啊她。我說，不說這些，趕緊剪，完後我得帶她回家做手工，後天萬聖節，幼兒園有活動，一天天的，變著法折騰。

八點半，理髮結束，李可垂著手臂，與木木同時扭過身子，一齊望向我，眼神期盼，像在徵求意見。一顆蘑菇頭，也像鍋蓋，倒扣在腦袋頂上，躍躍欲試地準備接收一些地表之外的信號。不錯，這也是披頭四的同款。兩人的臉上都是頭髮茬子，眼眶盈著一圈淚水，太睏了，我也不由自主地打了個哈欠，然後豎起大拇指，跟木木說，完美。木木說，南瓜。我說，什麼？木木說，崔老師告訴我，明天我要演一個南瓜。我說，南瓜很可愛啊。木木說，不可愛。我說，那你想演什麼？木木說，不可愛。我說，好的，不可愛。木木說，我什麼都不想演。

李可送我們到電梯口，轉身回到店裡，把自己塞進轉椅，盯著動畫片愣神兒，跟個沒家的小孩兒似的。理髮店開了半年多，生意一般，會員卡沒辦出去幾張，前幾天又跟我借了一萬五，沒說做什麼，我也不問。知道得越少越省心。我媽一直不同意李可做買賣，不讓我拿錢，我都是偷著給。為此，小林當初還很不高興，每次吵架都提，沒完沒了。不過現在無所謂了，家裡只有我和木木。我們住在自己的小房子裡。像歌裡唱的，我們的生活如此美滿，我們有著自己想要的一切，藍色的天空，綠色的海洋，還有那艘黃色的潛水艇。聽著浪漫，像一個童話。實際情況則難以描述，不過我正在一點點恢復秩序，讓一切看起來盡量如常。在這一點上，木木比我做得更好些。

房子是十年前的回遷樓[7]，現在已是棄管小區，大門四敞，任意進出。一、二層是門市，開了兩間小超市，一家麵館，一個按摩院，棋牌室倒是有四、五家，徹夜不休，這會兒基本上是滿員狀態，正在酣戰。有人站在玻璃窗外圍觀。我們繞到樓後，走上臺階，經過一條隧道似的緩步臺，約有百米，平坦而狹長，我跟木木打過幾次賭，比誰先跑到單元門口：總是她贏。後來我發現她對此並無興趣，對勝負也沒，只是為了陪我而已，我也就沒什麼心情。緩步臺的左側如懸崖，下面是無聲的幽暗，另一側是住戶們的北窗，拉著厚厚的簾布，或用無數的廢紙箱堆積遮擋，我時常幻想，裡面住著一隻等待解救的松鼠，而那些箱子是它的武器，舉過頭頂便能進攻，也可以作為防禦，躲在裡面

6 遼寧足球俱樂部。
7 開發商徵收土地，賠給拆遷戶的房子。

過冬。我把這個想法跟木木講過。木木說，不對，有一次見到了那個人，踩在箱子上，穿著厚厚的爪子拖鞋，是個女的，不過長得確實挺像松鼠，也許是花栗鼠吧，我感覺。她說，但是，我也想要一雙那樣的拖鞋。

太平洋上有一座不知名的島嶼，又長又窄，植物稀少，沒有居民。這裡不是任何一片陸地的支脈，而是直接從海底升起來的，像大海的一截脊骨。它的北面是溫水，南面是冷水，走不多久，就能體會到兩個不同的季節，一邊是不歇的驟雨，一邊是充沛的日光。山岩排成縱列，陡峭而鋒利。一九三二年，一艘澳大利亞的科考船發現了這座小島，剛一登陸，便被眼前的景象所震懾，到處都是船隻的殘骸，龍骨折成數截，柚木甲板被侵蝕風化，偶見細小的白骨，被風一吹，如在抽搐。總而言之，誤入了一座孤零零的墓場。更可怖的是，這座島嶼自己還會說話，船員在岸邊能聽見有聲音從內部傳出來，一陣急促而空洞的聲響，之後是另一陣，音階無法分辨，但又極富韻律，有幾個水手認為，這座島是宇宙的竊聽器，能聽到天體之間的對話。這並不是一個好兆頭，類似的說法總會在他們之間流傳。夜晚安寧，待到次日，這種聲響演變成為巨大的噪音，鋪天蓋地，他們被迫醒了過來，放眼一看，艙外是數萬隻企鵝，密密麻麻，形成一道黑白相間的曠野，朝著海岸線不斷湧來，將他們的船隻團團圍住，來回掀動。沒人知道牠們竟是這樣危險，並且如此有力。企鵝的面色陰沉，振著前肢，伸開脖子，長喙一開一合，喉嚨裡發出嘆氣似的哀叫，要將不速之客驅逐出境。有位科學家準備仔細觀察記錄，剛一下船，便被叼住褲腳，幾隻企鵝甚至跳到了半空，好像會飛一樣，不斷啄咬著他的衣衫，直至撕爛。科學家大喊大叫，帶著滿身的傷口，狼狽地逃了回去。

聽到這裡，木木笑出聲來，問我，他是怎麼逃的。我齜起牙，一邊揚著腦袋，一邊誇張地揮動胳膊，高抬雙腿，向前奔跑幾步，然後蹲在地上，捂緊心臟，張大了嘴使勁呼吸。木木也學著我的樣子，彷彿身後有企鵝追趕，小聲尖叫著，來到我的身邊。風將一部分變黃的樹葉吹落在地，如遺失的海星。我拾起一片，抬頭遞給木木，她舉著葉梗，擋住自己的臉，說了幾句聽不懂的怪話，便又撲在我的身上，大口地喘著氣。我回望過去，數盞吸頂燈的倒影映在窗裡，懸於上方，模糊的反光積聚著，照出大面積的灰白色的霧，在夜晚裡蔓延。空氣很差。秋天總是這樣，好在就要結束了，然後是冬天，木木出生的季節，像世紀一樣漫長，無盡無休，又驟然消逝。小林離開之後，我才意識到，原來我有了一個女兒，一個女兒，每一個時刻裡，她都在為我反覆出生。

睡覺之前，木木跟我媽通了個視訊電話。我媽問她，妳想奶奶不？木木說，我想爺爺。我媽趕緊喊我爸過來，說，氣人不，說她想你呢。等我爸走到鏡頭跟前，她又說，我想看一看奶奶。折騰了幾回，她開始用手背揉著臉，我掛掉通話，熱了牛奶，又帶她去洗漱。收拾衛生間時，木木自己悄悄坐上便盆，半天沒有動靜，等我晾好衣物，她低聲跟我說，爸爸，我尿不出來。我說，不要緊，我們去睡覺。木木說，我怕又要尿床。我說，沒關係的，放鬆心情，尿了再洗，不怕。木木搖了搖頭，看看我，又點了一下頭。

我把她抱到小床上，裝進睡袋，她試著跳了幾下，噔，噔，噔，還給自己配了音，神態興奮，看起來也像一隻小企鵝。每天晚上我都會這麼想，卻沒對她說起來過。穿上睡袋模仿企鵝是小林與她之間的睡前儀式。小林無論學什麼都惟妙惟肖，還對我們進行過嚴格培訓，比如，如何扮演一隻企鵝：兩隻手放在腰部，掌心向下，指尖朝前平伸，左右手交替下降，身體隨之左右搖擺。按此做法，一扭一晃，沒個不像。事實上，小林的肢體語言極為豐富，不僅能模仿動物，還會表達情緒。她以前教過我，如果要表示憤怒，就將五指在胸前撮攏，瞬間向上抬動，同時伸開手掌，在心臟裡放了一團煙花；如果你愛上了一個人，那就伸出一隻手，用另一隻手輕輕摩挲這隻手的拇指指背。我照她說的做，動作不難，節奏不好把握，小林說我看著像一隻正在數錢的狗熊。她的頭髮遮住半張臉，笑得很開心。很少有人知道，小林的一隻耳朵聽不到聲音，先天性小耳畸形，自學過很長一段時間的手語。

木木說，爸爸。我說，閉眼睛，睡覺。木木說，我有點睡不著。我假裝打了幾聲呼嚕。木木說，爸爸，爸爸。我說，嗯？她說，大喊大叫的一天。我說，什麼？她頓了一會兒，說，你看過沒？那本書。我說，沒。她說，我好像看過。我說，家裡有嗎？她說，我記得有。我說，明天我找找，咱倆看一遍。她說，爸爸，明天，明天我不想遲到。我說，妳現在睡覺，我們就不會遲到。她安靜下來，但沒睡著，在床上蹬了半天，才老實了。呼氣聲柔和而均勻，像鐘錶一樣，將餘下的時間一一剝落。我暗暗祈禱，希望她今晚不要尿床，之前洗過的床褥還沒曬乾。再去買一套的話，怕是也來不及。

我問過李可，如果你是小林的話，要怎麼辦，會做出跟她相同的選擇嗎？當然，我很清楚，這種事情因人而異，不可能存在統一的標準答案，他人的結論只能作為一種參照，甚至起不到任何安慰效果。問題過於複雜，沒人真正清楚你生活裡的全部變數。選項卻總是那麼幾種，每一個都簡單得近乎殘忍，無可理喻。中間的推導過程卻是極為艱難的。如果要用手語表示，也許是以食指抵住太陽穴，來回鑽動幾下。

李可想了半天，不難看出來，她很想站在我的立場說話，最終不過是嘆了口氣，跟我說道，哥，你別問我了，我真不知道。我說，行。李可說，這事兒，有時候想想，覺得自己也有責任，我對嫂子的態度，實在談不上多好。我說，但也沒那麼差，過得去，妳別多想。李可說，咱家這些人你還不瞭解，都向著你，無論你說了啥，做了啥，都站在你這邊兒，到了今天這地步，我也犯糊塗，不知道是不是害你。我說，這跟你們誰都沒關係的。

我有一萬種的解釋方式，來印證我和小林的行為均無原則性的問題。比方說：既然我們公認的生活是那麼正確並且一貫正確，那麼，不甘心自己被此俘虜之人，只好通過偽裝與冒犯來展示自己的存在。再比方說：這並不是我們個人情愛之事，無所謂奉獻與虧欠，忠貞與背棄，而是生命本身存有的無可彌合的裂隙，凡途經此者，必然陷落於一種更大的痛苦、神祕與真實。但這些說法都沒什麼用。尤其在我跟木木單獨面對生活的時候，一切彷彿進入一個科學的、可被計量的體系之中：早上六點五十分起床，七點半出門；週一、三有英語課，四點半帶著水壺和餅乾去接她，再送到培訓學校；週二、五是跆拳道和表演課，五點半放學；週六上午學半天的舞蹈，前一天晚上，要根據上次的影片將那些動作複習一遍。黃色潛水艇永遠消失在深海。客廳裡縈繞的，只有《小鈴鐺》和《螞蟻掉進河裡邊》。有只小螞蟻呀，掉進河裡邊。它在哭，它在喊，誰也聽不見。波裡滾，浪裡翻，眼看把命喪。嗨呀，嗨呀，多麼渴望登上岸。

木木睡得很熟，喉嚨裡不時發出呼嚕的聲音，鼻腔也有點堵，我擔心是不是今天洗澡時著涼，畢竟還沒到供暖的日子，她又很討厭浴霸[8]，覺得太過刺眼，不夠友好。真沒辦法。我貼在她的床頭上，仔細聽了一會兒，直至聲音逐漸平息，然後打開筆電開始幹活，一幀一幀地過，相當無奈，很多想法不寫清楚，底下的工作人員就會把影片剪得一塌糊塗，毫無邏輯可言。我以前在臺裡幹新聞，根據百姓提供的線索，每天到處跑一跑，也不覺得辛苦，還比較適應；年初時，家裡有些變動，我就申請調去節目組，結果可好，時間雖相對可控，操的心卻多出幾倍，天天就是個改，上面也沒有具體建議，反正就是不斷調整，素材就那麼多，東刪西減，到後來自己都麻木了，看好幾遍也不知道到底想表達啥。很長時間以來，臺裡的效益一直不行，工資方面就更別提，已經壓了半年多，人家也不說不給，你管他要，答覆就倆字兒：緩發。能挺住就挺著，挺不住就自謀出路。好像從小林走後，我就沒往家裡拿過什麼錢。

有時候我想，小林辭職也有這方面的原因，不單是我。她在電視臺上了九年的班，連個編制都沒混上，確實沒大意思。小林在一〇年入的職，我比她早一年多，剛開始根本沒注意過她，當時我在跟一個電臺那邊的主持人談朋友，關係也不穩定，今天好明天分，打得不可開交，不打就更過不下去。那陣子我自己租房子住，隔三差五，總有別的

8 浴室暖風機。

女孩過來，她剛發現時，完全不能接受，我一頓挽留，辦法用盡，後來又有過幾次，她發現了也不提，裝沒看見，態度冷漠。我媽比較得意她，畢竟嘴上能說，也很會來事兒。我媽有個關係不錯的同學在臺裡當領導，那時還沒退，費了挺大勁，好說歹說，給她弄了個臺聘，然後我倆就徹底分手了。實話說，我一點兒都不怪她，主要是鬧騰幾個來回，也沒什麼熱情了，辦完這個編制，反而輕鬆一些，算有個交代。但那陣子的情緒確實比較差，全臺都知道我倆的事情，她倒不太在意，工作照常，談笑風生，我就不太行，不敢往大道兒上走，覺得特有壓力，天天低著個腦袋抄近路，誰也不瞅，戴著耳機，放的都是死亡金屬，在草坪上踩出一條荒蕪的小徑。不是怕誰笑話，也不是因為歲數不小了，連對象都處不明白，而是覺得年齡也不算大，精神卻消耗殆盡，一切像是走到了盡頭。

在此之後，有幾天晚上，我在樓上加班，才開始留意到小林。每天六點半左右，我在二樓的吸菸室裡抽菸，看著其他部門的同事下班往外走，三五成群，有說有笑，小林每次都是自己一個人，背著雙肩包，底下掛著一隻戴墨鏡的熊貓，搖來晃去，不斷敲著她的屁股，像一條驕傲的小尾巴。她從不走大路，總是沿著我踩出來的那條小道兒，一步一步往前走，且很細心，謹慎躲避兩側的草叢，有時候還要跳一下，如遇礁石。從上面看去，很像是緩慢經過一片凶險的暗綠色深海。我覺得這人很無聊，侵占我的成果不說，內心戲還不少，下個班而已，當自己在打《冒險島》。觀察了四、五回，有點改觀，正好我有個新節目，需要跟她對接籌備事宜，就有了一些聯絡。只要我看到她下班，踏上那條小路，就撥一下她的電話，響一聲就掛掉，然後發個訊息，說點有的沒的。這時，她往往會舉著手機停在草坪中央打字，敏捷而迅速，措辭精確，頗有禮節，她回覆過後，沒等走幾步，我迅速再發一條，她停下來，又開始打字，那條小路她經常要走上半個小時。我總是很恍惚，覺得自己正在控制一個遊戲角色，個子小小的，腦袋瓜兒上飄著一頂白帽，胃口很好，愛吃草莓和香蕉，走路帶風，前面是火焰、滾石、下沉的雲彩與橫著走路的餓鬼，我按一次鍵，她就可以順利逃開一回，雙臂擺動，繼續前進，去解救被封印的戀人，而我卻總想讓她慢一點通關。

傑克拍著肚皮，打了個飽嗝，說道，今年的收成真不賴，我又可以快活地過冬啦。魔鬼說，好心人，你種了些什麼？傑克說，馬鈴薯，白菜，西紅柿，和馬鈴薯。魔鬼說，能不能分我一些，我三天沒吃過飯了，餓得走不動路。傑克說，那當然，當然啦。魔鬼說，我會保佑你的，親愛的朋友。傑克說，但是，既然我們是朋友，能不能也幫我一個忙？魔鬼說，閣下，您說說看。傑克說，夏天時，我的皮球不小心卡在樹杈上了，一直取不下來，而我又不會爬樹。魔鬼說，樂意效勞。兩人蹦跳著兜了一圈，來到一顆大樹旁邊，傑克指向上方，魔鬼望過去，大樹忽然伸出雙手，將魔鬼死死抱住。魔鬼來回扭動身體。

大樹說，哈哈。傑克說，哈哈，中計了吧。魔鬼說，這是怎麼一回事？傑克說，別以為我不知道你是誰。大樹說，哈哈。魔鬼說，求求你，放開我吧，有什麼條件，我都答應你。傑克說，我要吃不完的馬鈴薯，蛋糕，還有美味的烤肉，我要永遠都過這樣的好日子。魔鬼垂頭喪氣，點頭允諾。大樹說，哈哈。然後鬆開了手臂。魔鬼插著腰，跺腳說道，傑克，咱們走著瞧。

大樹仰面躺著，一動不動，如被伐倒。魔鬼立在後面，面目莊嚴，吸了兩下鼻子。傑克蹲在地上，雙手捂臉，眼睛在指縫間來回亂轉。兩個女巫走了過來，齊聲問道，你怎麼了？傑克抬起頭，說道，為什麼一直是夜晚？我什麼都看不見。其中一個女巫伸出手指，對著空氣畫了個圈，二人若有所思。一個女巫說道，可憐的傑克。另一個說道，他真可憐。第一個說，原來這一切都是魔鬼的過錯。第二個說，他真可惡。第一個說，我們來救救他吧。於是兩個女巫原地轉了一圈，揮了揮魔法棒，指向左右兩側。一段急促的音樂響了起來，幾秒鐘後，舞臺後面冒出來兩隻胖墩墩的南瓜，乍起胳膊，橫挪著步伐，來到中央。南瓜的扮相古怪，肚子上套了個橘色的救生圈，腦門兒還貼了幾顆星星，閃閃發亮。女巫說，傑克，這是我們為你召喚的南瓜燈，請你把它帶在身邊。南瓜們主動移向傑克，將他攙扶起來，三人圍著女巫們轉了一圈。傑克行了個禮，說道，謝謝，我又能看見啦，世界真美好，感謝你們。兩個女巫手拉著手，跳著舞離去。倒在地上的大樹忽然叫了一聲，哈哈。然後滾了一圈。全劇終。

木木出了一腦袋汗，我用手帕沾了些溫水，一點一點給她卸妝。木木問我，你看見我了嗎？我說，看見了啊。木木說，我都化妝了，你怎麼還能認出來？我說，脫了馬甲我照樣認識妳，今天表現不錯，特別可愛。木木說，但是我什麼也不想演。

出門之後，她看見了我媽，掙開我的手，直接奔了過去，貼在身上不放，非要抱著。我媽的腰也不好，就讓我爸扛著她回家，走兩步跑兩步，一路樂得不行。我和我媽跟在後面。我媽說，今天吃餃子。我說，行，都愛吃。我媽說，沒用。我說，什麼？我媽說，學這些玩意兒，白花錢，我感覺沒用。我說，現在都學，不能落後。我媽說，以後在社會上誰能當個南瓜啊？像你似的。我說，妳也不懂，別管這些了。我媽說，小林咋沒來？我說，沒告訴她。我媽說，最近沒聯繫？我說，很少。我媽說，可真夠一說，這媽當的。我沒說話。我媽又嘆了口氣，說，你這爸當的啊。

吃完飯後，外面下起雨來。木木開始流鼻涕，臉頰泛紅，有點發蔫[9]。我媽說，今天別折騰了，在這裡住，我給她洗個熱水澡，晚上跟我睡，得注意觀察，這季節可別感冒了，不愛好。我躺在沙發上玩手機，我爸在看電視，裡面放的是陳佩斯的小品。我想起許多年前，春節聯歡晚會過後，總會放一部他演的電影，有時是《父子老爺車》，有時是《二子開店》，都很滑稽，每次我都下定熬夜的決心，卻總是看個開頭就睡著了，直到現在也沒看全過。我們家已經很久沒聚在一起過年了。前年我媽生病，在醫院裡搶救，忙得人仰馬翻，白天黑夜連軸兒轉。去年是李可，被傳銷的騙到廣東，好不容易逃出來，也沒買上機票，大年三十，打電話就是個哭。今年輪到我跟小林，在家裡待到正月初五，哪也沒去，誰也沒見，相互一句話也不說，只是盯著那面白色的牆壁。

木木身上裹著浴巾，腦袋上包著一條粉色的枕巾，被我媽從衛生間裡拖出來，兩隻腳還沒完全乾，在地板上踩出一溜兒水印。孩子長得就是快，不知不覺，幾個月前，一條浴巾也還勉強夠長，現在就完全不行了。外面的雨聲很大，伴隨著隱隱的雷鳴，木木跑來我這邊，撅著屁股，上半身趴在沙發上，很急促地喘著氣，也不講話，我伸過手背，摸了摸她的額頭，又摸一下自己的，好像我的更燙。這時，手機震了一下，小林發來消息，問我：今天演節目了？我回道，是。小林說，錄下來了嗎？我說，沒來得及。小林說，我跟她視訊一下？我說，在我媽家。她就不再回覆了。沒記錯的話，本月之內，這是她第二次跟我聯繫，上一次是提醒我拍生日照需要提前預約，以及記得去補一針流感疫苗，而還有三個小時，這個月就要過去了。

我本來以為，向木木解釋小林的離開是一件很困難的事情，確實不知怎麼說為好。李可說，你可以跟她講，爸爸媽媽雖然不住在一起了，但對妳的愛是永遠都不會變的。我心裡說，妳真是沒有孩子，這種話講不出口的。一個問題接下來就是許多個問題。為什麼不在一起了，為什麼別人的爸爸媽媽還在一起，為什麼離開的人是媽媽，為什麼對我的愛就永遠不會變，你們之間的愛不是變了嗎？自己答不上來，就別指望能說服得了任何人。小林剛走時，木木住在我媽家裡，天天鬧，使勁喊，嗓子都破了，哭得筋疲力盡才能睡著，到了後半夜，經常忽然自己在床上站起來，閉著眼睛說，媽媽呢，我要去找媽媽。我媽也心疼，一邊哭，一邊抱著她來回走圈，唸經似的說著話，唱遍所有能想起來的歌謠，連燈也不敢開。到後來，我媽的身體實在吃不消了，住了次院，我就接回到自己這邊，也是奇怪，木木跟我在一起，從沒主動問過小林的事情，好像我們之間達成了某種默契。有時我覺得，我跟木木更像是一對戀人，對彼此的前任避而不談，即便她的存在無法被抹去，像是一塊堅冰，或者一座島嶼，從大海裡升起來，橫亙在我們中間，始終無法融化與跨越。

關燈許久，木木也不睡，一直在說著話，笑個不停，隨後又下了床，跑來我的房

---

9 形容精神不振。

間，跟奶奶說，我去看一眼爸爸。她在地上晃了一圈，發現我還沒睡，便爬到床上來，躺在我的身邊。我媽跟了過來，對木木說，快回屋，幾點了都。木木說，但是我還是想跟爸爸一起睡。我跟我媽說，跟我吧，習慣了，讓她在這兒睡，我看著她，沒問題的。

窗外的雨聲漸弱，風卻颳起來了，涼颼颼的，從窗戶縫兒裡往屋裡鑽，發出一陣陣虛弱的顫聲。我給木木又加了層毯子，她蹬掉，我再蓋上，她又給踹開了。就是這樣，在幾乎所有事情上，我都強不過她，不知道脾氣隨誰。木木說，爸爸，給我講個故事。我說，沒有故事，睡覺。她說，我睡不著。我想了一下，問她說，妳想演女巫，是嗎？她說，我不想演女巫。我又問她，那妳害怕魔鬼嗎？她說，不害怕。我說，其實我覺得，今天的那棵大樹更像是魔鬼啊。木木說，不是。我說，為什麼？她說，不像魔鬼，不是。我問，為什麼呢？她說，大樹是辰辰啊。

有一天下班時，剛好看見小林走去那條小路，我跟在身後，走到中間，喊了她一聲，她左看看，右看看，又在原地轉了一圈，終於發現了我。後來我才知道，單耳聽不見的人，很難辨別聲音的來源方向，所以在某些時刻，小林的動作顯得有些遲緩。她的右耳健全，我們走在路上，她就總貼著我的左邊，看起來像在保護我。無數車輛從她身邊飛馳而去。我比較不適，總想拉過來一把。聽我講話時，她習慣性地將頭側過來，彷彿集中了全部的精神，極為虔誠，這樣一來，我反而不知怎麼說為好。

項目的進展並不順暢，籌備尚未結束，就被上面喊停，我的心情卻比從前好了一些。那段時間裡，我跟小林相處得比較愉快，她很聰明，經常是我的話只講一半，她就完全明白了，但會堅持著聽完，確認全部細節，再去執行。到了後來，我對她的信任度逐日增加，無論遇到什麼事情，都想聽聽她的看法。她很有耐心，一點一點為我拆解，卻極少談論自己，每次問起來時，她也只是擺擺手，對我說，實在是沒什麼可說的，人生履歷就是這麼簡單——離家上學，順利畢業，在臺裡實習，簽合約轉正，上班下班，被拖欠工資。我問她，有什麼愛好。她說，也沒什麼，都不怎麼逛街，只喜歡在家裡聽聽歌。

我們就在她租的房子裡面聽歌。我帶去了無數張唱片，各種風格都有，一聽就是一個晚上，我喝著啤酒，她偶爾處理一些工作，或者準備公務員考試，反正總有些事情要做。她不愛聽金屬和龐克，覺得吵鬧，喜歡古典，但聽不太懂，版本複雜，沒心思鑽研，最喜歡的還是六、七〇年代的那些民謠，巴布．狄倫或者瓊．拜亞的歌。小林問過我，如何看待他們二者之間的關係。我說，拜亞當時的名氣更大一些，熱衷社會運動，投身其中，狄倫很害羞的，對這些也不太感興趣，在自傳裡寫過，第一次看拜亞演出時，目光便久久不能移開，覺得她榮耀又聖潔，如花環一般，幾乎無所不能，嗓音美妙無比，像是在為上帝獻唱，能驅逐世上全部的厄運。小林又問，那你怎麼看待我們之間呢？我說，我以前總在樓上抽菸，看著你自己走上那條小路，總會想起一位美國作家的詩句，他說，一片樹林裡分出兩條路，而我選擇人跡罕至的一條，從此決定了我一生的道路。小林說，你喝多了？我說，絕對沒有。小林撇了撇嘴，沒再講話。我說，那妳怎麼看呢？小林想了想，說道，答案在風中飄，我的朋友，答案在風中飄。

木木捏了一下我的手，我以為在逗我，便回捏過去，她又用力拽緊了手指，我才反應過來，她是想讓我注意到走在前面的那個人，穿著一件棕色的羽絨服，長及腳踝，在這個季節裡，稍顯誇張，半長的頭髮披在頸後，踩著一雙高跟鞋，跛在地面，發出噠噠噠的響聲，彷彿抬不起腿來，隨時都會暈倒。我想了一下，說，松鼠？她先說，是。又說，不是，是花栗鼠。我問，有啥區別？她說，更小一點，但頭很大，還演過動畫片。我說，那妳要不要過去打個招呼啊？她說，啊，我可不要。

木木對於命名特別嚴謹，我在手機裡收藏了一篇很長的文章，是《彩虹小馬》的角色介紹，數目近百，她總會要求翻看講解，一遍又一遍，從不厭煩。我時常讀得眼花繚亂，木木卻幾乎都能叫上名字來，也熟悉每一匹小馬的秉性，甚至對會不會飛、在哪一集出場等細節都瞭若指掌。最開始她喜歡的是雲寶，性格外向，熱愛冒險，絕招兒是彩虹音爆。最近比較傾心於月亮公主，有點孤獨，略帶神祕，被放逐到月亮上一千年，曾對此很不滿，企圖讓世界陷入永久的黑暗，後被感化，經常去解救那些困在噩夢裡的小馬。

我們走到單元門口時，長得像花栗鼠的那個女人還沒進去，她的雙手插在挎包裡，像是在找些什麼。我和木木停止對話，一起望向她，總覺得她要跟我們說點什麼，她看著我們，眼睛瞪得很大，睫毛一閃一閃。我有點不好意思，微笑著對她點點頭。她沒回應我，而是蹲了下來，將衣服前襟攏在膝蓋上，說道，木木？木木往我身後躲了躲。我很好奇，轉頭問木木，你認識這位阿姨嗎？跟她問個好啊。木木搖了搖頭。她繼續問，記得我嗎？我是辰辰媽媽，我們見過的呀。我說，辰辰？大樹辰辰？她說，什麼？我說，啊，木木有個同學，前幾天演了一棵樹，也叫辰辰。她勉強笑了一下，說道，應該不是。我說，不好意思，那是我弄錯了。她說，木木，妳還記得辰辰嗎？辰辰很喜歡妳呀，總提到妳。木木繼續往後面躲，背對過去。我問她，妳記得嗎？她也不說話。我解釋道，她就這樣，比較內向，遇見生人很害羞，話也少，有空帶孩子來家裡玩，真巧啊，住在一個樓裡。她偏過頭去，扮了個鬼臉，想逗一下，可木木壓根不看她，一個勁兒地拉著我的衣角。她站起身來，朝著我點了點頭，說道，好，好。

我們上樓之後，木木好像有點不高興，臉也不洗，動畫片也不看，拎著一隻絨毛蝸牛在客廳裡走來走去。我說，妳今天的表現可不太好，見人也不打招呼，有點沒禮貌。木木不吭聲，只是看著我。我又說，不過我也不打算勉強妳，這沒什麼的，對吧，不是跟誰都需要講話，我能理解妳。我企圖討好一點，可她還是不理我。

木木睡得很快，我也很睏，但還得兩個小時才能休息。快洗模式半個小時，混合模式一個小時，嬰兒服模式則是先加熱到一定的溫度，洗乾甩淨，再進行消毒，共計兩小時，這是洗衣機的標準法則，不可侵犯。我在一本書裡讀到過，洗衣機的語法粗暴至極，無視差異性，所有的衣服在此都是平等的，沒有尊卑貴賤之分，一旦被拋入其中，便被迅速地攪拌在一起，不可豁免地混作一團，其符號價值被無情吞噬，在滾筒裡，沒有倖存者可言。我打開陽臺上的窗戶，點了根菸，向外望去，覺得世界無非也是一個滾筒，重力作用，正向與反向的輪轉，粗糙而強悍的旋律，不斷在內部之間摔跌捶打，無可逃脫，也意味著無人生還。我將紗窗拉開，想將菸頭滅在窗臺外面，忽然發現有人還在單元門口，雙手扒著緩步臺的欄杆，探著腦袋，也剛抽完菸，與我的步調一致，正在碾著菸頭，好像我們同時位於滾筒的某個位置。接下來，也許將一起接受上升或者下降。

我披了件衣服，輕帶上門，又摸了摸鑰匙，往樓下走，她見到我時，並不驚奇，笑著點點頭，問我，木木睡著了？我說，是。她說，她好乖的。我說，今天玩累了。

她說，小孩子嘛，還是比較好哄。我說，辰辰也是吧。她沒講話。我又說，不回家嗎，晚上涼了，鑰匙沒帶？她說，沒，想待會兒，還有菸嗎？我幫她點了一根，給自己也點上。她說，你不會紮辮子吧？我說，什麼？她說，所以木木總梳著個鍋蓋頭。我笑著說，是這道理，學也不會，沒這項技能。她朝著黑夜裡吐了口菸，停下幾秒，繼續說道，你的故事都好聽啊。我說，故事？她說，我就住這一層嘛，總能聽到你給女兒講故事，扭來扭去在散步的小蛇，小裁縫智鬥巨人，島嶼上的科學家和企鵝，點頭或者搖頭的錫兵，只是個片段，沒頭沒尾，你們邊走邊講，等到了門口這邊，我就什麼都聽不見了。我說，慚愧，亂編的，打擾到妳。她說，剛才我知道你們走在後面，想著在這裡等一等，興許能聽到個結局，但是也沒。我說，不值一提。她說，沒，我很喜歡，每天晚上，我都把窗戶拉開一道縫兒，搬把椅子，守在陽臺上等著，我就躲在箱子後面，有時等了很久，很擔心是不是錯過了，或者木木發生什麼事情，但如果能聽得到，就很開心，睡得也好一些，我知道她叫木木，很早就知道，但她不認識我，不要怪她。

我說，她認識妳，但不認識辰辰，我們睡前聊了一會兒，她知道你一直在聽我們講話，我一點兒感覺都沒有，有些話她故意要說給妳聽的，不管妳信不信，反正就是這樣。她說，木木最聰明了，你今天講故事了嗎？我一句都沒聽見。我說，沒有，她給我講了一個關於魔鬼的故事，很可憐的魔鬼，所有人都想盡辦法要對付他，可他根本不知道自己犯了什麼錯，只是不停被耍弄，不停地許諾，不停地滿足他人的願望，被釘在樹上，被困在鼻菸壺裡，被放逐到很遠的地方，你知道，人們總是那麼貪婪，魔鬼卻那麼軟弱，無論躲在何處，最終都會被揭開面目，無可逃脫，真是沒辦法啊，明明是人們先找到他，非要來交易靈魂的，也許他唯一的錯誤就是扮演了一個魔鬼。她說，唯一的錯誤。我說，對，這也是木木說的。她說，我明天要搬走了，收拾了好幾個月，終於把東西都裝進箱子裡，真沉啊，推都推不動。我說，祝妳順利，希望以後還有故事聽，肯定比我講得好。

我回到樓上時，洗衣機已經停止運轉，我拉開艙門，將衣服一件一件抻開、鋪平，晾在陽臺上，窗戶沒關，夜風溫柔，緩緩吹進來，像在為我披上一層薄薄的衣裳。木木睡得不太老實，嘟著嘴，皺緊眉頭，一隻小腿搭在床沿上，幾乎要掙脫出來，從後面看去，睡袋像是一件很威風的斗篷，我想，她是正準備去解救那些噩夢中的小馬。手機上有兩個未接來電，都是小林打的，時間太晚，我猶豫著是否要撥過去時，收到了一條她發的消息：不用回，沒什麼要緊的，剛才只是想確認一件事情，現在我知道了。我的另一隻耳朵也聽不見了。我好像再也想不起來木木的聲音了。

春天的末尾，我跟我媽帶著木木去了一趟海邊。原本這裡是一片野海，在我很小的時候，也來過一次，但沒什麼印象了，只記得在沙灘上鋪著一張張巨大的漁網，踩在上面，彷彿隨時會被捕獲，高高吊起來，放在集市上售賣。如今此處被開發成一個新的小鎮，充斥著現代氣息，生活便利，建築設施一應俱全，甚至還有美術館、劇院和禮堂，無論走在哪裡，都能聽見一陣輕快的音樂，沁人心扉。木木很喜歡這裡，她很忙，每天上午要去海邊撿貝殼，中午回來休息，下午去農場裡看小花，或者在草坪上打滾，玩到筋疲力盡。我媽說，她自己很久沒看過海了，上次來這裡時，正懷著李可，行動不便，我也不太聽話，我爸更是指望不上，成天跟她對著幹，她每天都很累，沒有盼頭，萬念俱灰，夜裡偷偷哭上一會兒，也不敢出聲，怕吵到我們，當時覺得快要活不下去了，可一晃就是這麼多年，也都過來了。

我知道她是在勸我。我假裝聽不出來，每天盡量鼓足氣勢，擰緊發條，像一匹童話裡的飛馬，帶著木木上天入地，奔跑不息，我想，只要她開心，我就快樂，只要她願意，做什麼我都值得。我像一株寄生的植物，無法自給養分，只是日夜低語，將命運與她緊緊相依。我再也不需要成為什麼，沒有願望，也不想去擁有自我，一點兒也不想，人一旦有了這種意識，就很可怕，像島嶼上叢生的密林，沙沙生長，不止不歇，直至遮蔽全部的光芒與道路，長久困在噩夢之中。我不要這些。

旅程結束的前一夜，木木睡著之後，我自己一個人來到海邊，走了很久，沒有月光，星星也被隱去，只是一片深色的綠。我脫掉鞋子，踩著砂礫，一步一步邁入大海，溫暖輕柔的水浸過我的腳踝，我站立於此，舒了口氣，抖抖肩膀，伸出兩隻胳膊，想要畫出一道從未有過的手勢，卻始終不得要領。波濤湧來，身後寂靜，世界如在一側呼喊。那是一首海水、島嶼與天空的奏鳴曲，為我豎起一道光亮的牆，時遠時近，無法逾越。赤色的暗雲落在海面上，發出火焰熄滅的微弱聲響，它一刻不停地沉入水底，給予短暫如幻的照亮。接著是引擎聲與浪聲，貯存許久的音階，相互抵抗，向前或者退後，保護著的同時也在毀滅。最後是清澈的鳴叫聲，如垂冰一般鋒利，來自鷗鳥、松鼠或者小馬，上古的山林，幽暗的房間，萬無一失的夢境。而那些被忘卻的聲音不在其中，遙不可及，我無從追尋。它曾棲於我的體內，如同昔日的私語，遠在此處，如今逕自飛行，去往我需要行進的方向，接續不斷，消逝於失落的耳畔。總要逝去，也必將逝去，儘管此時，它正如凌晨裡悄然而至的白色帆船，掠過雲霧，行於水上，將無聲的黑暗遺落在後面。

透視法

她輕輕唱了起來，在狹小的空間裡，悄悄挪動步伐，如秒針一般，前進又後退，也像那隻鴿子，被微風撫著羽毛，漸飛漸遠，黑如牠的影子，變作一個正在消失的點，若隱若現。

一

我中考成績不錯，滿分五百二，我考了四百八十五，全校第十，重點學校任選，且是公費，一分錢不花。正合父母心意。在考場上，我的狀態有如神助，勢不可擋，答數學卷時，最後一題分為兩種情況，斜率存在或者不存在，我心裡明明清楚，但寫完第一種就不想寫了，空放著，位置留出來，像是挑釁。眼睛盯著牆上的石英鐘。秒針每走過七格，便會倒退一格，再往前走，我在心裡默算，若以此為基準，一分鐘要溢出多少秒，後來發現情況不止於此，秒針僅在五點與七點之間才會發生倒退，其餘位置則不。每次走到那裡，都像被輕輕抬開，有時一次，有時兩次。我坐在第一排，上行與下行時，能聽見振盪器發出的滴答聲，略有不同：順時針的話，類似電影裡擰上消音器的槍，精準連發；逆時針時，機芯倒行，像對射擊的一次短暫否定，拉開慢動作，轉身去追那些飛出去的子彈。我閉上雙眼，休息一會兒，聲音卻愈發清晰，時間如彈雨，從身後打過來，躲避不及。我出了一身汗，襯衫濕透，決定提前交卷。

接下來是假期，無需補課，便經常跟幾個朋友回到學校裡踢球，打小門兒，不許遠射，全練腳下技術，傳切配合。規矩如此，但真踢起來，情緒抑制不住，前方無礙，忍不住就要抽上一腳，眼看著球往高處飄，被柳枝拂過，速度減緩，滾落並消失在平房的屋頂上。

西側的平房建得十分奇特，不知以前作何用途，外窗全是鐵欄，內部昏暗空闊，燈光吊在半空，油漆味道濃重，我們以前偶爾在裡面考試，搬來各自的桌椅，伏案答題，相互間距五米，沒辦法抄，低聲說話都有回音。學校原為橋樑廠，隸屬鐵道部，九〇年代分離出來，獨立經營，不久後倒閉，全員買斷工齡，自謀出路。我們的物理老師，以前在廠裡任工程師，中級職稱，姓戴，女性，四十來歲，思維行動敏捷，身材瘦小，一米五幾，頭髮枯色，反覆熨燙又高高盤起，像是頂著一座久未噴發的火山，這樣一眼望去，約有一米六，稍多些威嚴。上課時，她給我們講過，實驗樓本來是拌合站，操場上碼著樑底模和側模，以及無數黑色橡膠條。教學樓的位置，以前是龍門吊，雙主樑結構，精鋼建造，起速一分鐘十米，全國最快，可惜拆了，不然站上去五分鐘，車輪一滾，想想你們答的分數，自動就會往下面跳，這樣一來，大家都比較省心。

這一排平房開了個豁口，兩側磚頭鋪高，壘成柱型，角鐵依序焊入，拉開隔斷，權作簡易校門。旁邊是收發室，朝外敞著半月形小窗，類似過去的遞信口，需探頭交流。一面牆上塗滿石灰，來作為黑板，上面以油漆打框，粉筆寫著班級資訊、紀律分數等。學校遷至這裡不久，牌子一直沒有掛，說是想找名家題字，但不太容易，校史短暫，沒什麼傑出人物，目前最著名的，不過在本地電臺主持一檔午夜感情節目，每天在廣播裡說著一些廢話：沒有水，會有魚嗎？沒有椅子，會百年站立嗎？沒有天空，萬物會生長嗎？諸如此類，莫名其妙，說服力實在是不足。兩幢教學樓是新蓋的，均為四層，復刻蘇式建築，品質不達標，幾場雨過後，外牆落漆，一道道水漬如同涎液，滲至地表，許久不乾。很多過路者，仍以為此處是橋樑廠，並且十分好奇，怎麼會有學生聚在此處談笑打鬧？得知情況後，相互揣測，學生年紀小，陽氣旺盛，或能調和此地之陰森可怖。

橋樑廠的主要任務自然是造橋，而對於此事，自古以來，各路說法都比較邪，舊時傳聞，橋樑竣工之後，要送去一對年輕男女，女的嫁與河神，坐上紙紮彩船，在河心旋轉沒入，男的則一步步邁進去，沉至水底，扎進淤泥，抖開雙肩，作為樑樁，至此可保百年平安。後來技術興起，不講封建迷信，只喊兩句口號，一句是，讓高山低頭，讓河水讓路，另一句是，與天地奮鬥，其樂無窮。測好位置，鑽孔灌樁，下進去鋼筋，在河裡建的話，還要築個島，將周圍的水隔開，工作人員就待在上面，無拘無束，午睡醒來，翻身望去，水面上的波紋蕩漾著向外延伸，看得時間一久，也像是不斷近身湧來，令人倒吸一口氣。雖不再供奉河神，祭河儀式仍不可缺，彼此心照不宣。大橋落成後，建造者買來燒紙，站在岸邊，在手中點燃，往河裡輕送，火光浮在水上，由近及遠，閃動不滅。這也是戴老師講給我們的。故事說完，全場鴉雀無聲，倒不是害怕，只是覺得與那位大幅度扭動身軀勾勒磁力線的優秀教師形象不符。仔細想想，不算稀奇，牛頓研究萬有引力，最後信了上帝，萬物不得解釋，往頂上一推，算給自己一個交代，渾身輕鬆。人跟自己總是畫不上等號，這點我後來常有體會，往往嘴上說的是一個事兒，手裡做的是一個事兒，心中想的又是一個事兒。也不是錯亂分裂，現實情況如此。

戴老師是我們的班主任，授課時如百獸附體，形態活潑多變，在班級管理方面，卻十分嚴厲，完全不講情面，擅長體罰與沒收物品，很難溝通。她與教鞭等高，卻能將後者當作一柄長槍使用，恣意揮舞，懷疑有些武術基礎，至少敲碎過兩面黑板。後來我沉迷電子遊戲，經常能想到她，其中一式是，快速旋轉長槍，擊飛周圍所有敵人，並有一定概率使其受傷。我們若在她心情不佳時，集體圍過去，恐怕就可享受到此種待遇。

畢業聚餐時，戴老師換了一身打扮，穿著白色運動裝，拉鏈提到下頜，頭髮披散下來，箍著髮夾，和藹友善，笑臉相迎，在桌子之間來回竄動，我們一時不太能適應。這種場面很像是馬戲團的最後一夜，大象和老虎即將被賣掉，飼養員放下了鞭子，不再喝斥抽打，而是輕聲訴說，他有多麼愛你，有多麼不捨，憶起昔日情誼，離別倍覺依依。關於逝去的時光，不管是好是壞，人們總要懷著一點虛偽的寬容，並非善待他人，而是開導與勸勉自我，去修飾一個不存在的時刻，如此一來，便沒有懊悔，也不會不安，永久立於暴風之眼，成為平靜的倖存者。每個人必須相信自己擁有過那麼一點點的好運，否則很難繼續生活。從這個層面來講，記憶不是實在的事物，而是虛空之鎖，人的精神是鑰匙，打開一道又一道，接連不停，過去與未來由此得以匯合。

飯後，她要求服務員清潔檯面，將隨身的背包輕放在桌上，打開拉鎖，抓緊底角，高舉過頭，嘩啦啦倒出來一桌子信件，各種顏色規格，有近百封。然後又擺出一副親和面孔，對我們說，初三這一年很重要，可以說是人生的轉折點，考不上好的高中，就上不了好大學，上不了好大學，將來畢業就沒好工作，一環扣一環，連鎖效應，所以，希望大家能夠諒解，這一年裡班級的信件，我沒有及時交給大家，寫信回信浪費時間，還會引起不必要的情緒波動，耽誤學業，而且老實說，都沒什麼用，我見得多了。現在畢業了，物歸原主，我把信還給你們。

我們踢球一般是在上午，人齊了就開始，差不多中午結束，各自回家，吃飯，午睡，打遊戲，看一點閒書。差不多玩了一個月，因為場地問題，與另一夥兒外來的發生衝突，鬧得很不愉快，從此校方緊鎖大門，輪班值崗，本校學生也不許入內。校園空空蕩蕩，同學之間逐漸斷了聯繫。某天傍晚路過，我發現操場上落著許多鴿子，灰白皆有，圍在球門附近，不太會飛，以前沒怎麼留意，應為附近居民所飼。我意識到，這所學校以後跟我再不會有什麼關係，三年時光轉瞬即逝，有些傷感，便給門口保安買了盒便宜的菸，跟他說明情況，剛從這裡畢業，略有不捨，想再進去坐一會兒。他打量一番，菸沒收下，只將鐵門拉開一道縫隙，我側身鑽過去，在操場上跑了兩圈，最終靠著東側的門柱坐下來，十幾隻鴿子散落腳邊，四處跳動，低頭銜起石子或者不知誰撒下的玉米粒。幾年前，我家有個親戚養過信鴿，投資不少，購來優良品種，準備打比賽，心氣很高，每日精心餵養，可惜最後連丟帶死，賠得一塌糊塗，那陣子他在飯桌上，別的不談，只談鴿子，我雖然沒什麼興趣，但也聽過一些常識。辨別鴿子是否優良，首要一點是觀察它的眼睛，分好幾個部分，最外面是角膜，然後是面砂和底砂，最裡面是瞳孔。面砂也叫虹彩，有薄厚深淺之別，顏色偏紅，有的帶黃痣或者白痣，光線變化時，瞳孔收縮，它跟著迅速運動。底砂要鋒利密實，質感堅固，隱隱透映一部分，瀰漫溢出，否則不能遠翔而歸。看得久了，不自覺會被其吸進去，那些眼睛近似於宇宙天體，星雲與星團，疏散又聚攏，不斷變幻，中央瞳孔近似於黑洞，所有一切在此漸漸熄滅。

想到這裡，我不禁將背包裡的那封信又掏出來讀了一遍。信封是最普通的牛皮紙，跟裡面裝的兩頁內容相比，規格過於隆重。地址與姓名均以鋼筆寫就，字跡精巧，有幾分秀氣，由於時日太久，難免有些磨損，但仍可辨認，郵編為一三七〇一〇，寄件人名叫陳琳，吉林白城某校學生。聚餐那天夜裡，我第一次讀到這封信，花了很長時間，憶起前因後果。一年多前，有次學校開運動會，我與朋友趁著午休去上網，打了一會兒遊戲，然後在某音樂網站聽歌，那段時間裡，我對搖滾樂懷著無比強烈的熱情。網頁的右側是聊天室實況，我看見有幾個人正在吵架，文字像火柴，一根一根被摔出來，相互引燃，一小片的火在螢幕上燒起來。我很想加入進去，卻不知說什麼為好，最後只是譏諷兩句，無人回應。之後，我專心聽曲子，卻總被異樣的聲響干擾，點進去一看，發現收到一個私聊，具體網名記不清，內容大概是，認為我剛才講得很聰明，她也贊同。雖是短短幾句，也讓人有些得意，接著又隨便聊了一點，關於音樂風格與偏好等，她問我在聽什麼歌，我說，不妨猜一猜，一首九分鐘的長曲，地下樂隊作品。過了一會兒，她說，想不出來，馬上要回學校了，我給你留個地址，方便的話，可以寫信告訴我。

我並沒有刻意去記，在幾天後的期中考試裡，那首長曲卻一直在耳朵裡響，周圍的一切都像在對它做出回應，走步聲、打鈴聲、外面的風聲……都能讓我想起這首歌的某一段落，並由此開始，進行數個小節的循環，我被折磨得心神不寧。至最後一門科目，答過題後，我在紙上隨意塗畫，那一行閃著螢光的文字地址，忽然落在筆尖上，我清楚地將其寫下來，姓名、住址與郵遞區號，如同從螢幕上揭掉，又貼在眼前。於是，在剩下的時間裡，我用草紙給陳琳寫了第一封信。

事到如今，我無法確切記起那封信裡都說了些什麼，按照推測，應當是在簡要介紹情況之後，開始進行一系列的控訴、抱怨與謾罵，涉及到身邊同學、老師、家長以及教育體制等，好像當時跟稍遠一點的人們，只有這個可談，實際上，境況並沒那麼糟糕，但在那段時間裡，如果身上沒有傷痕，也要虛構一點出來，所有的意義必須經此得以呈現。幸福與滿足很難得到共鳴，失敗與傷痛卻輕而易舉。真假並不重要，人們是依靠疤痕、傷口，以及血的腥味去辨識同類的。可能還提到了一點音樂，應該不多，因為陳琳的回信裡並未涉及。我也不記得是否告訴過她那首歌的名字。總的來講，這封信的內容應該很簡潔，二十分鐘左右寫好，考試結束，我在回家的路上將信寄了出去，之後就把這件事情忘了。直至時過境遷，重新收到了這封回信。

兩頁原稿紙，折成三疊。陳琳的字寫得很小，相當工整，置於紅框的正中央，彷彿只要搖晃一下紙頁，那些字便會跟著振動，來來回回，撞在四周，發出一陣悅耳的叮噹聲。

不知應稱呼你的網名還是本名：

展信愉快。

實在沒有想到，會收到你的來信。這有些意外。不過，所有今天的意外，如果放在時間長河裡，似乎都有跡可尋，並不是毫無緣由（緣，我還查了一下字典，不想用其他字代替），你說是嗎？我這樣說，你會不會覺得有點奇怪呢？可能我就是一個奇奇怪怪的人吧，身邊的同學也這麼認為。

外面天空灰濛濛的，我在寢室裡給你寫信，身體不太舒服，就請假了，沒去上課。去不去都沒什麼差別，我唸的是職高，學酒店管理，剛來這裡兩個月，失望透了。你學習成績應該不錯吧？我數學不好，很多問題都想不明白。

你平時有什麼愛好呢？除了聽歌之外。

初次通信，不知道說點什麼好。告訴你一個事情吧。我養了一隻鴿子，應該是有主人的吧，我想，腳上套著黑色的環，上面有三個數字，四一七，不知何意。上個月末，我在看書時，牠落在陽臺上，不吵不鬧，只是一直盯著我，怎麼都趕不走，飛了一圈又轉回來，不斷啄著玻璃，我打開窗戶，索性就抱進來了。我沒養過鴿子，也不知道餵什麼，從食堂要了一些黃豆。牠還挺愛吃的。

你知道鴿子怎麼睡覺的嗎？我最近觀察了一下，牠睡覺時也會閉眼，單腿站立，另一條腿收在羽毛裡，脖子反轉，將頭縮進翅膀之中。這幾天沒來暖氣，牠睡在我的枕邊，整夜基本不動。昨天收到你的信後，看了兩遍，收在櫃裡。晚上，這只鴿子跟我說，今天要寫一封信回給你，可能要過很久，才能收到你的另一封來信，不過這並不要緊。牠還說，總有一天，你會來找我的。有意思吧？

我不能要求你也相信，不過事情就是如此。也許除我之外，沒人聽得見。

現在，牠正站在書桌上看我寫信。剛才我問牠，你是什麼樣的人呢？牠沒說話，但在這封信上踏了幾步，發出一陣咔嗒聲，很像電影裡的那種老式打字機。是不是牠也想跟你說點什麼呢？有機會我問問。

對了，牠不怎麼飛。只是跳來跳去。不知道是不是有點退化。跟你說這些，你一定覺得我更奇怪了。唉。

天氣變冷，注意身體。祝學習進步，每天愉快。

陳琳

二

劉志明逢人便算，他生於一九五〇年，今年五十二周歲，十八歲時，接替父親的班，進廠參加工作，抬過鋼筋，澆過混凝土，駐外數年，帶隊走遍群山，風吹日曬，苦是沒少吃，後來又拜了比自己歲數還小的師傅，在車間裡幹噴漆，手藝齊全，技術出眾，幹啥像啥，挑不出大毛病。之所以輪換多個崗位，不是能力問題，而是性格有點怪，不太合群。換句話說，跟誰都處不到一塊兒，死腦筋，分不清輕重緩急。比方說，工期將至，車間領導動員全組加班，提前發放補貼，他倒是準時來廠，但不聽安排，始終琢磨著新引進的設備，對著機器挑毛病，這也不好，那也不對，認為單位是浪費資金，推測有人借此貪汙一筆，數目還不小，未經進一步核查，便將結論四處宣揚，這就使人相當為難，避之不及。還有一次，傍晚時分，兩位同事在塔吊上幽會，劉志明相貌平平，常年的野外作業卻使其養成一個特性，就是視力極為突出，目光似炬，即便在幽暗之中，也比他人看得更為真切。距離雖遠，可對他來說，從地上望去，駕駛室內幾近透明，人影交錯晃動，他盯了半天，覺出幾分異樣，擔心安全問題，情急之下，也沒請示，立即拉了警報。這樣一來，驚動全員，事情不好收場，女方無論怎麼解釋，都很難說明為何要冒著巨大的風險爬入數十米高的駕駛室。當然，有人心知肚明，替其辯解，她這麼做，無非是去要一個說法而已。有人活著，為的就這麼一口氣，談不上對或者錯，只想聽個明白話兒。要求不算高，該給你得給。劉志明理解不到這一層，後來提及此事，他的回應是，當時沒看清楚，只是覺得裡面的人姿態古怪，肢體亂顫，以為是犯了病，人命關天，不得已而為之，那要是心臟的毛病，人可說沒就沒，咱們都得注意啊。

劉志明從野外調回廠內，舉著面具，專心噴漆，幹了七年整，剛要邁入第八年時，橋樑廠宣布解體，萬人失業，沒有哀嚎，反而是無盡的沉默，一波一波向外擴散，消逝於岸。解體這個詞兒是從新聞裡學來的，最早用在蘇聯身上，後來每逢工廠倒閉，工人也愛這麼講，彷彿能增添幾分優雅。他們沒搞清的是，解體是由大變小，化整為零，並非憑空消失，劉志明對此頗有微詞，但不再去糾正，此時他已學得聰明一點，自己也是其中一員，知道主要矛盾並不在此。往大了說，經濟形勢，發展趨勢，往小了說，無非個人的命運。所以這些瑣事與感想，他也就只跟妻子戴青說一說。

戴青與劉志明同年失業，精神面貌完全不同，她早就看出工廠日趨衰落，上頓不接下頓，在職期間，托了人報考教師資格證，畢竟讀過大學，基礎還在，初中課本難不倒她。怎麼進入這個行業，是個問題，年齡不小，且無相關從業經驗，起初，她的辦法是利用週末給工廠子弟做補習，價格合理，成績顯著提升，一來二去，逐漸有了些名氣。她自己沒有兒女，授課時卻格外耐心，細緻入微，時時關切詢問，這點一般人比不了。劉志明下崗後，出去找過幾次工作，打更或者保安，總不太愉快，性情所致，與人爭執不斷，便不再上班。偶爾見到親戚朋友，只重複著一套說辭：你掰開手指頭，幫我算一算，我生於一九五〇年，十八歲參加工作，大部分時間駐外，翻山越嶺，沒一句怨言，過了四十歲，給我調回廠內，幹噴漆，屬有毒有害工種，本來做滿八年，就能提前五年退休，別人六十歲領養老保險，我五十五就行，多享五年待遇，國家有文件，板上釘釘的事兒，到了第七年，橋樑廠倒閉，沒人管了，我上哪說理去呢？

聽得多了，戴青給了一個說法：能過過，不能過就分，不差這一回。相處這幾年，她跟劉志明一直不算和睦，睜眼閉眼，老是看不上。當初決定跟劉志明生活，也有點草率，那時離她結束第一段婚姻沒多長時間，前夫是校友，當年也是風雲人物，畢業後混生意場，先是賣辦公用品，後倒弄白酒，雖不至於賠房子賠地，但也沒見往家裡拿過錢。婚後多年，戴青一直想要個孩子，前夫對此不發表意見，始終推託，兩人以前還有些共同朋友，能經常聚一聚，後來也沒了，都忙，工種不同，看問題的角度不一致，能說的話也就越來越少，某次爭吵後，一氣之下，戴青提出離婚，次日便去民政局辦了手續。不涉及撫養權等問題，財產分割也明確，是誰的就歸誰，三下五除二[10]，乾脆俐落。分開之後，戴青一時有些恍惚，好歹生活十幾年，怎麼到了這種時刻，一點爭執都沒有，好像彼此在對方身上都沒留下什麼印跡。

說不後悔，那是假話。戴青不是沒嘗試挽回過，她給前夫打電話，假意厲聲問道，衣服你啥時候拿走，佔著地方。前夫說，過段時間，要麼妳幫我寄過來。戴青說，沒工夫，自己來取。前夫說，戴青，妳最近還好嗎？戴青說，不用你管。前夫說，唉，廠子要不行了吧？戴青說，那你更管不著了。前夫嘆了口氣，說道，該找就找，有人做個伴也好，別跟自己較勁，那犯不上。戴青不愛聽，掛了電話，眼淚簌簌往下掉。

隔了半年多，前夫的衣物也沒取走，戴青聽人說起，他在外面有了女友，且對方已經懷孕，這時，她才反應過來，前夫不是不想要孩子，只是不想跟她生而已。一個人與另一個人的區別到底是什麼呢？或者說，自己到底差在哪裡呢？戴青想不通，琢磨著去探個究竟，還沒想好具體怎麼做，廠內便鬧出塔吊一事，傳得沸沸揚揚，這對她算是個警醒。想要一個說法，不是不行，但除了被人討論與恥笑之外，沒什麼實質用處，只會使自己陷入更深的旋渦之中。從這個角度來講，戴青對劉志明還隱隱存有幾分感激。

二人初次正式見面，約在介紹人家裡，劉志明提前就位，備了一桌子菜，二涼四熱，紅綠得當，均衡搭配。戴青特意遲到半小時，心情較為複雜，畢竟從前對此人有所耳聞，一方面覺得劉志明單純可愛，雖口無遮攔，行事魯莽，心腸總歸不壞；另一方面，又覺得他腦子的問題不小，許是缺根弦兒，晃蕩大半生，就敗在嘴上，好事沒少做，好話卻一句沒得著。至於條件和地位，那不是她首要考慮的，如果說之前尚存幾分傲氣，如今歲數一到，再加上失敗的婚姻經歷，也被抹去了大半。

進門之前，戴青做好了心理建設，以為劉志明特別能聊，上天入地，高談闊論，她準備冷漠對待，不表現出任何的熱情。出乎意料的是，整個晚飯期間，除去問候之外，劉志明基本沒講話，也看不出有什麼情緒。這樣一來，戴青心裡就犯了嘀咕，難道他還看不上我了？歲數不算年輕，這是不假，但好歹是工程師，有證兒，級別在這擺著呢。

10 形容處理事情迅速果斷。

飯後，介紹人提出讓劉志明送戴青回家，戴青不好拒絕，口頭應了下來，待出了門，便自顧自往前走，劉志明推著自行車跟在後面。等到了公交站，戴青轉過頭去，跟他說，就送到這兒吧，我等車。劉志明稍一思索，說道，怕是沒了。戴青說，什麼？劉志明說，這趟車的運行時間不固定，按季節劃分，冬天早收半小時，最後一輛估計已經開走了。戴青說，沒事，我再等等。劉志明說，要麼妳坐後面，我馱妳回去。戴青有點猶豫，還是搖了搖頭。劉志明說，那我陪妳等。戴青沒回話。天色已晚，過路者稀少，有人提著一只鐵籠，從他們身前走過，幾分鐘後，又折返回來，坐在路邊，朝著他們所在的方向，敞開籠門，裡面空無一物。

戴青以餘光望去，有點害怕，劉志明沒太注意，他跨步上車，雙手扶把，屁股往後蹭，落在後座上，屈身說道，前些天，塔吊那件事兒，聽說了吧。戴青沒看他，只回了句，嗯。她心想，終於開始了，估計他會講述一遍，當時什麼境況，他有多麼眼疾手快，行動果斷，以及後來又是多麼無辜，好心辦壞事。劉志明繼續說，今天上午，女的來家裡找過我一次。戴青說，你們認識？劉志明說，以前並不。戴青說，找你算帳？劉志明說，也不能說完全不是。戴青說，想說啥，你就直說，別跟我拐彎。劉志明說，昨天夜班，早上我還沒睡醒，聽見敲門聲，開門一看，原來是她，給我嚇一哆嗦，只能先請到屋裡來，得講點禮貌。我給她倒了杯水，她剛坐穩，就跟我說，今天來了，就先不走。我說，不好吧，中午我還有事兒，去別人家做飯，晚上相親，這次挺關鍵的，得留個好印象。她說，我有點恐高，你家五樓，這不錯，我跟你說幾句話，你忙你的，到點兒了你就走，別管我，我歇一會兒，再從你家陽臺往底下跳。我說，千萬別啊，我有對不住妳的地方，也屬意外，妳這樣一來，我說不清了，愧疚一輩子。她說，我現在說得清？我沒說話。過了半天，她跟我說，你知道我倆啥關係？我說，說不好。她說，他看不上我，多少年了都。我說，那不能。她說，光是我這一頭兒熱，其實沒意思，有點磕慘[11]，但我活著，就想圖個熱乎勁兒。我說，能理解。她說，他爸沒了，頭天剛出的殯。我說，是吧，不易。她說，我知道，我倆肯定過不到一起去，那天就是想上去陪他待一會兒。我說，沒待好，怨我。然後她就不說話了。我也不知說啥，過了半天，我就把半導體擰開了，正在放潘美辰，主持人說，歌名是〈你說你不敢愛我〉，我挺喜歡潘美辰的，別說，跟妳長得還有點像，這首歌以前聽過，年輕時買過磁帶，裡面就有這首，不是這名兒，好像叫〈死了算了〉，反正一回事兒，調兒不差，唱得也是好，撕心裂肺，沒人瞭解我，沒人肯讓我懂，最好讓我哭讓我醉讓我痛死了算了。感情的事兒，我不能說懂，但歌兒挺悲，這我有感覺。所以聽到這兒就有點怕，火上澆油，情緒一到位，很多

11 形容做事齷齪、丟人。

事情就不好控制。結束之後，插播一段賣降壓藥的廣告，老實說，我都想來兩盒了。她喝了口水，站起身來，在我家裡巡視一周，最後推開陽臺的門，給我嚇壞了，趕忙跟過去，她啥也沒做，皺緊眉頭，捂著鼻子，扭頭問我，你養鴿子啊？我說，對。她說，為啥？我說，培養個愛好，能做個伴兒，每天跟牠說點兒話，比出去胡說八道強。她說，牠能懂？我說，我覺得能，這玩意兒跟狗似的，會哭會叫，還不用遛，每天放出去一會兒，吹個哨兒就都回來了，三短一長。她說，能認門兒？我說，是，比人強，我喝多了回家都費勁。她說，丟不了？我說，從沒丟過一隻。她說，那我不信，我放一把行嗎？我說，只要不從我家跳，幹啥都行啊。她說，行，那我過兩小時，再吹個哨兒，要是都回來了，我就不跳了，要是有一隻沒回來，那我得跟著牠走。

劉志明講到這裡，不再往下說。戴青有點急，問道，後來呢？劉志明說，後來我出門了，騎車去菜市場，買了一條大黃花，剁了二斤排骨，今天的蒜苗十六塊錢一斤，我想你可能願意吃這種細菜，一咬牙，拿了一把，沒曾想，只炒了半盤，這東西不出數兒，挺失敗。戴青說，她還在你家？劉志明說，走時還在，現在不知道了。

校長和工會對戴青都很照顧，在家屬院分她一套房，兩室一廳，七十三坪，位於頂層，劉志明跟著鴿子搬了進去，不過這時已經換過一批。以前那些掛著黑環的，散飛散養，不知何故，害了鴿瘟，學名鴿巴拉米哥病毒感染，打了滅活疫苗，也沒來得及，連丟帶死，全軍覆沒。劉志明聽人勸解，這次買了一批紅色足環，準備沖沖喜。原來的房子租了出去，每個月能收四百五十塊錢，加上失業保險金，還是不太夠，幾年下來，積蓄見底。他與戴青雖在一起生活，並沒領證，只是搭夥過日子，開始新鮮，後來也有點疲憊，總覺得拘束，不如自己一個人時候自在。優秀教師戴青一直在帶畢業班，課業忙碌，還要應對學生、家長等，下班往往要在九點以後，累得不想講話，吃過飯便休息了。劉志明白天餵鴿子，出門買菜，晚上做頓飯，聽半導體至深夜，睡在客廳沙發裡。

這幾年來，劉志明最怕的是寒暑假，戴青在家時間較多，平日溝通少，關係還能勉強維持，到了這個時候，想不說話也不行，沒處躲藏，一碰面就是吵，相當疲憊。除教學之外，戴青對其他事情都沒什麼耐心，這次，劉志明忍了近兩個月，終於還是爆發了，源頭是鴿子的問題，很多教員跟戴青反應，你家那位在房頂蓋棚養鴿子，數量不多，但在樓道裡都能聞見味道，夏天還不敢開窗，生怕糞便淋過來，全樓跟著遭殃。聽到幾次，戴青的面子有點掛不住，就跟劉志明談，勒令他將鴿子移走。劉志明也不是非養不可，事實上，他雖是按照信鴿的標準飼養，可當初買的也不是優良品種，更沒想過比賽，不過是給自己找點事情做，一來二去，反而覺得養出了新門道，多少有些感情，不好割捨。加上一直以來，他心裡都有些不平衡，我雖不賺錢，也沒花妳的吧，妳工作忙，教書育人，責任重大，這都可以理解，可家務我也沒少做，倆人過日子，就是相互體諒，以前沒經歷過，不代表不明白這些道理。想到這裡，劉志明提著膽子，反駁了幾句，語氣發顫，本以為戴青又要發一通脾氣，沒想到的是，對方卻很平靜，跟他說，劉志明，不愛待你可以走啊，沒人攔著。他品了品，覺得對方不是氣話，事先想過，那自己確實應該做點打算了。

次日傍晚，劉志明趿著拖鞋，爬上樓頂，做了一套廣播體操，平緩情緒，又將鴿籠打開，總共十幾隻，有的還在酣睡，也被他喚醒，撲棱著翅膀飛走。日光漸暗，其羽翼的顏色趨近深灰，與天空幾乎不能分辨，牠們繞著樓群飛過幾周，將夕陽隔成一道道金色的曲線，之後收起翅膀，落在操場上，擺著腦袋，四處張望。劉志明遠遠看去，有一個學生倚靠著門柱，手捧幾頁紙，正在專心閱讀，一隻鴿子聚在身邊，十分安靜，並不打擾。劉志明心生感慨，還是鴿子好，能通人性，有情有義，很多時候，人們反而不能相通，多少年來，始終如此，時間過得太快了，藉著今天的爭吵，他想到自己這輩子都繞著此處打轉，以前出野外後，要回廠裡報到，調動工作，也是在西側的車間噴漆，哪怕是下了崗，為了跟戴青共同生活，重又搬回此處，他就像這群鴿子一般，無論走出去多遠，哨聲一響，就要往回飛。每一條路都是橋樑，而橋樑是捷徑，繞過山和海，又回到原點，彷彿從未出發。或許明天是個新的開始，他會從這裡離開，沒人挽留，他自己也不。有那麼一瞬間，他很想變作一隻鴿子，擁有雙翅，如風一般，穿過高塔與廢墟。想到這裡，劉志明向下望去，一切並無變化，大地沉寂，鴿群凝滯，只是天色更沉。他盯著這些鴿子，忽然打了一個寒顫，在十幾隻紅色足環的鴿子裡，混入一隻掛著黑色足環的，傲然立於球門橫樑，不跳也不叫，伸開翅膀又合攏，時刻準備向上起飛，或躍入平地。他冷汗直流，不敢相信，揉了揉眼睛，再望下去，而此時，那隻鴿子正昂起頭來，迎向他的目光。

三

一九九七年，香港回歸前後，我父母離異，原因是性格不合，過不到一起去，我看是不像，相處這些年，我見過他們非常親密的時刻，問題出在哪裡，我也說不好，可能跟橋樑廠的倒閉有關。我爸脾氣不好，年輕時爭強好勝，別的沒得著，案底一堆。失業之後，總想幹點事情，卻一直不太順利。在農村養過鴨子，血本無歸，後來販賣走私菸，又被罰沒，一身舊派克服，從秋天穿到開春，比較狼狽。我跟著我媽過，每隔小半年，能見他一次。通常趁著午休，他在學校門口接我，再一起去下個飯館，點兩屜燒賣，一碗羊湯，一份牛腱子與套腸的拼盤，一杯白酒。當時流行一種簡易包裝的白酒，二兩裝，易拉罐似的，揭蓋即可飲，俗稱口杯，封皮上有八個字，我迄今印象深刻：龍吐天漿，泉湧玉液。頗有幾分氣勢，我也很想嚐上幾口。

高二那年，有次吃飯時，我爸問我，你最近怎麼樣？我說，過得去。我爸說，學習能跟上嗎？我說，還行。我爸說，聽你媽話。我說，沒不聽啊。我爸說，剛才等你時，看見你們班主任了，小個兒不高，燙著頭髮，我跟她聊了幾句，人不錯。我一下子有點警惕，接著又鬆弛下來，說道，班主任男的，教數學，早沒頭髮了，是個狗逼。我爸抿了一口白酒，然後說，哦，那我可能記差了，初中班主任吧，以前橋樑廠的，你都讀高中了啊。我說，爸，我明年高考。他說，真快啊，想好沒，報什麼學校？我說，東北大學。他說，努力吧，我供你。我說，爸，你先供好自己。他沒再講話，低著腦袋，用塑料匙往羊湯裡放味素，一勺不夠，又加兩勺，我覺得自己說得有點過，就問他，你們都聊什麼來著？他說，沒啥，她見我眼熟，問我認不認識以前一個同事，幹噴漆的，愛養鴿子，消失二年了，我上哪記得那些事兒去，下崗都多少年了，哪家鴿子烤得好，問問我還行。我說，爸，我媽又找了一個，你知道不？他說，聽說了，這事兒你不用管，別耽誤學習。我說，那你也別管。他說，你聽誰說啥了？我說，你這性格，還用我聽？他說，那我的事兒，你也不用管，這輩子我都搭進去了，肯定一陪到底。我說，爸，你都扔下四十奔五十了。他說，我多大歲數，也是你爸。

我捽了筷子，拎著校服出門，他從後面追過來，嘴叼牙籤，手拿一個紙盒，跟我說，給你的，都有，咱也別差。我接過來一看，摩托羅拉手機，不是新款，但功能齊全，其實心裡很想要，當時來了脾氣，非說用不著，推了一把，結果掉在地上。我爸彎腰拾起，撲落灰塵，又遞了過來。我心裡不是滋味，猶豫半天，最後還是接在手裡，轉身回了學校。

我平生的第一條簡訊，便是發給陳琳，在此之前，我跟她已經通了兩年信，數量不多，來往一直沒有間斷，她早我半年擁有手機，並在信裡告知號碼，希望可以隨時保持聯繫。我一直裝沒看見，繼續透過書信向她陳述痛苦與困惑。陳琳的每封回信都很古怪，時短時長，內容零散，短的無非三、五行字，看得出寫字時相當用力，筆尖在紙上崩裂，長的有近十頁之多，字跡清淡縹緲，近乎於愛撫，內容是她的一個夢境。我對於虛幻之事，從來都不信任，所以沒有細讀。更多時候，我們像是自說自話。如果非說有些聯繫，那麼也許是，在每一封信裡，她都會提到那隻鴿子，我也會問上幾句。這些年裡，牠生過病，瞎了一隻眼，還是不怎麼飛，愛叼玉米吃，體型漸長，雙翼強壯，蹲踞某處時，遠望過去，像是一隻烏鴉，或者鷹。有人相中這隻鴿子，要花錢買，她也沒賣，還有人說自己是鴿子的原主，幾年前遺失，每日跟蹤索要，她躲了半個月，怕得不行。寢室沒辦法繼續養，室友意見很大，她索性辦了休學，正在學習畫畫，準備走藝考這條路，想去讀個大學，不留遺憾。談得多了，有時候我會覺得，每次送信過來的，並不是郵遞員，而是那隻鴿子。

我向陳琳發去問候，並滿懷期待，過了一個小時，手機忽然持續震動，湧進陳琳的數條簡訊，極為混亂，長短不一，我捋了半天，也沒有搞清次序，只能根據時間，做以簡單組合記錄。陳琳的訊息分別是：第一條，縱深方向平行的直線在無窮遠處，最終彙聚消失在一個點上，逐漸熄滅，所有事物被這樣的一個點所終結，所概括，稱之為滅點。第二條，透視是個謎啊，為何要在平面上呈現空間感，滅點更接近於黑洞，這是人為的發明，並非視覺真理，它的功能在於將眼睛理性化，在透視法中，一切可被尺度所公平測量，當然，也包括距離與錯覺在內。第三條，所謂的滅點，在現實中並不存在，平行線永遠平行，類似鐵軌，或者橋樑，無論你走到哪裡，都不會相交。第四條，一四五〇年後，透視法的風靡，與麥地奇家族有很大關係，他們由資本家變身為貴族，贊助使用這種方法的藝術，原因是，這更符合他們推行的共和制，資產階級要和貴族平等化，而透視法是一種新的工具，即相對個人化的視覺意識的體現。第五條，滅點反對神。第六條，滅點的產生，是由於我們作為觀察者，位置永恆不變，類似獨眼之鴿，牠用一隻眼球，在固定位看出去，世界便在這只眼睛裡呈現出某種空間秩序。第七條，瑪利亞所在的廊柱空間屬透視法，末端那扇窄門卻與之違背，像要湧向前來，此處為畫面之中心，在宗教作品裡，常用聖靈去撲打雙目，意旨道成肉身，而神顯一事，無法被公度，是超越於人的。第八條，在透視法裡，世界從觀者角度生成出來，它將神的無限變成人的有限，有限的距離又變成可觸的時間，未來在眼前平面上變成一個動盪的滅點，反過來說，滅點亦可牽制有限與無限。我反覆讀了幾遍，不知應該回點什麼，又隔了一會兒，陳琳發訊息說，鴿子飛走了。

我在白城有兩個朋友，一個是陳琳，還有一個是音樂論壇認識的，大我十幾歲，愛聽崔健，為人熱情，在銀行上班。我踏上火車時，包裡裝著一把鋼尺，當年我爸在廠裡做的，用了多年，刻度模糊，但淬過火，材料過硬，拎在手裡有些份量。高三時，我在校外得罪了一些人，原因是搶了別人女友，有段時間，每天放學後，我都在緩步臺上打磨鋼尺，將一頭削出尖來，以備不時之需。直至畢業分手，也沒派上用場。陳琳發訊息問我，你談過戀愛嗎？我回她說，剛失戀。她說，什麼感受？我說，有點想殺人。陳琳說，別這樣，會過去的，我是真的要瘋了，一張畫都畫不出來，我又夢見那隻鴿子了，牠跟我說，之所以飛走，是為了去看看水從地上退了沒有，只有離開，有人才會到來。我說，什麼意思。陳琳沒回。當天晚上，她又發來消息，說，能不能幫我殺一個人？我說，誰？她說，不認識，他一直在跟著我，好幾年了，根本甩不掉，我很害怕。我想了半天，給她回消息說，我去找妳。

我在半夜兩點踏上火車，買了硬座票，對面是老人帶著孩子，十分吵鬧，車廂內溫度很高，不透風，我斜躺在座位上，口乾舌燥，喝光了所有的水，始終沒辦法入睡。凌晨時，那個孩子醒過來撒尿，褪下短褲，直接尿在地上，氣味難聞，然後過來拉著我的衣角，說道，哥哥，你看啊。我說，什麼。他指著地上的尿，說，你撒的。我說，不是我，是你。他說，你撒的。我說，操你媽，你再說一遍。他撇撇嘴唇，悄聲縮回座位裡，不再看我。

列車晚點約四十分鐘，我到達目的地時，正好是中午，車站不大，只有一層，出門就是個小廣場，略顯空曠，只有幾個賣煎餅和玉米的攤位，炭火的味道瀰漫在空氣裡。有人迎過來，問我是否需要打車或者住宿，我隨口詢問價格，她一路跟著我，連扯帶拽，很難擺脫，我只好鑽入一輛出租車，也不知去向何處，就給那位在論壇上認識的朋友發去訊息，說，我來白城了，如果方便，可以一聚。他很快回了消息，告訴我一家飯店的地址，讓我在那裡等他。

我們從下午一直喝到夜裡，在此之前，我沒怎麼喝過酒，沒想到還很適應，酒精讓我舒展一些，不那麼緊張。剛開始時，我們聊得不錯，他講了在銀行工作的種種見聞，以及怎麼開始聽音樂的，還推薦我去向海轉一轉，霍林河、額穆泰河和洮兒河三大水系在此交匯，景觀極為豐富，大風吹過來，蒲草一落，能見到丹頂鶴。他說話是典型的吉林口音，聲調偶爾繞一下，習慣管我叫弟兒，非常親近，喝到盡興處，他將黑色風衣脫下來，搭在椅背上，挽起袖子，像是卸下盔甲，此時白酒已經喝了一瓶半，他晃了晃腦袋，好像變了一個人，仰起脖子，抬眼問道，你這趟過來，算是畢業旅行？我說，主要想見一個女孩。他笑著說，那我就明白了，做好安全措施。我說，不是你想的那樣。他說，都經歷過，這有啥不承認的。我說，我來幫她殺一個人。他說，弟兒，喝多了，這是胡話。我說，情況如此，我們是多年朋友了，關係不錯，有人一直在跟著她，她快瘋了都。他說，弟兒，人家說啥你信啥，是不是傻啊？我說，不是。他的嘴角抖了一下，說道，小逼崽子。我說，你說誰？他說，你。我一股火躥了上來，瞪著眼睛說，你他媽有病？他說，小逼崽子，還殺人，你沒這膽兒，我動彈一下，你都得尿一地，信不信，我給你講講，昨天晚上，一個畫畫的，讓我去她家裡，喝了半宿酒，完後還不讓弄，我不是非弄不可，但感覺像在笑話我，那絕對不好使，我假裝喝多了，睡在地上，過了半天，她上廁所呢，我一腳給門踹開，直接掏繩子給她勒了，褲子都沒來得及提，開始勒在嘴上，哈喇子[12]淌一身，跟狗似的，嗚嗚叫喚，後來往下一拕，卡到位置，不吱聲了，我說，讓我弄一次，一下也行啊，求求你，就一下，她使勁點頭，我脫了褲子，讓她給我裏，她一邊哭一邊舔，操你媽的，你信不信，太有意思了，歌兒裡怎麼唱的來著，這是一個美麗的緊張的氣氛，天空在變小，人在變單純，她在我眼皮子底下，越來越小，真他媽好啊，我操你媽的，我隨身都帶著繩子，從小就愛玩這個，以前在家裡綁椅子，前腿兒綁到後腿兒，上面掛了扶手，從搭腦[13]順回去，最後在背板上繫死扣兒，勒緊，再勒緊，操你媽的，忙一腦袋汗，但是心裡舒坦，這東西上癮，弟兒，你也試一試。我有點噁心，哆嗦著說，我去上個廁所。他點上根菸，擺了擺手。我跑到衛生間，吐了兩遍，又洗了把臉，還是在喘，站不直溜，扶著牆回到座位上。他將黑色風衣披回身上，又夾了一口菜，邊吃邊說，弟兒，包裡那東西我收了。我說，什麼？他說，你來不了這個，別扯沒用的。我說，我就是為了幹這個來的。他說，你遇見我，這事兒就成不了，見面可以，完後買張車票，哪來的回哪去，別往裡面掉。

我找了家便宜旅店，四十塊錢一天，屋內沒窗，電風扇開了一宿，吹得頭疼。下午起床後，也沒吃東西，給陳琳發去消息，告知情況，並約在一家咖啡廳見面。我提前到位，坐在桌旁，心情無法平復。我等了很長時間，無所事事，只好望著玻璃窗外，時陰時晴，一片片白雲，如同在流浪，來了又去。我正出神時，陳琳從我身後走過來，拍了一下肩膀，朝著我笑。她比我想像得還要瘦小，頭髮紮在後面，雙手不知該怎麼擺，看著比實際年齡成熟一點，眼角有細紋，不怎麼好看，講話有點結巴。我們相對而坐，打過招呼後，她低頭盯著飲品單，我很慌亂，沒聽清她點了些什麼，只記得自己要了兩瓶酒，一口接著一口地喝，停不下來。陳琳問我住在哪裡，我沒說實話，告訴她住在一個朋友家。她點點頭，又問我準備待幾天，我說，還沒想好，要看情況。我問她，要不要也喝一點酒。她聞了一下我杯裡的味道，搖了搖頭。

空腹飲酒，醉得很快，沒過多久，眼睛便對不上焦了。外面下起大雨來，陳琳跟我說，要不要去家裡看看她的畫，或許還可以給她當一次模特，她剛租了房子，今年成績不理想，準備再考一年。我點點頭，跟著她出了門，我們都沒有傘，冒著雨跑到樓口，渾身濕透。她住在五樓，總共四十三級臺階，我雖然頭暈，這個數得倒是清楚，到第二十二階時，隱約聽見有腳步聲跟在後面，陳琳拉起我的手，默不作聲，繼續向上，來到門前時，陳琳正掏著鑰匙，腳步聲忽然急促起來。我們大氣都不敢出，迅速鑽入屋內，上了反鎖，聽著外面的動靜。過了半天，除了我們的呼吸聲，什麼都沒。陳琳與我挨在一起，我有些衝動，想湊過去吻她，她抽出手來，堵住我的嘴，又緩緩移開，伸了

---

12 口水。
13 家具最上方的橫樑。

個懶腰，踢掉鞋子，跟我說，記得嗎？牠跟我說過，你會來找我的。我說，誰？她說，那隻鴿子。我說，忘了。陳琳重新紮了一遍頭髮，坐在轉椅上，打開電腦，放了首歌，音響很差，歌聲卻很熟悉。我有點失落，倒在沙發上，盯著牆上石英鐘的秒針，它向前走幾格，退後一格，再走幾格，又退後一格。最後一顆音符逝去之時，正好轉過八又四分之三圈。陳琳說，我給很多人留過地址，接到四、五封信，只回了你的，我分不出來你是誰，但知道你一定會來。我說，我很睏，陳琳，想睡一會兒。陳琳說，我很想牠，也會想起你，你就在我面前，我還是會想你，這樣說太奇怪了，但也只能這麼說，你明白嗎？我聽不太懂，便沒再回應。屋內悶熱，我打起精神，走到陽臺上，將窗戶敞開，夏天的風吹進來，雨已經停了，地上的水正在退去，那首曲子又循環了一遍，歌聲衝出窗外，向著天空反覆叫喊。我轉過身去，望著陳琳，她輕輕唱了起來，在狹小的空間裡，悄悄挪動步伐，如秒針一般，前進又後退，也像那隻鴿子，被微風撫著羽毛，漸飛漸遠，黑如牠的影子，變作一個正在消失的點，若隱若現。在其注視之下，我完全無法移開，如被未知的繩索緊縛。有別的聲音傳至耳畔，它對我說，去吧，她等了你那麼長的時間，去吧，這不可遲延。於是，我猛吸一口氣，掙開雙臂，展出鋒刃，向著這片透明刺去。

于洪

現在時候到了，水往上升，奔湧過來，將我們沖散，避也避不過。

一九九九年，我從部隊復員，在家等分配，大半年過去，一點兒動靜都沒有，我心裡有點急，去安置辦問過幾次，說是目前就業形勢不好，這一批沒單位接收，只能耐心等待，要相信政府，祖國是沒有忘記你們的。我聽著也信服，回到家裡，思來想去，又實在是待不住，歲數不小了，還在街上晃蕩，吃穿父母，沒個班兒上，說不過去。我去拜訪幾位關係較近的戰友，情況基本一致，走個後門在企業上班，不是開車，就是當保安，雖然在崗，但也沒有編制，挺受拘束，跟在部隊不一樣，待遇也不行，勉強維持生活。我們私下喝酒時，經常會抱怨，怎麼說也是抗洪一代，搶險子弟兵，萬眾一心，眾志成城，經歷過大災大難，一聲令下，半句廢話沒有，真就豁得出命去，一路輝煌，全是勝仗，怎麼回來之後，反而越活越回旋了呢，想不明白。

我有時候作夢，還總能夢見當時的場景，半夜裡，站在橋上，江水湧動，高出防洪堤數米，天空被雨浸洗，星星全被覆蓋，我們相互攙著走，由下至上，沿江而行，暴雨不停，很難看清前路，至水深處，黃泥漫過來，幾近胸口，簡直快要窒息。洪水是有溫度的，內部暖熱，這點沒想到過，但也危險，如漩渦一般，拉著我們往下墜，我們既疲憊，又不敢放鬆，只能在心裡提醒自己，千萬別倒下去，那就再也站不起來了。剛開始時，前面還有人唱歌，喊著口號，很快便隱沒在雷聲裡，四處緘默，唯有江中瀑布高聳，時刻準備撲襲，吞沒樑木。我經常在這樣的恐懼裡醒來，耳畔鳴響，關節脹痛，即便睜開眼睛，仍有異象環繞，堤岸之外，野火盤旋，需緩上一段時間，才能確認自己躺在家裡的床上，窗外天光四射，眼前的瀑布逐漸退卻。

將入冬時，我媽去九路市場買了幾斤線，準備給我織件毛衣，當兵這幾年，從前的衣服都不太合身，到了這個季節，我還穿著單衣，風一打就透，凍得哆嗦，我媽看著心疼，我其實無所謂，在部隊時，啥沒經歷過，南方的冬天更難受，沒有暖氣，濕冷，陰風陣陣，往骨頭縫兒裡鑽，相比之下，北方算是不錯，戶戶有暖氣，披件棉服就能過冬。我媽從市場回來後，遞我一張皺巴巴的紙條，上面寫了一串數字，我問她，這是誰的電話，我媽說，碰見個熟人，說是你戰友，記憶力挺好，當年送站時見過我，一眼就認出來了，讓你有空聯繫他。我說，叫啥？我媽說，郝鵬飛。我說，三眼兒啊，他幹啥呢？問沒。我媽說，在九路市場樓下看自行車呢，叼著菸捲兒，腰裡別個包兒，見我可親了，也沒收費，站那嘮了半天。我說，那人不識搭理。我媽說，我看挺有禮貌，一直管我叫姨，普及半天政策，你們這一批，馬上就能安置了，互相留個電話，有啥消息隨時溝通。我看了看紙條，說，這電話七位數，沒個打。我媽說，去年電話剛升八位，可能他還沒習慣，原來號碼首位是2345的，前面加個2，首位是6789的，在前面加個8，你咋不關心時事呢，這都不知道，新聞裡天天報。

這些我都知道，天天也不上班，從早到晚，半導體裡的報紙摘要能聽好幾遍。我主要是不愛聯繫三眼兒，對這個人印象一般，雖都是瀋陽的兵，但他做的很多事情我都看不太慣。剛入伍時，我倆關係本來不錯，一個地方上來的，比較近，能嘮到一起，有個照應，後來發現他品行有問題，屢教不改，還因為這個被處分過，我就有點瞧不上，也是奇怪，三眼兒的手不老實，卻從來不拿瀋陽人的東西，專門欺負那些別的地方來的，對我們還很大方，經常買菸，四處散，辦事說到做到，所以也不明白他到底咋想的。

十二月初，我媽從單位下崗，車間工具庫總共六個人，就留倆名額，各有難處，讓誰走都不好，上面說了，要民主，讓工人自己決定，不記名投票，誰的票多，誰就走人，招兒挺損。這些年來，大家抬頭不見低頭見，別管平時關係咋樣，投誰肯定都不對，規矩一輩子，在這個事兒上落下話柄，那不值當，所以都投給了自己，結果到頭來，一人一票，還是沒辦法抉擇。開會時，我媽自告奮勇，第一個發言，說自己歲數大了，行動跟不上，先走一步，不給大家拖後腿，另外，女的也有點優勢，在社會上的話，比同樣歲數的男的好找活兒，五十歲就能退休領勞保，還剩這幾年，好熬，怎麼都能應付過去，話還沒說完，整個班組哭成一片，道理不錯，但大家的心裡過意不去。臨別聚餐，我也去湊了個熱鬧，喝了不少酒，同事問她，妳兒子的工作落實沒？她說，等政策呢，說是過了年就安置，能進事業單位。同事說，那可好，妳這老有所依了。我媽說，那還說啥，你們放心，我這擎等著享福呢。

我知道，我媽的話是寬慰同事，減輕心理負擔，但我聽了不是滋味，她這一下崗，工齡買斷，給的都是死錢兒，有數的，我還沒工作，生計犯愁。其實我也去過幾次勞務市場，人山人海，多大歲數的都有，各懷技術，鬥志昂揚，我見到那種場面就洩了氣，張不開嘴，話一句都講不出，轉了半圈就又回來了。返程的車上，內心很沮喪，反覆在想，當兵這幾年，沒學到啥本事不說，攢下來的這麼一點兒精氣神，怕是也要耗盡了。

那年的最後一天，我印象很深，下了點雪，不大，街上氣氛熱烈，到處宣傳千禧年的到來，彷彿跨過這個世紀，就真的會有所不同，我不太信，但也受到一些感染。下午，我正在家裡看電視，接了個電話，戰友喊我去喝酒，順便問我還能聯繫上誰，喊來聚一聚，都是一批的兵，同甘共苦過，回來也別疏遠了。我說，大半年也沒上班，都斷了聯繫。戰友說，一個也沒有嗎？我忽然想起三眼兒來，就說，有三眼兒的電話，一直也沒打過。戰友說，給他叫上，晚上都過來，熱鬧熱鬧。我說，好。

我給三眼兒打電話，七位數的號碼，我在前面加了個2，一個女的接的。我問，三眼兒在家不？那邊說，誰？你打錯了吧。我才反應過來，這個外號是我們在部隊時給取的，人家有本名兒，回想了幾秒，又問，這是不是郝鵬飛家，我是他以前的戰友。那邊說，是，他沒在家，上班呢。我說，還在九路市場看車嗎？對面說，換地方了，鐵西商業大廈，那邊車多。我說，那行，我過去找他。

我騎著車到興順街，遠遠望見三眼兒坐在綠棚裡，棚頂上覆蓋一層薄雪，他縮在裡面，耷拉個腦袋，脖子上掛著手悶子[14]，緩慢吐著白氣，分不清是睡是醒，旁邊有自行車過來，他立馬探起身來，三步兩步，奔上前去，撕個紙票兒，管人要錢，塊八毛的，還挺仔細，毛票兒也數好幾遍，不嫌費事兒。我觀察了一會兒，樂出聲來，三眼兒回頭一看，發現是我，驚呼一聲，我操，你咋來了呢？我說，來找你喝酒，戰友聚會。三眼兒說，回來這麼長時間，一次沒見到，老想你了，有一次看見你媽了。我說，知道，我也沒聯繫過誰，一直沒上班，在家乾待著。三眼兒說，咱這一批，點子不行。我說，可不咋地，青春獻黨，純屬白忙。三眼兒說，那也不能這麼講，不知道你，反正我還是有收穫。我說，我也有，不後悔，就是社會變化太快，有點跟不上節奏，你幾點下班，晚上好好嘮一嘮。三眼兒說，現在就走，媽了個逼，今天不收費了，千禧年大酬賓，隨便停去吧。

我們一行七、八個人，喝到後半夜，大呼小叫，啤酒瓶子滿地，還唱起歌來，海風你輕輕地吹啊海浪你輕輕地搖，喝醉之後，我們好像重又回到海的懷抱裡，頭枕著波濤，起伏蕩漾。三眼兒酒量不錯，開始話少，有點拘謹，幾瓶下肚後，也很健談，眼睛裡放著賊光。這些戰友，各有各的道，就我還沒工作，他們也跟著愁，你一言我一語，沒有實質建議。三眼兒悄悄給我主意，先是寬慰一番，說最近聯絡上一個以前部隊裡的領導，轉業數年，頗有能力，回頭見個面，實在不行送點禮，求他幫幫忙；然後又說，其實靠別人不如靠自己，他家離著于洪廣場很近，那邊剛開發出來，住戶漸多，夏天時擺了不少燒烤攤位，還有打撲克的，嗚嗚泱泱一大片，冬天冷，人少一些，但也有，穿著棉襖烤爐子喝大酒，一整半宿，就這麼大癮。我說，燒烤我不會啊，沒幹過，撲克更不行了。三眼兒說，不讓你烤，我琢磨著，咱倆出個菸攤兒，不管喝酒還是打牌，都挺費菸，一宿得好幾盒，咱倆去賣菸，肯定能行，到時換著來，一替一天，晚上過去，啥也不耽誤，還不累，撿錢似的。我說，也沒賣過菸啊，去哪上貨都不知道。三眼兒說，我有路子，保真，還便宜，你出人就行，以後也不耽誤你白天上班，能長遠，就是冬天在室外杵著，那是真冷。我說，這不是問題，閒著也是閒著，遭點罪不怕。

本來都是酒後的話，我也沒太當真，過了幾天，三眼兒給我打過來電話，問我準備得如何，我說，還沒開始。他那邊挺著急，說得抓緊啊，以前雷厲風行那股勁兒呢，使

---

14 棉手套。

出來啊，等啥呢還。我掛了電話，想想也是，好不容易做點事情，總得打起精神來，於是三眼兒那邊聯繫進貨門路，我在這邊調查價格，騎著自行車在街上晃，碰見菸攤就停下來，問問春城一盒多少錢，古瓷呢，力士呢，打聽一圈，買下其中一盒，坐在路邊，抽上兩根，跟老闆再聊幾句，問問各個品種的銷售情況，拐到僻靜處，把剛聽來的消息記在本子上，做賊似的。三、五天後，行情瞭解得差不多，我便通知三眼兒進貨的品種與數量。我說，這邊的市場，心裡基本有數了，現在兜兒裡都渴，貴的菸抽不起，咱們少進，一條三五估計能賣一陣子，中檔次的菸就兩款賣得好，一個希爾頓，一個特美思，外國名兒，大家愛買，利也高些，主要還是便宜的，走得快，甲秀，五朵金花，石林，這些都行。三眼兒說，以前也沒留意，這些菸名兒都挺好聽呢。

進貨的錢，我倆各出一半，我多個心眼，每個品種的進價都讓他寫下來，散盒多少錢，成條又是多少，全列清楚，三眼兒不太在乎這些，大大咧咧，但我得算計，上貨的錢是管我媽借的，不敢馬虎。剛開始時，生意很差，我用我媽單位以前發的皮箱裝菸，折開一半，朝著街面按個放好，像擺下一盤棋，然後倨在電線桿子上，半天也沒人來問，後來逐漸上了點道，于洪廣場，說大不大，說小也不小，站在同一個地方，別人很難留意，需要來回不停地走動，還得張嘴推銷，無論是喝酒的，還是打牌的，看誰捏緊菸盒不放，立馬奔上前去，問問來一盒啥不，應有盡有，拿命保真，別人擺手拒絕，或者不搭理，也別太在意，做買賣就是這樣，得能拉下來臉。這些道理都是三眼兒給我講的，我挺佩服，社會經驗比我豐富，又過了一段時間，我發現他賣得還不如我呢，但我也堅持照半分錢，畢竟是人家張羅的買賣。每個月賺的不多，也能起點作用，這就知足，我媽看在眼裡，多少心安一些，等開春了，我再託託關係，白天找個班兒上，日子興許能慢慢好起來。

三眼兒平時比我要忙，所以我們的規矩是，頭天晚上我賣完之後，回家攏一遍帳，早上起床把皮箱送到他家裡，他晚上去賣，隔天下午，我再去取過來，直奔廣場。長此以往，我成了他家的常客，三眼兒住輕工街附近，工人村的舊平房，夾在車輛廠和熱力網宿舍中間，歪歪扭扭，整個區域也就剩下這麼一趟，裡出外進，一直沒拆，不知什麼原因。門口常年發河，冬天全是冰，不太好走。他家的條件一般，他媽，他姐，還有他，三口人住一起，幹啥都不便利。三眼兒他媽常年臥床，身體不好，病挺重，好幾樣，具體沒記住，合併症吧，反正是糊塗的時候多，不咋認識人兒，沒法交流，脾氣大，炕吃炕拉，屋裡味道不好聞。他姐郝潔，大個兒，腰桿倍兒直，長得精神，有眉有眼兒，梳個五號頭，像打排球的，不怎麼打扮也好看，當時剛從大連回來，也沒上班，在家照顧他媽，她自己的身體也虛弱，剛動完個什麼手術，走道發飄，但伺候她媽那是盡心盡力，對我也不錯，每次過去時，總張羅著讓我在家吃飯，我有幾次剛起床就去了，實在餓得不行，她說給我下碗麵條，我也沒拒絕，蔥花熗鍋，倒上醬油，屋裡屋外，蕩著一股糊香，我連吃兩碗，也不見外。飯後，我經常陪她看會兒電視，訊號不好，得來回擺弄天線，螢幕上都是雪花點兒，不成人形，聲音也聽不真切，滋滋啦啦，就看個大概意思。我說，等三眼兒賺錢了，讓他給安個有線電視，能看好幾十個臺，天天放香港電影。郝潔說，指著他呢，一天到晚不著家。我說，那我給你安，多大個事兒。郝潔笑著說，那你可得說話算話。我倆還沒聊兩分鐘，他媽便又在屋裡罵上了，全是髒話，一嘟囔一串兒，啥難聽說啥，郝潔挺難為情，躲去廚房拾掇碗筷，水聲響成一片，只留我在屋裡對著電視，沒好節目，我也想走，可總沒機會告別，再一合計，回去也沒什麼要緊的事兒，所以有時在他家一待就是大半天。

一來二去，我發現郝潔平時不看電視，只有我去了，那臺電視機才點開，專項服務，規格挺高。我看電視時，郝潔總捧著本書，家裡一共也沒幾冊，來回讀，書頁捲了邊兒也不撒手。她愛看外國名著，名字沒記住，硬殼，不太好翻，我問她裡面講的是啥，她也不告訴，說那樣就沒意思了，得自己慢慢讀，我偶爾也拿起來一本，應個景兒，還沒看幾分鐘，便開始犯睏，在部隊待的，看字兒費勁，沒養成好習慣。

時間一長，我就有了點跟郝潔在一起過日子的錯覺。送菸的路上，捎帶手買個菜，家裡東西壞了，三眼兒懶，也是我幫忙收拾，燒火的劈柴都是我打的，包括他媽在內，我也不嫌，拉完幫著收拾，覺得這一家過得也是不易，能幫忙就盡可量，郝潔雖然不說，但心裡挺感激，我能看出來。

三眼兒他媽的病挺磨人，好幾次都下了病危通知，後來又都挺過來了。元宵節沒到，有天晚上，他媽又犯病了，三眼兒沒在家，郝潔給我打的電話，我連忙趕過去，進屋一看，正倒弄氣兒呢，只有出的，沒有進的，喘氣兒聲跟風箱似的，呼呼作響，胸部凹進去一大塊兒，肋骨外翻，人看著馬上要不行了。我說，這得趕緊打車走。郝潔攥著他媽的手，一個勁兒地哭，說啥也聽不進去。我跑到道邊，在冰上還滑了一跤，蹭一身雪，到處都在放鞭，震耳欲聾，一年又一年，不知道有什麼可慶祝的。路上的車很少，我攔了半天，才打到一輛拉達，人命關天，好說歹說，讓司機等著我，我跑回屋裡，把他媽往車上背，累得滿頭是汗，他媽也不配合，人一犯病，就愛往下出溜，我老覺得使不上勁兒。到醫院後，一頓搶救，各種儀器全配上，郝潔一點主意都沒有，神情恍惚，感覺隨時會昏過去，道兒都走不直。凌晨時，狀況穩定一些，我去廁所洗了把臉，抽根菸，回到病房，怎麼想怎麼不對，就問郝潔，三眼兒哪去了呢？郝潔說，指著他呢，聯繫不上。我說，那不能啊，他天天下了班不就去廣場賣菸嗎？郝潔說，不知道，最近菸也沒去賣，成宿不回家，沒敢跟你說。

我陪郝潔在醫院熬了一宿。第二天早上，三眼兒趕了過來，還是聽鄰居說的，灰頭土臉，頭髮根根立著，衣服邋遢，跑進病房，腰包裡的零錢叮噹亂響。郝潔瞪著他，也不說話，沒好臉色，我問他昨晚去了哪裡，他沒搭理，蹲在他媽床前，一副要哭還哭不出來的熊樣。郝潔說，少整景兒[15]，這時候來勁兒了。三眼兒也沒吭聲。我挺來氣，你自己的媽，你不照顧，買賣也不做，一天到晚，到底想幹啥呢？但這些話，這個場合我又不好講出來。

在醫院折騰了一宿，我和郝潔筋疲力盡，四肢發軟，危險期已過，便留下三眼兒照顧，我們回家收拾一下，晚點再過來。出門後，我跟郝潔說，人困馬乏，咱倆在外面吃口飯，郝潔點點頭。走了半天，也沒找到營業的飯店，春節還沒過完，都在休息。郝潔說，花那冤枉錢呢，家裡吃吧，別的沒有，凍餃子還剩不少，我說那也行，就跟著她回到家裡。剛一進屋，拉亮了管兒燈，我倆都有點發楞，沒了罵聲，一時不太適應。郝潔坐在沙發上，沒話兒，一直抹眼淚，我不太會勸，遞過去一本書，她也不看，順手放在身側，接著哭。我說，要不我去下點兒餃子，你先歇著，晚上還得去醫院，早吃完早瞇一會兒。我剛起身，郝潔忽然一把將我抱住，貼在背上，低頭親我的脖子，我有些激動，加上之前對她也有好感，便轉過頭去，踮腳吻她，氣喘吁吁，胡亂扯著衣服，她個子高，身上比我想像得還要軟，並且發燙，像一株熱帶植物，不斷生長，盤繞著我，具體感覺說不上來，反正就是不願意分開，只想纏在一起。我把她拉去沙發，她搖了搖頭，攥緊我的手，將我帶向裡屋。那裡幾乎沒有光，舉架低，棚頂歪斜，我們躺在木床上，被單很潮，不斷有涼意襲來，她蜷起身體，咬著我的耳朵，我將她摟緊，深吸口氣，聞到了許多種味道，腐朽或者新鮮，沉重以及輕盈，上升下降，交織在一起，有點不知所措。我望著牆壁與天花板，它們似乎正在掉落，紛紛揚揚，如同幻景，外面的燈光射進來一部分，電壓不穩，屋內忽明忽暗，我覺得自己正一點點被展開。

三月二十三號，三眼兒他媽出的殯，春分剛過，本來都恢復出院了，在家裡餵著飯，忽然就不行了，嘴闔不上，大米粥順著往下淌，郝潔沒太在意，尋思緩一會兒能好，結果躺下就再沒起來，我過去時，人已經走了，關節發硬，很難擺弄，裝老衣服穿得很費勁。郝潔哭得上不來氣，我也不好受，想到剛出院的時候，有那麼幾天，腦子清醒一些，老人嘴裡蹦出幾個零碎的詞兒，我聽了個大概，意思是說，想去醫院，別有那麼一天走在家裡，不好，遭人厭。就這麼一個願望，最後也沒實現。人有時候就是這樣。

三眼兒家親戚少，前面一臺殯葬車，跟著一輛金杯麵包，基本就坐下了，遺體告別時，直系家屬站在一側，等候慰問，剩下來的總共十人不到，排成一列，上前三鞠躬，圍著轉一圈，跟家屬握手，沒兩分鐘，儀式結束，哀樂的前奏還沒播完呢，氛圍不對。眾人大眼瞪著小眼，不知如何是好，三眼兒向我示意，我沒太領會，後來又擺擺手，我才明白過來，他是讓我再走一遍，別冷場，於是我又上前，再次鞠躬，跟三眼兒握手，然後是郝潔，這次我的手剛伸過去，便被她緊緊拽住，死活不撒開，沒辦法，只得跟她並肩站到一起，十指相扣，看著遺體往裡面推。快進小門時，三眼兒忽然一個俯衝，拽住靈柩不放，往地下一坐，開始乾嚎，眼睛發紅，餓狼似的，兩個工作人員都拉不回來，三眼兒畢竟當過兵，身體素質過硬，不好控制，後來我上了手，硬生生拖開，我說，三眼兒啊，人到時候了，該走就得走，不見得是壞事，誰也攔不住，各有命數，活人總得接著過日子啊。

活人的日子怎麼過，也成問題。有媽在，別管生沒生病，那也是個家，媽一沒，家也就散了，這道理不認不行。老人走後，郝潔跟三眼兒的關係也處不好，總不對付，雞毛蒜皮的小事兒，老是吵架，我勸也沒用，三眼兒覺得我向著他姐，久而久之，跟我也有點隔閡，後來這些事情我就不怎麼參與了。

開春時，家裡親戚給我在汽配城找了個活兒，從打包幹起，我覺得也能接受。下班後，我一般都過去陪著郝潔，晚上吃完飯，她看書，我聽半導體，怕打擾她，就擰到最小聲，把耳朵俯在上面，有時聽著聽著就睡著了，半夜醒來，發現郝潔在我身邊，我就把她摟過來，她閉著眼睛鑽入懷裡，頭髮撓著我的下巴，暖和，還有點癢，舒服極了，像是蹭著一隻貓。

郝潔跟我說，以前她弟去當兵，媽生了病，指望不上別人，親友借遍，也不夠治療的錢，放任不顧的話，肯定說不過去，眼看著情況一天天惡化，她便跟一個朋友去了大連，在那邊待過一段時間，雖不得已，但也不是藉口，這事兒總掖在心裡，邁不過去。我說，不要緊。郝潔說，你要是在乎，不想跟我一起過，我也能理解。我說，這是啥話，以後這事兒少提，以前的就算了，咱們往後看。郝潔抱著我，不再說話。我嘴上這麼說，心裡不是滋味，不是別的原因，主要我不願意去想她以前吃苦受罪，不怎麼好受。

那陣子，基本上只有三眼兒自己在賣菸，也是有一搭沒一搭，進的貨不見下，怎麼帶去的又怎麼帶回來，還有幾天，他一個人空著手出去的，後半夜才回來。我問他，你成天到底忙活啥呢？他也不說，皺著眉頭，菸不停手，一抽大半盒，我陪著喝兩瓶啤酒，有一次快天亮時，沒頭沒腦地跟我說了一句，以後對我姐好點兒，她命不好。我說，這你放心，用不著你講。三眼兒說，準備出趟門，老在瀋陽待著，沒有出路。我說，去哪呢？他說，南方吧，看看江海，挺想念的。我說，無親無故，去那邊幹啥，不如留在本地，互相有個照應，回頭一起做點事情，慢慢來，機會不是沒有。他說，我再想想，我再想想。

四月底，瀋陽破了個大案，全城轟動，新聞滾動播出，群眾拍手稱快，電視臺還拍了個紀錄片，全程記錄審訊過程，每天一集，看著很受觸動，人性的險惡與殘暴，一覽無遺，比電視劇都有意思。官方稱之為四一〇大案，持械搶劫殺人，手段殘忍，情節惡劣，燒過信用社，劫過運鈔車，手上十幾條人命，主犯共四人，兩對兄弟，主事兒的哥倆姓李，哥哥李德文，在線路大修段上過班，腦子好，行事縝密，性格不馴服，對紀律之類天生反感，案子都是他來謀劃，弟弟李德武，以前當過兵，身法不錯，也敢下狠手，最後一次敗露時，李德文因買槍未遂在廣州服刑，沒有參與，其餘三人籌劃不周全，搶劫一位九路市場的業主時留下痕跡，這才一舉告破，進而牽出之前的連環案件。最後這位遇害者是批發白糖的，經商多年，有些家底，當時報導說是入室行凶，一家三人，全部滅口，孩子還不到十歲。這條新聞我琢磨了幾天，心裡犯嘀咕，犯案地點在黃海花園，也就是于洪廣場旁邊的商品房，高檔小區，剛蓋好不久，死去的那位男性，膀大腰圓，我是怎麼看怎麼眼熟。後來有一天，我想起來，這人以前常在撲克攤上打牌，我見過好幾次，梗著脖子，有幾分派頭，講話也怪。之所以有這麼個印象，是他有次喝得比較醉，走過來問我，有沒有裸體打火機？我說，打火機有，五毛錢一個。他說，要裸體的，有畫面兒的那種。我說，那沒有。之後他轉身離開，嘴裡嘟囔不停，我心想，點個火而已，怎麼這麼多要求。別看賣菸這事兒不起眼，也是什麼樣的都能碰見。我回來講給郝潔，她嘆了口氣，說道，不管怎麼說，這家也太慘了，孩子那麼小，這夥人都該斃。我說，是，那肯定沒跑兒。

三眼兒走的時候，跟誰都沒打招呼。我問郝潔，她也是一頭霧水，人就這麼消失了，衣服也沒帶幾件。我當時的想法是，他這一走，只有我跟郝潔在家裡，反倒自在點兒，但也說不準，三眼兒辦事沒個譜兒，興許過幾天就回來了。屋內還堆著兩箱菸，很佔地方，我跟郝潔說，晚上和週末我再去廣場賣一賣，以後也不幹這個了，累，實在賣不掉的，親戚朋友分一分，慢慢消化。

到了禮拜天，我騎車過去一看，廣場的撲克攤和燒烤全部清空，有人來回巡邏，維持著秩序，不讓營業，賣菸也不允許，管得很嚴，說要創立文明城市。我就把自行車立在公交車站旁邊，皮箱欠個縫兒，生意不好，半天賣不掉幾盒。我正犯愁時，聽見附近居民聊天，其中一個說，以前在廣場修自行車的，現在調到鐵西分局去了，把大門，還給個編制，這次立了大功，那人外表看著粗糙，心挺細，眼觀六路，之前就發覺有人鬼鬼祟祟，行蹤古怪，不喝酒也不打撲克，就買盒菸，來回晃悠，像在踩點兒，根據記憶，他幫著公安畫了張像，反覆排查，這才抓到的。另外一個說，那畫像不對，電視報了，根本不像，驢唇對不上馬嘴，後來是根據摩托車牌號抓的，二四六九六，還是九六九來著，興工街那邊逮住的，一捲一捲的錢，窩藏在棚頂夾層裡，得使爐鈎子刨出來。聽到這裡，我心裡咯噔一下，手一抖，菸灰掉在褲子上，我一邊撲落著，一邊回想，前段時間裡，我好像見過這輛摩托，三眼兒半夜騎回來的，開始停在道邊，進屋後，他起了瓶啤酒，喝到一半，抽著鼻子，又給推回到裡屋來了。當時郝潔一個勁兒地喊我，說作了個噩夢，害怕，我也沒顧得上問她，第二天一早，車就不見了，牌號我記得類似，但叫不準。

這事兒我沒跟郝潔說，只要一提三眼兒，她就不怎麼愛接話，許是不想管。于洪廣場不讓賣，我就去附近的小公園，這邊有跳舞的，也有吹樂器的，講評書的，比較熱鬧，我在旁邊支個攤兒，第一天效果還不錯，第二天就趕上了警察，二話不說，直接把我扣去派出所，掛上手銬，推推搡搡，我很不服氣。到了地方，警察問我，有沒有營業執照？我說，沒有。然後又問，知道這是犯法不？我說，不知道，不懂法。這時候，旁邊過來個小警察，看著沒我歲數大，渾身酒氣，從後面給了我一腳，踹得我跪在地上，指著說，老實交待啊。我當時就火了，我說，操你媽的，小逼崽子，電視劇看多了吧，我保家衛國時，你在哪喝尿呢。小警察薅起我頭髮，想往牆上撞，我舉起手銬就掄了過去，直接砸在臉上，血一下子就竄了出來，好幾個人撲上來把我放倒，問我要幹啥，知不知道這是哪裡，自己是誰，我心說，知道，我都知道，我他媽怎麼不知道，但我的命都交出去過，輪不上你們這麼對我。

我在裡面拘了幾天，派出所可能見我當過兵，認罪態度尚可，寬大處理，不過香菸全部罰沒，一盒也沒給留。釋放那天，我媽和郝潔過來接我，倆人抱著我哭，問我遭罪沒，我說那沒有，天天在裡面就是坐板兒，背行為規範，正好我也想一想，這兩年到底是咋回事。郝潔問我，想明白沒。我說，想好一半，還剩一半，回去繼續琢磨。我們仨一起回我媽家吃的飯，沒成想，第一次帶郝潔回來，居然是這麼個場景。我媽對她倒是很滿意，私下跟我說，這孩子心裡有你，出事兒這幾天，跑前跑後，沒少折騰，眼睛一直腫著，我看了都不落忍。我說，是，對我可以。我媽又說，我問過了，媽沒了，爸也找不到，沒啥親戚，自己住平房，你勸她搬過來吧，也有個照應。我想了想，說，回頭我問問她吧。

我讓郝潔過來住，郝潔說，沒結婚，不太合適。我說，那咱就結，領個證的事兒，妳想好就行。郝潔說，我比你大兩歲呢，你想好就行。我說，我想好了，就看妳。郝潔說，我早就想好了。

我倆是六月份領的證，照了幾張相片，八月份擺酒席，兩家親戚不多，總共不到十桌，婚禮氣氛挺好，請了個樂隊，吹拉彈唱，我的這幫戰友也是能喝能鬧，桌子都要掀翻了，打心底為我高興，遺憾的是，三眼兒沒有出現，好多人問起他來，這當小舅子了，又降一輩，咋還不敢露面了呢。我說，去南方了，做買賣呢，實在趕不回來。事後，我也問過郝潔，三眼兒跟妳聯繫過沒。郝潔說，沒有，一直都沒。說這話時，我倆正在去北京的火車上，我媽給拿了點錢，說現在結了婚都去旅遊，你倆也轉一圈，留個紀念，遠的地方走不了，上首都看一看也行啊。

我倆在北京玩了一個禮拜，爬了長城，逛了天壇、頤和園，也看了升旗儀式，故宮沒愛去，看不明白，文化程度不夠，吃了烤鴨和炸醬麵，覺得一般化，郝潔對這些沒興趣，也不買衣服首飾，在王府井逛街時，她一直往書店裡鑽，看上書就邁不動道兒，我也陪著她，樓上樓下，翻騰半天，最後只買了兩冊。我說，好不容易來一次，多挑幾本吧。郝潔說，我也不賺錢，等以後的，有這兩本，夠看。我拿著書排隊算帳，盯著封皮看，都是外國小說，一本叫《鹿苑》，一本叫《綠陰山強盜》。我說，強盜這本，肯定有意思。郝潔說，咋看出來的？我說，名字就好，強盜，綠林好漢，行俠仗義，評書裡老講這樣的故事，童林童海川什麼的，我在部隊時特別愛聽。郝潔就笑，也不說話。

回到賓館後，我看電視，她靠在床頭上讀書，沒過一會兒，便開始抽泣。我說，外國武俠小說，還看激動了。郝潔說，不是武俠，家庭情感。我說，那不至於，胡編亂造。郝潔說，寫得太好了，你想聽不，我給你唸，這篇叫，再見了，我的弟弟。我說，不聽，不吉利，我挺想三眼兒的。郝潔說，跟他沒關係。然後又想了想，說，可能也有，性格裡某個地方挺像，說不上來。我說，主要講啥的。郝潔說，倒也沒啥，講一家幾口人，不太和睦，特別是弟弟，看不上別人，跟誰說話都沒好態度，尤其是跟他姐，處不明白，看著他身在世上，逍遙自在，其實格格不入，比較執拗，好像誰都無法瞭解他的苦悶。我說，又能咋地，這樣的人多了，社會不慣你毛病。郝潔說，就是說，人跟人之間，相互理解就是這麼難，都在一個環境不行，有共同經驗不行，再加上血緣關係，也還是不行。我說，這話對，現在的人，都自顧自的，聽不見別人說啥。郝潔說，但世界是廣闊的，有大海，有渡船和帆，有閃爍的光，萬物是凝聚，而人在其中，我給你唸唸結尾。她清清嗓子，低聲讀道，那天早晨，大海閃著珠光，而且是黑沉沉的，我的妻子和我的姐姐在游泳，她倆沒有戴帽子，我看見她們那一黃一黑的頭髮浸在黑沉沉的水中，我看見她們露出了水面，看見她們光裸著身子，毫不羞怯，美麗大方，我看見兩個裸體的女人走出了大海。我聽後說，沒太明白，但有點畫面兒，像是電影裡的人，不穿衣服，從海裡走出來。郝潔說，對，從大海裡走出來。

旅行回來後，郝潔說想上班，年紀輕輕，總在家守著，不是個事兒。我很支持，正好一個戰友在輕工市場兌了個床子，從廣州進貨賣衣褲，他們兩口子都有正式工作，只週末在，平時沒人看攤，我就讓郝潔過去幫忙。剛開始時，郝潔幹得一般，總算錯帳，還丟過東西，戰友有時跟我抱怨，觀察過幾次，每天也不賣貨，就坐在那兒看書，發愣，我比較為難，只能解釋，好話說盡，郝潔畢竟以前沒做過類似工作，再給一點時間，有損失的話，我們來承擔。半年過去，郝潔逐漸上手，又趕上市場全面改造，二次搭建，攤位重新規劃出租，戰友算來算去，經營這麼長時間，沒賺什麼錢，還不少操心，就決定將生意停掉。我問郝潔，妳要是還想幹，咱們就自己投資，借點兒也行。郝潔想了想，說，還是算了，對服裝實在興趣不大，不如休養一下身體。

那段時間，我和郝潔的情緒都不太好，原因是我倆本來想要個孩子，半年多過去，也沒個動靜，去醫院一檢查，錢沒少花，最後的診斷結果是，我沒什麼大問題，郝潔先天性輸卵管狹窄，很難懷上。我得知這個消息後，不太能接受，因為一直比較喜歡小孩，覺得很失落，提不起精神來。郝潔的心理負擔也重，有時半夜醒來，自己悄悄抹眼淚。

次年春節前夕，警察找過我一次，我沒告訴郝潔，詢問我的基本情況，提及三眼兒，問是怎麼認識的，什麼關係，最近接觸過沒有，我一一告知，最後問，你的妻子郝潔跟他聯繫過沒？我說應該是沒。我問警察，三眼兒什麼情況？警察沒接話，只是說，如果有動靜，記得及時彙報。都是套話，走個過場。臨走之前，警察又問了一句，三眼兒當時什麼兵種？我想了想說，普通義務兵。出門後，我點了根菸，恍惚記起，三眼兒幹過一陣子偵察兵，練過越野、泅渡和野外生存，身體條件一流，在新兵連表現很好，看著精瘦，其實有勁兒，渾身腱子肉，當年他被挑走時，我還很羨慕，後來因為犯了錯誤，才被撤回來的。

大年初四，家裡聚會，按照慣例，新媳婦的第一個春節，親戚長輩得給紅包，我叔我嬸啥的，都能折騰，好個熱鬧，給紅包得講條件，過年聚餐沒別的，主要就是喝酒，我跟郝潔因為懷孕的事情，心裡不太痛快，我還能勉強裝一裝，郝潔本來就不喝酒，兩杯過後，臉拉下來，誰說話也不搭理，去廁所吐了一次，進屋剝橘子看電視。我叔逗我說，這媳婦，脾氣大，我看你也管不住啊。我笑了笑，沒吱聲。喝到半夜，我有點醉，進屋跟郝潔說，大過節的，你在這擺臉子，給誰上眼藥呢。郝潔也沒好氣兒，說，喝完沒，趕緊回家。我說，問妳話呢，別他媽逼裝沒聽見。郝潔不吭聲。我又罵了幾句，越說越來氣，沒控制住自己，加上酒精作用，上去就抽她個嘴巴子，下手不輕，她沒預料到，直接被打得倒在地上，手捂著臉，大口喘氣，說不上來話。家裡親戚聽聲音不對，連忙過來勸，維護著郝潔，勸她說，小兩口兒，鬧著玩呢，別往心裡去。不勸還好，越說我還越來勁，想接著動手，從樓上追到樓下，好幾個人都拽不住，在雪地裡跑，摔了一跤，爬起來還要去追，別的親戚趕緊給她攔了個出租車，郝潔坐上就走了。我在外面待了半天，才緩和過來點兒，回到樓上繼續喝酒，給我媽氣得不行，過來就搧我，說我不是個東西。我也哭，他媽的，我這一肚子委屈，跟誰說呢。年前，單位幾個同事聚餐，其中一個跟郝潔家住得近，知道一些情況，只要一提到我，所有人就都在笑，沒懷好意，我有點不舒服，問他們笑啥，也沒人說。散場後，我逮住一個，抄著啤酒瓶子，逼到牆角，他才跟我講，哥，按道理，這話我不該說，但你媳婦是咋回事，咱都知道，媽生病時，去了趟大連，拿了一筆錢，本來說給個老闆生兒子，結果辦法用盡，也沒生出來，讓人退回來了，哥，我現在想想，也不算啥，都有過難處，他們笑，那確實不對，沒素質，但人不就這逼樣嗎？恨人有笑人無，喝點酒來了情緒，不是不能理解，抬頭不見低頭見，算了，別跟我們一般見識。我把瓶子放下，撒開領子，掉頭自己往家走，繼續琢磨這個事情，一碼歸一碼，家裡困難，出去圖錢，我能理解，但這麼大的事情，始終瞞著我，折騰去醫院查好幾趟，那我接受不了，拿我當啥呢，反正肯定沒當人看。可再一想，當時不是我自己讓她別告訴我的嗎？我也就又有點糊塗。

郝潔走後，第二天也沒回家，我媽讓我出去找，我沒去，瀋陽這麼大，能上哪去找。大年初十，單位上班，郝潔還是沒動靜，我有點急，畢竟一個禮拜了，不太放心。我回她家的老房子看過，租給了一個外地戶，也說沒見到。她平時沒什麼朋友，就一個弟弟，還聯繫不上，實在沒有頭緒。外面找不到，我就在家裡亂翻，看看有沒有什麼線索，郝潔自己的東西不多，衣服就那麼幾身，一隻手數得過來，書是不少，這半年攢的，我挨本查看，也沒夾什麼東西。倒是有一個筆記本，上面記著一些她看書時的想法，我翻了幾頁，不太懂，也就放下了。她在第一頁上寫了點話，我讀好幾遍，印象很深。郝潔的字寫得小，一筆一劃都清楚規矩，像是印出來的，上面寫著：

這世上沒有一樣東西我想佔有。
我知道沒有一個人值得我羨慕。
任何我曾遭受的不幸，我都已忘記。
想到故我今我同為一人，並不使我難為情。
在我身上沒有痛苦。
直起腰來，我望見藍色的大海和帆影。

底下一個破折號，然後是個外國人名。我闔上筆記本，腦袋裡反覆都是這幾句，我跟郝潔認識快三年了，時常會有陌生感，覺得並不真正瞭解她。我想起來，我們在北京時，她看完書跟我說的，人跟人之間，相互理解就這麼難。

二月中旬，郝潔自己回來的，穿的還是走時候那套，看著沒大變化，就是瘦了一些，臉色發烏。她一進門，我心裡的石頭落了地，想給她道聲歉，又不知道怎麼說好，就當成什麼也沒發生過，上班下班，買菜做飯。郝潔表現得很正常，只是話少，問一句答一句。有時我很挺想問她，這一個月都去了哪裡，怎麼過的，但也沒說出口。一週後，郝潔頭一次主動找我，說想去看看他媽，快一年了，老是夢見。我說，那當然行，我陪妳去。

下葬的日子未到，骨灰一直放在殯儀館裡。我倆起了個大早，坐公交車過去，那年溫度偏高，路上的積雪化了大半，我舉手抓著欄杆，一路無話，郝潔低著頭，也不看我，車窗一個勁兒往下滴水，外面的世界不斷變幻，她離我這麼近，我卻覺得她隨時又要離開。郝潔不在的那些日子裡，我媽跟我說過一句，走野了，再回來就費勁了。之前沒當回事兒，她的性格，我以為多少瞭解一些，覺得不過是一時置氣，總會回來的。當時我還不明白，人在哪裡，始終是次要的，心要是不在，那說啥也都晚了。我挺怕這個。

骨灰盒統一存放在三樓，她家的格子在倒數第二排，緊靠著窗臺，上數第七個，位置不錯，不用登梯子就能祭拜。格子裡面擺著各種物件，假的冰箱、電視、八仙桌等，郝潔全部重新擦拭一遍，來回調整，尋找恰當位置，我靠在牆上，想起這一年裡發生過的事情，覺得很不真實。東西放好後，我走過去，行了三個禮，心裡有點過意不去，沒敢抬頭看相片。郝潔低聲唸叨著，具體說啥聽不清，我在旁邊來回打量，看看隔壁都住著誰，活到多大歲數，觀察幾個，心裡開始犯嘀咕，這一排靠西面，離窗戶近，西照日頭，常年被曬，許多紙糊的祭品都已發白，但剛才祭拜時，她家格子裡的那幾件卻很新，沒什麼變化。我本想再掃一眼，郝潔已經把玻璃門鎖好，大步往外走了，也沒叫我。我連忙跟了上去。

年後上班，我路過汽配城裡的一家經營點，看見正在招聘銷售人員，賣摩托車油，都說銷售來錢快，我也想去試試，看看能不能幹好。這家的老闆是女的，叫陳紅，我早先就知道，在這一片兒挺有名，四十歲左右，個子不高，衣著講究，總是濃妝豔抹，離好幾米遠就能聞到香味兒。面試時，陳紅問我都幹過啥，我說，之前也在這邊上班，環境熟悉，主要是體力活兒，銷售沒做過，再往前數，自己倒弄過菸草，多少也算有些經驗。她又問道，為啥想做銷售呢？我就實話實說，家裡條件一般，聽說這個比別的好賺錢，具體業務雖然不懂，但以前當過兵，愛琢磨事兒，韌勁兒在，不怕吃苦。陳紅想了想，說道，那你要學的估計很多，我這邊呢，基本工資不高，主要靠提成[16]，給個機會不

16 指業績獎金。

是不行，要是三個月內不達標，那我也沒辦法，你看能否接受。我說，這沒問題，幹啥咱就守啥的規矩。

經營點面積不小，上下兩層，將近三百平，東西少，只幾張桌椅，看著發空，平時裡面沒幾個人在，一個財務大姐，六八年生人，姓吳，我管她叫吳姐，心寬體胖，很愛說話，比較熱心，跟著陳紅多年，每天唸叨著孩子的升學問題，還有一個管庫房的，老呂，外加一個司機和我，就這麼幾個人。我剛去時，陳紅遞給我一堆圖冊，好幾大本，其中兩本是我們代理的產品介紹，還有一些是別的品牌的。她跟我說，所有型號和特點，都得瞭解一遍，最好能背下來，不同季節用哪款，幾個月一換，這些都得清楚。我點點頭，開始學習材料，白天在公司看，晚上回家繼續，之前沒接觸過，摩托車油還比較複雜，分ＳＷ、ＳＦ、ＳＧ、ＳＪ等許多類別，不同型號對應著不同的發動機，門道挺多，Ｓ表示是汽油發動機用油，接下來的字母越靠後，說明品質等級越高，Ｗ表示冬季專用，還有數字號牌，表示適合的環境溫度，要全部記住，也不容易。雖說都是潤滑油，功能近似，也有高下之分，加上品質好的，踩油門的聲音都不一樣，不僅動力強勁，還可形成一層油膜，減少摩擦損傷，積碳也相應降低。總之，這裡面有點學問。

歲數一長，記點東西就費勁，我也著急，產品瞭解不透，說話沒底氣，我把材料帶回家裡，讓郝潔幫著我背，來回考我。記得差不多了，我就去跟陳紅去彙報，問她具體要怎麼進行銷售推廣，她也一知半解，讓我自己看著辦。中午吃飯時，我問吳姐，陳總自己的買賣，怎麼能不明白呢？吳姐說，她不指著這個賺錢，這是新項目，跟對方關係不錯，就幫忙做個代理。我說，那她靠啥營利呢？吳姐說，陳紅還有一個物流公司，幾年前開的，很多車輛掛靠，跑運輸，她啥也不用管，每年只是幫著繳納稅費、辦理道路運輸證之類，旱澇保收。我說，這買賣好。吳姐說，好是好，一般人也幹不了，方方面面，都得疏導。

我想不出太多辦法，只好去複印社打了一堆傳單，騎著自行車在街上發，見到有摩托車停著，便塞過去一張，對方要感興趣的話，就再簡單介紹幾句。當時瀋陽騎摩托的不多，過了那勁兒，有錢的都買私家車了，還在騎的，多數都守在街邊拉腳兒，三、五塊錢，載人一程，大部分也不是好車，不太注重潤滑油的質量。一段時間下來，收效甚微。

通常情況，白天我在外面發傳單，下午五點回到公司，跟陳紅總結彙報，她不是每天都在。五月份時，陳紅有一天問我，有沒有駕照？我說，倒是有，在部隊時集體考的，沒怎麼摸過車，不敢上路。陳紅說，有就行，雇的司機辭職開出租去了，我看你銷售能力一般，不如抓緊練練車，過幾天給我當司機。我猶豫著答應下來，心裡還是發怵，畢竟好幾年沒碰過方向盤了，只好求助戰友，讓他帶著我跑了幾天。

陳紅這個人不壞，做事也講究，就是脾氣不好，性子急，第一天給她開車，定的八點鐘到樓下，結果九點才出來，上車就告訴我要去外地見客戶，已經約好，讓我快點開，只說了個大致方向，便躺在後面睡著了。我很緊張，不太認識路，手心都是汗，邊開邊打聽，費了挺大勁，一路曲折，好不容易開到地方。我鬆了口氣，喊她說，陳總，咱們到了。她也沒反應，還在睡，頭一天估計沒少喝，我只好按了幾下喇叭，她醒來後，問我現在幾點了。我說，將近十二點。她揉揉眼睛，劈頭蓋臉就是一頓罵，說跟客戶定好了時間，十點半開會，結果現在都中午了，還罵我是廢物，幹啥啥不行。我倒是不生氣，只是內心難受，她說的沒錯，退伍這幾年，我確實沒做過一件像樣的事情。我解釋道，很長時間沒開過車，不太熟悉，以後保證按時完成任務。陳紅沒理我，摔門下車，進到樓裡去談事情，我在外面等了好幾個小時，菸抽了不少，也沒見她出來。直到晚上七點，她跟著好幾個穿西服的一起走出樓門，告訴我說去飯店吃海鮮。我開車送她過去，又在樓下等待，半夜十一點多，飯局才結束，出來時，她連路都走不穩了，非要跟人挨個擁抱告別。我扶她上車，沒開到一半，全吐車上了，味道難聞，我也不敢開窗，怕她受風。停好車後，陳紅清醒不少，我本想送她上樓，她說不用，自己沒問題，讓我找個地方去洗車，走之前問我一句，這工作能適應不？我說，沒啥不適應，主要這是頭一天，沒太進入角色。陳紅說，那就行，以後看你表現。

我到家時，已是後半夜，剛一推門，滿屋都是中藥的味道，我媽給郝潔找了個中醫，說是能治她的病，郝潔去看過幾次，每天在家熬藥喝。這股濃烈的草藥味道，與我身上的汗臭味、嘔吐後的味道，混在一起，令人不住地反胃。我連忙脫去衣服，跑到廁所沖了個澡，回到臥室時，發現郝潔還沒睡著，正在檯燈底下看書。這些日子，我總覺得那些書像是一道屏障，攔在我們二人之間，郝潔躲在後面，將自己藏了起來。我問她怎麼還不睡覺。郝潔說，睡到一半，作了個夢，就醒了。我說，夢見啥了？郝潔說，夢見你開車肇事，跟貨車撞在一起，車蓋變形，好幾個人躺在地上，旁邊全是血，當時還下著很大的雨，那些血跡也沒沖掉，不停從車裡往外淌。我說，瞎擔心，盼我點兒好。郝潔說，貨車司機一出來，我才發現是我弟，他也很意外，不知所措，跑過來抱著我哭，向我道歉，跟我說，姐，我對不起你，姐，不是故意的，我更不知道怎麼辦好了，也抱著他哭，哭著哭著就醒了，你說這夢，到底是啥意思？我說，啥意思都沒有，就是你想三眼兒了，這都多長時間了，也沒個影兒。郝潔沒說話。我又說，三眼兒能不能壓根兒就沒走，還在瀋陽呢？她嘆了口氣，把被子蒙過頭頂。我這麼問，不是完全沒道理，總覺得他一直躲在附近，或者走了不久就回來了，他這種性格，看著張牙舞爪，其實不行，戀家，在部隊時就這樣，雖然以前總跟郝潔吵架，心裡還是惦記，這麼長時間沒出現，肯定有原因。

開車的頭一個月，陳紅給我開了一千七百塊錢，把我嚇了一跳，上班以來，頭一次賺這麼多，老實說，有幾回我是真不想幹了，老是挨罵，心裡過不去，但見了工資，覺得還是得咬咬牙，堅持一下。再往後，我逐漸發覺，開車不算累，陳紅不是每天都忙，閒著的時候，我就在單位擦擦車，喝點茶水，跟吳姐聊上幾句。七月份時，我跟著她出了趟長差，開車到河北、河南，跑了幾個廠家，摩托車油銷量不行，她準備換個項目，改做冷凍機油之類，具體不知道，反正我就一邊開車，一邊聽她抱怨，偶爾回應幾句，無非是誰家說話不算數，誰家要多少回扣，有時她會談談自己的事情，親戚管她借了多少錢，孩子在寄宿學校的情況等，聊得多了，我也幫著出點主意。我這個人別的不行，考慮事情往往比較周到，願意站在別人的立場上看問題，她也認可，覺得我說的有幾分道理，其實很多事情就是當局者迷，跳出來一步再看，沒那麼複雜。

回瀋陽那天，剛到市內，陳紅跟我說，這些天比較辛苦，舟車勞頓，準備請我吃頓飯，犒勞一下。我說不用，分內之事，陳紅很堅持，我也不好拒絕，我倆就先把車送回去，在附近找了個飯館，點了幾道菜，還有啤酒。陳紅的情緒不錯，那天沒少喝，我陪著她，也有點醉。陳紅說了不少以前的事情，從小過得苦，沒媽，爸也不怎麼管，跟著姑姑長大的，姑父睜眼閉眼看不上她，讀了個技校，在工廠上班，也總挨欺負，手腳笨，不受待見，經人介紹認識了前夫，當兵的，對她不錯，就是事業方面一直不太順利，婚後有了孩子，開銷漸增，趕上前夫失業，常出去喝酒，為此兩人吵過多次，忽然有一天，這人就消失了，了無痕跡，撇下她和孩子，無依無靠，一步一步走到今天。我當時雖然頭暈，也覺得話裡有疏漏，很多事情只一兩句帶過，絕不會這麼簡單。但又一想，她怎麼說，我就怎麼聽，打工賺錢，沒有必要較這個真兒。喝完酒又去唱歌，就我們倆人，一首接著一首，嚎了大半宿，連跳帶鬧，筋疲力盡，到了後半夜，稀裡糊塗就跟她回了家。第二天早上起來，頭疼欲裂，我想起了郝潔，十分愧疚，死的心都有，穿上衣服就走了，連個招呼也沒打。

我媽和郝潔不在家裡，我獨自躺在床上，還是覺得噁心，酒勁兒怎麼也退不下去。同時，我很自責，覺得誰都對不起。郝潔最近與我關係冷淡，可畢竟還有感情，至於陳紅那邊，我也並不討厭，有時甚至願意跟她分享一些看法，出了這種事情，到底是同情居多，還是好感居多，很難分得清楚。我也想過辭掉工作，不過目前條件不允許，我媽和郝潔都在吃藥，每月花銷不少，指著我的這點兒錢維持，突然沒了收入，說與不說，都得跟著上火。

再去上班時，陳紅對我的態度明顯有變化，說話聲音輕，笑臉也多了一些，有時跑個手續或送一筆款，她要是沒時間，也放心讓我去。一開始我沒那麼適應，後來也習慣了。很多事情，有了第一次就有第二次，不知怎麼，我逐漸進入到另一個角色裡。那段時間，我跟家裡說單位最近忙，常要出差，其實都在陳紅那邊，有時一個月能回家住個三、五天就不錯了。每次回來時，我媽很熱情，炒好幾個菜，話說個不停，怕我在外面受累，郝潔則十分客氣，如同對待陌生的親戚一般。我的心情很複雜，她們越是這樣，我就越是不想回去。

國慶期間，我媽過生日，我提前回來，張羅著一起出去吃飯，總共就三口人，沒點幾個菜，過程不太愉快。我媽跟我說，工作這麼忙，顧不上家裡，要不然回頭換個活兒，她這邊還有點積蓄，不妨做個小買賣，給自己幹怎麼也比打工強。郝潔沒說話，低頭夾菜，放在盤子裡，也不吃，我看她一眼，心裡就明白了。這是她們商量過的主意。郝潔平時不言不語，內心很敏銳，這麼長時間我不怎麼著家，估計多少有些預感。我當時跟我媽說的是，經濟形勢不好，先對付著幹，過了今年再看。我媽也就沒再多問，事實上，我已經抽不出身來，原因是，陳紅懷孕了。

轉過年去，陳紅漸漸顯懷，行動不便，公司方面的業務，大多由我處理，每天去跟廠家對接，與客戶交涉，她在家安心養胎，歲數有點大，一切謹慎為好。剛懷上時，陳紅問我，想不想要，不要的話，她就去打掉，要的話，咱們再談下一步。我想了好幾天，她的意思很清楚，如果要這個孩子，就必須負起責任，包括家庭問題，都得妥善處理，孩子生下來沒爸，那她肯定不答應，說不過去。我一度很猶豫，最終還是決定讓她生下來，沒辦法，我實在是太喜歡孩子了。我的那些戰友，很多都有了下一代，聚會時看見他們跟孩子一起耍鬧，心裡特別羨慕，場景在腦子裡面盤旋好幾天。我總幻想著，有那麼一天，也能有個自己的孩子，我很清楚，無論從什麼角度，這都說不過去，也知道不對，但放在自己身上，就是沒辦法克服。

孕晚期時，我接連幾週沒回過家，不是在處理公司的事情，就是照應陳紅，到了這個階段，瞞是瞞不住了，加上陳紅那邊，明的暗的給過我不少壓力，只好選擇攤牌。我找了個週六的上午回到家裡，郝潔沒在，我媽說她最近找了個工作，在樓下的麵包房幫忙，賺的不多，但也不累，半天的活兒。等到中午，郝潔回來了，提著半口袋麵包，見到我時很驚訝，問我要不要吃，剛烤出來的，還很熱乎。我說，郝潔，妳先坐下，我們談談。郝潔有點楞神，直直地立在我對面，我想了半天，不知如何開口，她看著我這樣，也很著急，跟我說，有啥話，你就直說，我能承受。我把我媽也喊來臥室，思來想去，撲通一聲，給她倆跪了下來，磕了三個頭，原原本本把事情講了一遍。

我媽聽完後，雙手捂著心臟，差點兒沒背過氣去，郝潔趕緊給她拿來硝酸甘油，我也害怕，不敢言語，在一旁聽從發落。直到傍晚，我媽的情緒平復一些，躺在床上睡著了。郝潔跟我說，要不要出去走走？我說，好。

我們一路往西，街旁都是樹，長得茂密，枝葉在高處合攏，形成一個隱祕的通道，幽沉且昏暗，密不見光，地面不平，有碎石與水潭，往深處去，愈發空蕩，居民樓被拆得只剩一半，鋼筋裸露在外。我們走在明渠的橋上，停於中途，河水在下方緩緩流淌，風吹過去，水面褶痕渙散，由遠及近，形成一道道的金色波浪。

郝潔望向河水，問我，遼寧二字，取啥寓意，你知道不？我說，嘮得挺大，這不清楚，要不還是說說咱倆的事情，究竟怎麼想的，有啥要求，你來提一提。郝潔沒接話，繼續說，以前遼河總發大水，岸上百姓苦不堪言，深受其害，於是將這裡取名遼寧，意在祈禱遼河流域永久安寧，瀋陽兩個字，你肯定知道，沈水之陽，居於渾河的北面，各個區的名字來歷也有說法，和平區以前是日租界，叫做千代田區，解放後改名為和平，祈禱太平無戰，鐵西區就是位於鐵道西側，于洪區的歷史更長一些，面積也最大，幾乎將市區包圍，本意為禦洪，身先士卒，抵禦滔天洪水，守衛城區，後來字不好寫，改成干勾于，意思就變了，人于洪水之中。我說，這方面妳懂得多，比我有知識。郝潔說，忘記從哪裡看來的，反正記住了，今天想起來，跟你說一說，以後這樣的機會少了。我不知該說點什麼，只好沉默。郝潔說，我也總懷愧疚，過去的事情，以為真的能過去，其實不行，不是說你，我自己也很艱難，邁不動步，多少年了，就困在這裡，有時作夢，走在夜裡，身後是水，一點一點不斷迫近，只能朝前走，不敢回頭，前面又是一片黑暗，什麼都看不見，就想放棄，等著洪水吞噬，可怎麼等也不來，人要是一旦不抱希望，等待死的降臨，反而很漫長，不太好熬，這種守候沒有盡頭，後來你在我身邊，拉著我的手，試著往前邁幾步，我轉頭看著你，也看不清楚，人在咫尺，卻又無比模糊，身邊一切都是影子，自我之外，空無一物，什麼都沒有。我說，對不起，對不起。郝潔說，所以，今天你一說，我反而輕鬆一些，人與人之間，沒那麼親密，花了不少力氣，想往一起走，還是不行，以前不理解，現在體會過了，就能明白一些，你照顧我這麼長時間，我很感激，現在時候到了，水往上升，奔湧過來，將我們沖散，避也避不過，但我想，總有一天，它會再次變得舒緩、寧靜，水面如鏡子，陽光照不透，我從水中站起身來，低頭看見自己，抬起頭來，興許還能看到你，倒影也好，幻景也罷，總能讓我想起那麼一些時刻，即便之後就要沉下去，我也心滿意足。我說，對不起，郝潔，對不起。

辦完離婚手續，不顧我媽的勸阻，郝潔執意離去，收拾了半天東西，大多是書籍，衣服還是那幾件，我知道她沒什麼積蓄，就提議給她租房子住，她也拒絕了，走得悄無聲息。我依舊很少在家裡住，偶爾回去一次，我媽跟我說，有時她自己坐在客廳，總以為郝潔還在，向屋裡喊一聲，也沒人應，她就對著空氣罵，說我沒良心，狼心狗肺，對不起郝潔，罵著罵著，就開始哭，說這麼一走，也不知道啥時還能看見，讓我有空去找找她。我隨口答應著，一直沒去找過，不是不想，一方面是忙，公司事情多，陳紅那邊馬上要生，另一方面，要是真去看望，也不知道說點什麼，那麼多的虧欠擺在那裡，清清楚楚，還不起的。

兩個月後，我的兒子出生了，七斤八兩，個頭兒不小，哭聲嘹亮，跟吹小號似的，我給取了個小名兒，叫康康，祈盼身體強健，除此之外，別無所求。陳紅屬高齡產婦，當時是剖腹產，術後沒少遭罪，疼得幾宿睡不著，我一直忙前忙後，雇了個月嫂，還是照應不過來。此前，因為準備在家裡坐月子，陳紅懷著孕，不太能動，所以我把家裡的東西全部歸置過一遍，沙發、電視、床和茶几都換過位置，裝好嬰兒床，以前的被褥、衣服清洗整理一遍。收拾壁櫃時，我在夾層裡發現了一本影集[17]，兩個公文包，我隨手翻開影集，有陳紅自己的藝術照，有她跟前夫的孩子的生日照，百天的，半歲的，依照次序放好，還有一家三口的合影，可能是在勞動公園，身後的假山我有印象。這是我第一次見到陳紅前夫的模樣，戴著蛤蟆鏡，個子挺高，得將近一米八，燙了捲髮，還挺時髦，再往後翻，還有軍裝照，濃眉大眼，目光狡黠，手裡端著槍，頗有幾分威嚴。這個人我看著眼熟，死活記不起來在哪裡見過，待我再翻證件時，三個字映入眼簾，李德武。我一下子想到幾年前的四一〇大案，李德文和李德武兩兄弟，心裡說，也許不過重名而已，再往後看，確定就是同一個人，各項特徵都符合，這樣一來，跟陳紅相處時的很多狀況，也就都想通了。算日子的話，李德武被斃有幾年了，我想到郝潔以前說的，過去的事情，以為真的能過去，其實不行。我不知道陳紅現在怎麼想的，以及還要隱瞞多久，我反正是想好了，她不說，我也絕對不問。我把東西一一收好，放回原處，當作什麼都沒發生。

我媽嘴上不認陳紅，心裡惦記著孩子，滿月過後，我把康康帶回家裡，老人一看見孩子，心就軟了，成天抱著不撒手，親個不停，這是個好現象，至於她和陳紅之間的關係，慢慢也會有所緩和。陳紅提出來過，方便的話，可以讓我媽幫著帶一帶孩子，自家的老人過來照應，總歸細緻一些。我想了想，暫時沒有同意，主要是我媽的身體也不好，老犯毛病，怕她過來後，情緒又有波動，指不定誰照顧誰。在這點上，我跟陳紅有一些分歧，她覺得我媽過於固執，始終心存偏見，不肯接受。我很難解釋，只是勸她說，都得有個消化過程，等孩子再大一些，興許就好了。其實我心裡清楚，這根本不是時間能解決的問題。

陳紅在家帶孩子期間，公司業務大多由我處理，談生意少不了吃飯喝酒，各種場合都要經歷，我偶爾夜不歸宿，住在酒店或者洗浴中心，客戶有需求，也得作陪。陳紅對此心態較為矛盾，一方面公司是她的心血，打江山不易，不能輕易捨棄，另一方面她很不想讓我出去交際，希望能在家裡陪伴。我又何嘗不是這麼想的呢？可也實在沒有辦法。我們之間的矛盾就這樣一點點積累下來。

有一次，我請幾位比較熟悉的客戶喝酒，都是各自單位的領導，不好得罪，一行人吃過海鮮，喝掉四、五瓶白酒後，又去了洗浴中心，我當時醉得很厲害，但是吐不出來，這個很要命，年輕時喝酒，喝多了就吐，吐完也就舒服了，還能再戰，現在不行，酒精頂在胃裡，燒著心，怎麼也倒出不去，只能一點一滴慢慢消化。幾位客戶沖洗一番，便上樓去叫小姐，我沒有這個嗜好，就找了位搓澡師傅，尋思舒緩一下，喝杯熱茶，上樓睡個好覺。我往案子上一躺，眼睛就睜不開了，喊了個套浴，連搓帶敲背，剛開始幾下，我沒反應過來，後來覺得手法略重，就讓他輕點兒。搓完正面，我起床翻身，見他好像戴著口罩，只露了眉毛，就問，澡堂子裡還戴口罩，不怕悶啊。他說，習慣了。我說，浴池要求的嗎？挺講衛生。他說，嗯。我說，你話挺少，以前我來這邊，邊搓邊給我推薦各種項目。他嘟囔一句，新來的，不瞭解，然後還說了句什麼，我沒聽清，就沒再問，後來鬆腿時，我睡了過去，半夜澡堂裡沒人，只有嘩嘩的流水聲，顯得極為空闊，還作了幾個夢，各種場景紛飛，極速切換，先是陳紅，夢見她大著肚子，羊水破了，馬上要生，我開車跟她去醫院，到處都在堵車，眼看著醫院的高樓，卻怎麼也開不過去，最後我把車丟在道邊，背起陳紅一路瘋跑，直接闖入急診室，正是午夜，裡面沒人，我跺著腳大喊數聲，護士和大夫才從裡面出來，將陳紅接了過去，送進分娩室。我在外面等得很著急，不停踱步，不一會兒，來了一位女醫生，安慰我說不要緊的，應該沒問題，送得很及時，我剛想問幾句，抬頭一看，竟然是郝潔，我不知說什麼為好。這時，我忽覺下頜一陣冰涼，如被銳物抵住，一個聲音闖入夢裡，問我，鬍子刮不。我半醒過來，搓澡師傅站在我的腦後，不知從哪吹來了一陣涼風。我心頭一驚，連忙擺手，跑去衛生間，洗了把臉，吐了一次，又要了杯熱水，直接上去休息了。我在次日上午醒來，口乾舌燥，嗓子啞得講不出話來，憶起昨晚的經歷，怎麼想怎麼不對，套浴怎麼可能給客人刮鬍子呢，這個不該。我下樓在浴區掃了一圈，問了服務員，對方說，人沒在，已經換班了，趕上幾個客戶也出來了，嚷著去吃早點，我也就隨他們離開。

康康一周歲時，陳紅的身體恢復得差不多了，打算回來工作，按照我的想法，她最好多陪孩子一段時間，但她很堅持，我也就不好說什麼，請了個阿姨來幫忙照顧。陳紅回公司後，有點失落，發現很多事都是我在安排，幾天下來，跟我抱怨說，現在公司變成你的了。我說，咱倆在一起過日子，還分這個。陳紅說，今天吳姐跟我說，帳不太對，出入挺大。我說，你信她還是信我，她這是挑撥呢，對我有看法，不是一天兩天了。陳紅說，我看未必。我說，陳紅，妳要是覺得這裡面有問題，我回家帶孩子，還是妳來經營，我沒所謂，正合心意。陳紅想了想，說道，也不是這意思。我有點不高興，說道，那妳到底什麼意思呢，我這一天為了誰呢。陳紅沒有說話。

有了這次經歷，我發覺陳紅跟我有所疏遠，時時提防，話也總是只說半句。再往前想，這種情況也不是一天兩天了，或者吳姐早就跟她聯絡過，那天不過是個試探。不說公司業務，近半年，我倆的感情也確實有些問題，老是吵架，全是瑣事。有時她沒處發洩，就拿康康撒氣，這點我不太能接受，孩子還很小，剛會走道兒，能聽懂啥，一件事情做得不好，連踢帶打，嘴上罵個不停，我對她這點很不滿。有一次吵得厲害，陳紅轉身就是一通大罵，說康康笨得要死，跟他姐不能比，我在一旁聽不下去了，就說，笨不要緊，你不想帶，我自己慢慢教，好或者壞，品行指定不差，以後不至於殺人放火。陳紅楞在那裡，盯著我的眼睛看了半天，問我，你聽誰說的？我說，不用聽誰說，以為我跟妳過日子容易呢。陳紅說，沒有我，你今天能有啥。我聽見這話很憤怒，無論什麼角度，都等於是一次徹頭徹尾的羞辱。我說，那咱們這樣，孩子歸我，其餘都是妳的，以後妳做生意，我也不參與，一拍兩散，互不相欠。陳紅哭了半天，孩子也跟著哭，我聽得心煩，摔門而出，在外面過了一宿。隔了兩天，陳紅跟什麼都沒發生過似的，給我打電話，問在哪裡，叫我回家吃飯。我說在外地，不方便，就掛了電話。我當時狀態不是很好，開車去了一個朋友那裡，打算休養幾天，也想一想事情。

有天夜裡，我正喝酒時，陳紅打了兩個電話，我沒接到，後來是一個陌生號碼，我直接掛掉，以為還是她，十分掃興。次日酒醒，收到一條訊息，陳紅發過來的，說康康病了，高燒好幾天，開始還很有精神，沒耽誤玩兒，就在家吃吃藥，昨天忽然倒地抽搐，口吐白沫，昏迷過去，連忙送到醫院，大夫檢查後說狀況不好，可能顱腦有損傷，有耳聾的風險，讓我速回瀋陽。我一下子就慌了神，連忙返沈，一刻未停，直接奔去醫院。康康躺在潔白的小床上，面無表情，見到我也不講話，燒是退下來了，看著一點力氣也沒有，神情氣色，都跟換了個人似的。我極為氣憤，質問陳紅怎麼當的這個媽，她不說話，眼神裡全是恨意。醫生跟我們說，孩子剛脫離危險，千萬別受驚嚇，情況尚不穩定，還需進一步觀察。我很心疼，在床邊撫摸著他的掌心，輕輕喊著他的名字。康康瞪大了眼睛，直直望向天花板，一點反應也沒有。

康康入睡後，陳紅跟我說，這幾天有人來查過公司，帳都封了。我說，封吧，隨便。陳紅說，咱倆都脫不了干係。我說，像我在乎似的。陳紅說，你的那些事情，別以為我不知道。我說，愛他媽知道不知道。陳紅說，現在這局面，不是你我能說了算的，到時候怎麼辦，你自己想好。我說，我早就想好了，不用妳操心，無所謂，反正我兒子這次要是有個三長兩短，我跟妳肯定沒完。

半夜睡不著，我走出病房，坐在樓下的花壇旁邊抽菸，連抽好幾支，想著公司的事情，自己的事情，想著生病的康康，頭疼得不行，便躺了下去，風吹過來，一時覺得眼前群星亂閃。我聽到了一些喊聲，有水流奔襲的聲音，抗洪時戰友的口號聲，也有別人叫我名字的聲音，夾雜在一起，錯亂起伏，我努力想要辨清其中一個，卻什麼都聽不清。不知過了多久，我聽見齒輪摩擦火石的清脆聲音，半夢半醒之間，我感覺到有人在我身邊坐了下來。他摘去口罩，嘴角上揚，看著我笑。我對著夜空說，好久不見。他說，五年零三個月。我說，我是作夢呢吧，三眼兒啊。三眼兒說，說不好，這些年啊，誰過得都像一場夢。

我說，三眼兒，有兩下子，能找過來。三眼兒說，沒想找，也是趕巧，我來辦個手續。我說，給誰辦？三眼兒說，我姐，肝病，晚期，沒幾天了，移不起，臉色跟洋蠟似的，今天在這兒碰上你，這都是命。我說，我沒照顧好你姐。三眼兒說，現在說這話，有點晚了，但得病這個事兒，賴不到你頭上，還是那句，都是命。我說，這幾年來，你跑哪去了呢？三眼兒說，哪兒都在，哪兒都不在。我說，無論白天晚上，老覺得你像影子似的，跟在我身旁，始終也沒敢忘，你的事情，不用誰說，我多少也能猜到一些，這樣躲下去，肯定不是辦法，自己選的路，還是得自己走完。三眼兒來回搓著大腿，笑了一聲，跟我說，話說多了，自己都信啊，修煉得到位。我說，郝潔的事情，今天我知道了，一定盡力去幫，你放心。三眼兒嘆了口氣，說，我本來有機會，不只一次，想來想去，沒下得去手，畢竟你也照顧過我姐，這點我不像你，有的事情我分不清楚，那幾次回去後，又有點後悔，總要做個了斷。我說，三眼兒，你姐有病，我也不好受，別的先不講，這事兒我得管。三眼兒說，不必，我姐跟你沒關係，我也一樣，都不需要你，她興許想見你一面，問你點事情，有些話，你來說最好，人死燈滅，你得讓她走的時候心裡亮堂那麼一下，這要求不過分，跟著我過去，幾步上樓，不是啥難事兒，咱們得把夢做完。

我說，要是不去呢？三眼兒說，那說不過去，在這裡碰見，咱們就得認，一面都不見，於情於理，不合適，不說我姐，咱倆之間，也得有個交代。我說，沒聽明白，你到底什麼意思呢？三眼兒說，以前在部隊沒看出來，你確實是個人物。我說，你現在的情緒，我都能理解，聽我的話，我送郝潔走，說到做到，你何去何從，自己好好琢磨。三眼兒說，你這麼說的話，咱們就沒意思了。我說，這又從何說起呢？三眼兒說，那好，我腦子比不上你，這個事情我想了好幾年，從退伍時開始講，好像有點早，不然的話，從你給李德武打電話開始吧。五年前，陳紅跟李德武離婚，孩子跟著陳紅，李德武之前在乾貨車運輸，賺過也賠過，離婚後，買賣轉交陳紅，李德武有賭癮，輸得一塌糊塗，親戚借遍，你當時沒找工作，你媽下崗之後，生了一場大病，你給李德武打了個電話，至於說了什麼，我不清楚，也許只是認認親，問候一下，他問你是誰，你沒講名字，只說以前在同一個連待過，是他底下的兵，他問你在幹啥，你說在賣菸，沒正式工作，後來相約見面，可能就在于洪廣場附近，我猜的，喝過幾次酒，比較交心，李德武跟著他哥剛做完一個案子，出手闊綽，見你有意，便邀來入夥，你也許猶豫過，三番五次後，還是提供了一點線索，就是在九路市場批發白糖的業主，好打牌，總過來買菸，於是你們定好時間，入室作案，這個應該沒錯，也是你幫忙踩的點兒，在廣場上賣菸，這個條件得天獨厚。我說，你發燒了吧，三眼兒，滿嘴胡話。三眼兒繼續說，搶劫當日，李德武帶著另外兩個，估計你在外面放風，具體情況不知，也可能壓根兒沒參與，案件發生後，李德武沒聯繫過你，人間蒸發，這裡面有你的一份，後來也沒拿到，這些都是我推測出來的，可能不確切，大方向應該不差。我說，有點意思，接著編，我當故事來聽。三眼兒說，你這個人，心思比我深得多，也確實可恨，你跟李德武說，你叫郝鵬飛，外號三眼兒，出事之前，我就有預感，還記得吧，當年有一次，深更半夜，你騎著李德武的摩托回來，車號三六四九四，起先停在巷口，進屋後，裝著睡了一會兒，悄悄起了床，出門將車推回屋內，第二天一大早，就又騎走了。我將菸點著，吸了兩口，遞給三眼兒，跟他說，三眼兒，這些年你經歷過啥，我不多問，要是再這麼講下去，我也該給你掛個號了。三眼兒說，要不是你跟陳紅在一起，我也想不到案子裡有你，你給陳紅開車，其實藏著心眼兒，當年李德武搶到那筆錢，預感不對，去廣州探監李德文，這段兒電視裡還演過，李德文問他這次做得如何，他皺著眉頭，說不太漂亮，回來後，他把錢轉交給陳紅，你找不到李德武，也沒慌，因為事先摸過一遍他家的情況，便盯住了陳紅，李德武有沒有供出過郝鵬飛這個名字，我不清楚，可能有所忌憚，沒敢提，但我也不能露面了，風聲在外，他不說，不代表別人不說，更不代表不被知道，人是斃了，尾巴還留著，東躲西藏，五年零三個月啊。三眼兒講得斷續，我一根接一根地抽著菸，思路完全不在此處，我想著陳紅和生病的郝潔，很多遙遠的事情，有那麼一瞬間，夜晚忽然變作清晨，她們好像兩個裸體的女人，正從大海裡面走出來。

三眼兒說，我問過我姐，出事之後，你經常回到廣場，假裝賣菸，順帶看看留沒留下什麼痕跡，我以前幹過偵察，有這個敏感度，我跟我姐說過這些猜測，她不信。三眼兒停了下來，咳嗽一陣，我忽然想到，幾年前的一天下午，我回到家裡，郝潔正在哭，我問她哭啥，她也不說。三眼兒繼續說，你跟陳紅在一起，這事兒複雜，我不知道你們發生過什麼，你又是怎麼跟她說的。我隱約記起，那天郝潔一直哭到傍晚，眼睛通紅，攙著我的胳膊，要跟我一起散步，往于洪廣場那邊走，這一路比從前熱鬧許多，我們買了一包瓜子，用報紙捲著，坐在路邊，一顆一顆嗑完，路燈亮了起來，天氣愈發悶熱，我渾身都濕透了。三眼兒說，我剛離開時，應該有人找過你，你說了一些，也瞞了一些，那些話不見得直接指向我，但是一定會誤導對方，我確實不得不走，你給我設了一個套兒，想來想去，我是怎麼也鑽不出來，只好躲著，你可能不知道，我姐剛得病的時候，我去找過一次陳紅，日子難啊，想要點錢，她挺著個大肚子，在市場買菜，一腦門子汗，我跟了她幾天，最後還是不落忍，怕給孩子驚到，這一點我不如你，或者說，誰也不如你。我說，三眼兒，好故事，講得不錯，陳紅和李德武的事情，我早都知道，不想再提，也不用你來告訴，其餘都是夢話，我現在看著你，也分不清是現實還是作夢，不太重要，我就在想一個事情，人活在世上，要是什麼聲音都聽不到了，到底是壞事兒，還是好事兒呢，我總覺得很多人在對我說話，我卻什麼也沒聽到。三眼兒說，嘴裡說出來的，各講各的，混成一團，但心裡的話，誰也騙不過，清清楚楚，抗洪搶險那年，還記得吧，我走在你前面，低著頭，渡輪開在江上，水往上漲，連續好幾天，我發了高燒，體力不支，實在走不動，跌了下去，趕上洪水湧過來，把我捲走，你當時在前面，不顧阻攔，扎進水裡，往深裡游，硬是給我拽了回來。我上岸之後，聽到三句話，第一句是我媽的，她說，早點回家，餃子包好給你留著呢，我說好，我退伍回來，在家守著我媽；第二句是你的，跟我說，別亂動，信我，我帶著你上岸，我說好，你把我救過來，從此往後，你無論說啥，我都跟著你幹；第三句是我姐的，跟我說，直起腰來，就能看見你想要看見的，好幾年了，這個實在太難，一直沒做到，駝著背，夾著尾巴，四處亂竄，但我想，今天也許是個機會。我轉過頭去，望著三眼兒，他的眼神至為懇切，恍惚之間，我甚至覺得他說的一切都是事實，無可懷疑。我沉默許久，沒法辯駁，便從臺階上起身，準備離開，三眼兒緊追兩步，來到身側，單手握著匕首的刃，只留鋒利的尖，輕輕抵住我的頸部。我說，三眼兒，到此為止吧。三眼兒說，像你說的，自己的路，還是得自己走完，你和郝潔，我跟我姐，還有咱倆之間，還剩下最後這麼幾步，互相伴著，走完就散，別有負擔。

三眼兒會不會扎進去，我並不在意。我只覺疲憊不堪，無所適從，如果他能陪著我走，也是個不錯的辦法。我們行在石階上，一前一後，如當年在江邊，不過位置顛倒過來，亦或者被水浪吞沒的是我，而浮起來的是他，我不能確定，也不願再去回憶，在這樣的夜晚裡，一切懸而未決。我沒有選擇，只能直起腰來，走出瀑布，進入海中。夜幕垂落，遠處樓群正如帆影，揚起一角，俯在天邊的雲端，緩緩移動，與我同行。

活人祕史

我瞬間感知到，死亡是一名技巧高明的打擊樂手，埋伏在前方漆黑的角落裡，推動著演奏，我們服膺於其內在的驅力，踏著它的音符行去。

我時常提醒自己，鑑於如今已經成為一名小說作者，所以一切訴之於此的言論理應更為清晰，確切，嚴謹，坦誠，富有良心，不失風度。換句話說，需要展示的是，自身並非僅僅處於一座安全的語言堡壘之中，且與時代境況亦可構成一種拓撲學意義上的關聯。這比寫作本身要更為複雜，卓絕，致命，並且邪惡。甚至必須要提供一個符合諸多臆想的答案，在這個含混而溫吞的回應裡，勢必存在著某種特定的聯繫——它被指涉的同時又是缺席的，被包容的同時又被排除在外：往往以個體經驗的遷移之旅作為粗糙的緩衝地帶。僅舉一例，在部分場合裡，我將生涯分成樂評人與小說作者兩個階段，看似遞進關係，事實上，它們均不存在，統為虛設，精神歷程從未中斷，只是一種敘述的策略，一次混濁的遮蔽。在寫樂評時，我是一個小說作者，不僅是技法方面，倫理上也是如此；而在寫小說時，必須承認，那一刻裡，音樂以一種不可想像的速度離我而去，雙耳再也無法追逐事物的歌聲，那些大地上無限膨脹或者不斷縮緊的音律，最終也只化作一個休止符，一種無處迴盪的空響，遠非嗚咽。所謂的畢達哥拉斯文體，其走向也是一種想像的未來，而不是關於未來的想像。越是如此，某種向內的引力卻像骨刺一樣掙扎生長，不可逆轉，熾烈而廣泛地挑動著動脈與靜脈，令人迫切想要抓住一些蛛絲馬跡，像困於魔山之中的礦工，不間斷地尋求著自己的病，同時憂慮著將要亡於這個漫長而徒勞的歷程。我抹平區域和年代，消除性別與詞語，所有的姓名均以儉省的符號來取代，剔掉事物之間不必要的關聯，妄圖提取一種諧和之律。結果卻發現，許多文本更接近於數學公式，或者一道條件不充分的證明題。比方說，$A\times C+B\times C=(A+B)\times C$，乘法分配律，再加上另一些四則運算法則，便可成為契訶夫的某篇小說；又比如說，$\int \cos x dx = \sin x+C$，C作為一個常數，形似永遠也等不來的果陀。再複雜一些，$\lim_{n\to\infty}(a0;\ a1,\ a2,\ \ldots,an)^n$之類，顯然會使人想到莫里斯·布朗肖的《黑暗托馬》等，也如其所言：你要麼注定沉默，要麼只是通過一種永恆的錯覺來逃離。所以，在接下來的陳述裡，我將試著放棄一些不必要的抵抗與修飾，不為遵循契約、原則，或攝取聰穎、喜悅與自在的情緒，或迫近某種無法持存的本質，或成為潛能與本能的狂熱信徒，而是向著那種永恆的錯覺——如潛入拂曉時的森林，黑夜洗滌過後，莊嚴密佈其中，僅以瞬息變幻的光線作為一道信號，一種啟示。

我不知道應如何去定義首都這一龐大的概念。至少在我回國那年的夏天裡，它並非僅意味著一種權威的統治與存在方式，其主體更像一種可供量產的人造工藝品，四面玲瓏，形態浮誇，若立於桌上，可承住輕微的吹拂與震動，從而維持著美妙的平衡。與此同時，它也被烙上諸多無從驗證的謠言與傳說，自然，謠言也是宣言一種。若以虛構之物比擬，那麼，從飛機落地的那一刻起，它便如一隻隻搖頭擺尾的年獸，迎面襲來，時而乖順，時而挑釁，伴隨著不絕的鑼鼓之聲，於我的胸口輪番抽打，無可閃避。傾斜的落地窗將晚霞精準分割，一部分被大理石地磚所完全吸附，另一部分隨著身後拱起的跑道漸漸離去。這種情景使我產生一些錯覺，比從前離開時更為強烈：不只一場慶典，而是一個嶄新的世紀正在到來。我常對此抱有不切實際的期待，彷彿即將與無數的人們產生共振，相互強化，無休無止，進而創造出來一種隱祕的韻律——完全從屬這個世紀。它不是故事，亦非詩篇，而是純粹的精神與意志。懷著無比壯闊的思緒，我拖著沉重的行李箱向外面走，輪音陣陣，如履帶碾過地面。等待發車的間隙，天幕黯淡，抬眼望去，幾束無聲的焰火躍至半空，在樓群之間反覆起跳，像星與星的對話，濺起一片光的水花。這一瞬間，我忽然很想演奏。

當年研究生畢業後，我立刻辦理手續，以留學的名義飛往N城，實際不久便被除名，我所學專業為景觀工程，主要研究城市水系的格局分佈與相關影響，全天候計量規劃，測算斑塊密度與形狀指數等。對於一個長期生活在內陸少水城市的人來說，這項課題無異於在描述一種抽象的想像關係，為虛無賦予意志，那些數理模型像是一道道法令，功能不止於捕捉真相，探訪規律，而是馴服心靈，將自身變成一枚齒輪，遁入世界的空轉之中，我為此倍覺困頓，沮喪透頂。學業休止後，我在以冶煉工業聞名於世的郊區租下一間狹小的寓所，晨昏顛倒，白天讀書睡覺，日落時出門，乘坐地鐵四處觀看音樂表演，有時在體育館，有時也在酒吧、公園，或者地下通道，甚至一叢M字型毒藤的側後方。積蓄很快便花光了，我不想回國，也無法再向家裡索取，好在英文尚可，於是重操舊業，撰寫數篇唱片與演出的相關評論，很少涉及技術層面，只是大量的、攪成一團的塊狀情緒，難以化開，顯然，我在模仿一位了不起的歐洲作家，不僅是遣詞造句的方式，還有他那綿長、莊重、炙熱的動人語調，以及永遠凌駕其上的敘述位置。我將這些文章分次投遞，靜待回音，過了兩個月，本地一份名為《畫布》的私印報紙發來郵件，請求刊載並說明可以支付一點點的報酬。雖微不足道，也著實令我振奮了一段時間。《畫布》的出版者是一位結實的黑人，五十歲上下，身材矮小，體態臃腫，舉止略顯笨拙，講話時聲音從胸腔內裡振出，嗡鳴如同金屬，聽來像在佈道。其長相肖似一位橄欖球明星，殺氣也在，但沒那麼凶悍、嗜血，換句話說，近似一頭營養過剩的幼年虎鯊，視覺不良，在暗室裡吃力游動。他經營著一間唱片店，以售賣七〇年代之前的福音音樂為主，自己卻從來不聽，也不允許購買者在店內播放。在他看來，真正的音樂是演奏你所感受到的東西，而不是知曉的那些。正是這一點，使我對他多了幾分敬仰，有那麼一段時間，我經常去他的唱片店坐上一會兒，我們不開燈，不喝啤酒，不聽任何音樂，靜默無音，如潛在水底。偶爾，他從那堆陳舊的唱片架裡顫巍巍地站起身來時，我會有些驚懼，覺得他像一艘滿載著幽靈的沉船，不顧一切地起航，妄圖從我的身體上碾撞過去，然而這也從未發生。他只是審視，只是批判，只是談論觀點與理念。話語如同刀鋒。我記得，他為我講述過一位早逝的日本樂手，根本不在意聽眾，只是對著椅子演奏，為了發出那種能使其震飛的聲響。一種孤絕的、徹底的身體化。我對此有些不屑。很奇怪，無論他說什麼，在第一時間裡，我總想著要去反對，即便理由並不那麼周全。我回應說，這不是什麼音樂或物理能量的問題，而是一種思維的傳遞與輸送，背後往往有著縝密的邏輯，稱作哲思亦不為過，它可以是過程而非結果的呈現。他也講過，大約二十幾年前，那時他還是一名造型誇張的風琴手，堅定地認為自己來自土星，平時有幾個不錯的合作夥伴，還灌錄過兩支單曲。一次假期，他來到我的祖國，在一間地下俱樂部裡看過演出，場地廣闊，音響很差，臺上是幾位枯瘦的年輕樂手，栗色鬈髮，臉上堆滿過分客套的笑容，披著不太合體的西裝，衣服的肩部聳在臂膀上，袖口遮住半個手掌，有的也穿一件翻毛皮衣，提至頸部，如被一隻鼬科動物扼住喉嚨，演唱時，一直抻[18]著脖子喊叫，拚了命地掙脫。那些歌曲很難描述，有的接近於宣言或者口號，律動生硬，沒辦法跳舞，卻很容易引發合唱；有的又十分荒涼、悲壯，與一些西部片的配樂有幾分相像，殺人的同時也在撫摸，不過最終卻非絕塵而去，只是盤旋與下墜，遽然中止。

演出結束後，他有些困倦，不想飲酒，便與朋友告別，並保證自己一定可以找到返程之路，之後走出門去。按照他的描述，當天應該是一個什麼節日，乘坐三輪車趕來的路上，他見到過許多提著禮物的行人，腳步匆匆，表情木然，佩戴一頂造型奇特的帽子——垂下兩塊毛皮，正好將耳朵完全蓋住，只露出一張臉來，如在襁褓之中。他當時還在想，這裡的人到底害怕聽見什麼呢。轉至大路，許多自行車從其身側勻速經過，騎車的人往往按兩下車鈴，以示存在，鈴聲喑啞，也如疲憊的問候，後座上則是他們的愛人或孩子，身軀貼緊，難以分離，他忽然就理解了之前讀過的那句詩——為我的朋友豹採摘葡萄，這些豹可是拉車的豹。的確，這片大地上活著無數拉車的豹。同時，他聽見數聲爆破之音，有遠有近，他探出頭去，來回張望，天空晴朗，行人無動於衷。午夜時分，從俱樂部走出來，如同改換一個世界，雨聲淅瀝，四周昏暗，他在一條極窄的巷內來回穿行，道路在記憶裡愈發模糊，向左——向中——向右——向左——向左，那麼現在一切就應該是反過來的，也像另一句詩所言——全部的轉折失而復得，你的來路無非一面鏡子。他走了很長時間，最後不得不承認，自己迷了路，不知身在何處，沒有光線，也沒有任何認得出來的標幟。他打了個哆嗦，可能有點發燒，或者主要是恐懼，不是因為那些排佈規整得如同一座大型墳場的低矮房屋，而是剛剛聽到的音樂正在頭腦之中分裂重塑，旋律與歌詞擰結在一起，變為環環相扣的鎖鏈，形成了一種他可以準確辨識的語言，甚至預言，有血也有命，勒緊了他的心臟。白天裡的爆破聲再次出現，像

18 拉長。

是鼓點，或者一次逑說，愈發密集，從四周緩緩入侵，他喘著粗氣，快步走去，無論方向，好像這樣就可以擺脫那條虛構的、無處不在的鎖鏈。行至一個路口，他望見了一盞燈，被雨水孤立托起，倒盛在白色瓷盤之中，像某種祭祀用的法器，散發著殘存的光亮。他拉緊衣服，走入光裡，閉上了眼睛，那一瞬間，他想過要跪下來祈禱，但自己不是教徒，估計沒有什麼效果。那些聲音拒絕被寬恕，它們在此時更接近於一種礦物：內部構成複雜而團結，其顆粒就好比是原子或離子，正反運轉，以一種規則的、重複的幾何圖案組合排列，並堆積過來。他感到一陣眩暈，靠在洇濕的暗色牆壁上，低頭乾嘔，抬起頭來時，發現一個年輕人站在面前，穿著一身舊軍裝，打了綁腿，腰背挺直，略向後傾，肩上挎著一只半人高的棕色皮匣。年輕人皺緊眉頭盯著他看，他有點困惑，這身裝扮與俱樂部舞臺上的薩克斯演奏者一模一樣，但他對那位樂手的長相也沒有太深的印象，無法判定是否同一個人。他試著講話，描述自己的處境，以一長串的英文進行問詢，對方沒有反應，只是搖了搖頭。他又將單句縮短，咬牙切齒，吐出幾個關鍵詞，對方還是一頭霧水。他很無奈，嘆了口氣，準備放棄溝通，那位年輕人卻開口講話，也是一長串，連說帶比劃，表情嚴肅，給他的感覺像是一次宣判，或者一場偉大心靈的傾授，數分鐘過去，仍未中止，他有些慌張，因為忽然記起來，有位朋友對他說過：這裡的人跟死人說的話要比活人更多。於是他也開始說話，作為一種錯亂的、無望的抵抗，後來想想，覺得當時也許是在背誦一首惠特曼的詩，多年以來，他始終相信惠特曼具有一種原始、莊嚴而無愧的力量，那些詩句就像是彗星，能在宇宙間自由飛行。片刻過後，雙方幾乎同時停下來，彼此凝望，接著，年輕人平伸出一隻手來，懸在他的身前，他果斷地握了過去，用力攥緊。那隻手相當冰冷，像岩石。於是，二人迎著雨走去，年輕人帶路，他緊隨其側，前者行動矯健，步伐極快，雙足踏地時，動作堅定而鏗鏘，將那些圍攏過來的聲音逐一踩滅，他有點跟不上。這一路上，他們不停地說著，雖然無法徹底弄清楚對方的意思，但嘗試著交流總比不交流要好。他想哼唱一段剛才聽到的旋律，卻怎麼也唱不準，最後只得作罷。後來，他又想出來一個手勢，雙手握拳，拇指翹起，一上一下置於胸前，並將一隻拇指塞入唇間，其餘手指來回擺動，頭向後仰，模擬吹奏薩克斯風時的情態，痛苦地沉醉其中，口腔裡發出怪異的聲音，最後指了指對方肩上的長匣。年輕人忽然有些驚愕，收緊笑容，又點了點頭。不知過了多久，一道模糊的光亮倚入巷內，年輕人定住腳步，路標似的，擺出一個朝前的姿勢，他很興奮，緊跑幾步，走過去一看，正是來時經過的那條忙碌的長街，幾輛軍車飛馳而過，氣勢洶湧，這樣一來，對於所處的方位，他差不多就清楚了。回頭望去，年輕人站在巷口，收腹立定，兩肩向後微展，又向他敬了個禮，他也學著回了一個，並說了句謝謝。所學過的那些漢語裡，他只記得這麼一句，儘管發音還很不標準。之後，那位年輕人倒退著走入巷內，消失在黑暗裡。雨差不多停了，憑藉記憶，他向著近處的那座灰瓦古樓走去，明暗之間，一道墨綠色的光隱約其上，如大霧之中的燈塔，黯淡閃爍不歇，似有悠遠低沉的鐘聲從其內部傳出，平緩向外舒展，延至遠處的海面。他走了不過幾十米，鐘聲驟然停止，不知為何，他也放慢了腳步。緊接著，清脆的響聲落在身後長街的枝杈裡，如植物的果殼爆裂，種子從中彈射出來，簡練乾淨，沒有回音。這時，他才意識到，之前的那些混亂與喧囂，已如潮水一般迅疾退去，或者說，被這樣並不陌生的一聲所終結。他想，就是這樣，也只能是這樣，自己的過去從此一筆勾銷，那些絕對的與相對的，遭遇和情景，道理或者主義，在這樣的聲響之後，近乎全部失效，不可感知，亦無法再次喚起。很快，旅行結束，他回到了N城，看似毫髮無損，實際上，只有自己清楚，如被施加了一種恆久的壓迫與暴力，其聆聽已被蛀空，其演奏已被肢解，對於音樂，很遺憾但又不得不承認的是，他已經喪失了全部的感官體驗。這個道理並不複雜，如一位奧地利作家所言，那些逃脫了塞壬的歌聲的人們，卻永遠不能逃開她的沉默。當然，他依舊可以無限地想像、注視、言說，乃至爭辯，接受或者反駁種種的修飾，卻無法再次置身於那條冷僻的長巷之間。

　　航程大約十三個小時，取道北極航線，我一直沒有睡著，思緒在N城的公寓與首都的巷內反覆擺盪，像一枚接近磁極的羅盤，無法正常指認方向，它們分屬不同的記憶時態，重述如同一次循環，被迫地經歷自身的發生，直至成為如今秩序的必然組成部分。我在寫給C的信件裡，時常提及這一點，半年以來，她一直想要撰寫一篇人物報導，關於一位身世漂泊的中西部農場主。事實上，很難說這個人具備何種典型性，或者有過什麼非凡的事跡，無非在不同的國家生活過，體驗著相似的動盪，在他身上，時空坍縮為一個原點，體積無限接近於零，引力卻急劇增大，歷史在此無限回歸。這是C的說法。她很沉迷，也可以說是執拗，為此越洋採訪，不計代價，蒐集了大量資料，卻還沒動筆，至少，我們在N城見面時，她是這樣對我說的。後來在郵件裡，她又改稱，自己的婚姻每次遇到危機時，總會跟丈夫結伴旅行，兩個人單獨在外，形似放逐裡的一次重逢，相依為命，關係或有所緩解，在此之前，他們已經去過了西藏、瀋陽和香港，分別帶回來一塊石頭、一雙拖鞋和一副對聯。石頭擺在陽臺的角落裡，天氣濕熱，生出一層淺淺的青苔；拖鞋她還在穿著，大小合適，底子柔軟，品質也不賴；對聯早已不知去向，但她還記得上面的那句話：舟渡春雨至，槳落影無聲。這一次來到N城，她還不知道要帶點什麼回去。我想了想後，將竹笛送給了她。她推辭一番，猶豫地接了過來，擦擦吹孔，試著吹了兩下，沒有發出任何聲音。

只是一陣消逝的氣流。我卻彷彿窺見了一道生命的弧線，一次卓越的冒險，以及和盤托出的內在部分。她的雙唇翩然掠過我所觸碰的位置，時空在此折曲。我有些顫抖，內心命令自己平靜下來，於是，我想到了我那位唱片店裡的朋友，身軀就在不遠處，影子卻在那條長巷裡獨自徘徊，卻從不為此惋惜，反而覺得觸及到一點點的真諦。他坐在地板上，眉頭鎖緊，嚴正說道，你的那些想法，截獲鼓手的節奏，竊取鋼琴手的和聲，從貝斯手的線條裡跳脫出來，以自己的聲響將它們重新縫合在一起，必須要說，這是一種絕對的威權，解離了真實，脫開了本質，遠非世界主義。我不置可否。如今回憶，正是這一點，最終導致了我們之間的疏遠。對我而言，音樂上的世界主義，其所意味著的，僅僅是一種恍惚。我更想拋開慣用的語彙性音型模式，凝集引力，將所有的聲音、情緒與所有的人，鳥語和車鈴，黏滯的苦難，恨及其友，全部釘死在我的演奏裡。不得不承認，在他的影響之下，我重拾幼年功底，開始嚴格練習，所用樂器為薩克斯、竹笛與黑管。很快，便有了幾次登臺機會，都在不太起眼的酒吧裡，於正式演出結束之後的段落，聽者甚少，不過，我對此也很滿足。坦白來說，迄今為止，我仍很難完美地吹奏一支標準曲，技術不足是一方面，另外也缺乏耐心，與之相反，我很著迷於即興，不是無拘無束，而是有悖於構想與猜想，從記譜法的侷限裡逃逸，無限次地將自身拖到速度之外。英語裡有個比喻，乘一艘慢船去中國，用以形容一個漫長的、無所事事的過程，在演奏時，我認定自己就是那位船長，竭力抵抗一次中速的洋流，創造一場句法的瀰漫，徜徉其間，狡猾而無常，沒人知道我真正的底牌，也沒人知道我的次中音薩克斯盒子裡還裝著一把透明的斧頭。

我最後一次見到他，大約是在七個月前，那次交談過後，我便背著琴箱去市內演出，心情不算太好，原因是覺得正在失去一位值得尊重的朋友，道路已然至此，無法再去挽回，我想他同樣可以感受到這一點。所以在告別時，他站在門口，頭顱低垂，長久不肯回去。一個孤寂的、無可抵達的、被聲音所遺忘的沉默之人，或許也是我在未來的投影。不是背叛或者拋棄，只是經此再次覺察到自己的流離失所。過去的一段時間，我似乎在努力修葺一處廢棄的建築，如今暴雨將至；或以所學專業作比，空間區域上的收縮與擴張，內部結構上的更新與變遷，無時無刻不在發生，而我個人的時間尺度卻是停滯不前的。

我在演出場地附近的一家快餐店裡待到很晚，一杯又一杯地喝著飲料，記起一些過去的事情，並非懷念，而是想要從中獲取某種靈氛[19]。剛來N城時，我在某座大廈的天臺上聽過一次講座，那位華裔演講者信誓旦旦地對所有人承諾：時間是一種晶體，沒有此刻，只有過去與未來的折射互映，思想之力可以穿透其間。可惜具體方法尚未展開詳談，便被幾位忽然闖入的警察拷走了，開始我還以為是演習，或者一次藝術行動，很配

19　古代的占卜師。

合地雙手抱著頭，趴在地上，眼睜睜望著他離去，他既沒高聲喊叫，也不垂頭喪氣，彷彿對這一切早有預知。後來追憶起來，心裡陡然生出幾分欽佩。之所以參加這次集會，是此前有人跟我介紹說，這是一次遼菜廚師的公開課，在N城裡，你可以吃到川菜、粵菜、西北菜與各式新晉快餐，卻沒辦法吃到正宗的遼菜，那段時間裡，我的欲望與鄉愁同樣無處安放，於是準備學做幾道菜，或者說，只是想看著別人為食材掛糊過油，藉以自我療慰，至於登上天臺的理由，他們所給出的也很具說服力：這裡的廚房沒有安裝排油煙機。

當晚，我走入酒吧時，已是九點三刻，演出的樂隊是一組光滑而無趣的三重奏，總想帶領聽眾們重返六〇年代的容光盛景，簡而言之，就是賴在臺上，遲遲不肯離場。貝斯手晃動著肥碩的屁股，故作陶醉，瘋狂彈奏著毫無張力的根音，鋼琴師則像一位漸凍症患者，所表達出來的情緒與音符愈發稀少、有限，口齒不清。我聽了一會兒，實在有些不適，所以，未經允許，我擅自提著薩克斯與竹笛登上舞臺，架好麥克風之後，給了鼓手一個眼神，此前我們合作過兩次，他很聰明，立刻領會了我的意思，在軍鼓與踩鑔之間打出幾個跳進，我順利加入進去，只是幾個點綴的高音，隨後，我便按照自己的思維一路突進，斬盡殺絕，不出五分鐘，臺上就只剩我和鼓手了。他企圖維持著時值，嘗試與我對話，挑起一個問題，強弱滾奏，等待跟進與答覆，我卻置之不理，或者說，以一種很難解釋的方式進行著回應——完全是封閉的，灼熱且黏膩，沒有任何敞開的可能。那天我的情緒很差，用盡了力氣，矗立於極限之間，滿眼金星，近似苦鬥，直至產生幻象：我換上竹笛的一瞬間，分明看見一具蠟樣的屍體，沒有裹布，只覆上一層泛黃的葉片與櫟樹枝，被幾個頂著黑色貝雷帽的人抬著，從格子窗前徐徐經過。

我的演出不過二十分鐘，卻耗空了全部能量，所以在C將一瓶啤酒擺在面前時，我已近乎虛脫，呼吸微弱，癱倒在沙發上。C也不講話，只在對面坐了下來，她披著件類似斗篷的長衣，剪裁不對稱，裡面是一件黑色打底衫，下身穿著直筒牛仔褲，一雙髒兮兮的短靴，偶爾露出來一截白晰的小腿，皮膚有點乾燥，使人想去舔舐。我收緊外套，覺得越來越冷，她彷彿帶來了一陣古老的涼意，在我們之間來回打轉。我舉起桌上的啤酒，朝著她點頭示意。她說，演得很動人，我都哭了。我說，謝謝，妳認識我？她說，不認識。我說，那怎麼知道我是中國人？她說，很明顯啊，不是嗎？我笑了笑，沒再說話。過了一會兒，她又說，其實不是，剛才在演奏之前，你說了句髒話，我聽見了，你自己可能都沒意識到。我說，明白了，我總是這樣。她說，我想問問，最後的那一部分，有幾個小節，你是不是模仿了王西麟的第四交響曲，或者說，在向他致敬？我說，妳是學音樂的？她說，不是，我是記者，跑過來採訪，順便玩幾天。我說，來採訪我？她說，那你想多了。我說，不管怎麼說，妳的感受力很好，記憶力更是，的確如此。她說，我就知道，他的作品我太喜歡了，有一段時間裡，幾乎每天都在聽，那種迷茫，徬徨，混沌，艱難，思索，以及無法分離的祈盼，你怎麼理解他的作品呢？我說，矛盾，虛偽，貪婪，欺騙，幻想，疑惑，簡單，善變。她說，太對了。

我跟C走出酒吧時，午夜剛過，她走路速度很快，腳掌很難完全脫開地面，基本上是在趿著向前，手裡拎著我送的竹笛，如一位持短劍的高級武士，隨時上演一擊必殺。我問她住在哪裡，她說離得不遠，然後又說，可能也不算近。正是這一句，讓我覺得有了點機會，於是對她說，要不要去我家裡坐一坐，咖啡不錯。同時，我也向她表明，不僅可以聆聽交響樂，還有一些詩集和小說可以讀，看電影也不是不行，我收藏了一批很罕見的默片。她說，你喜歡讀小說？我說，何止喜歡，事實上，我正在著手翻譯一本，書名暫時保密。她說，講什麼的呢？我說，其中比較有趣的一部分，涉及到某一神祕宗教，有一位男性教主，基本是個虛位，還有一些女主教，透過扶乩進行預言，主要是她們在控制著那些教眾，所信奉的聖人是維克多．雨果。她說，法國作家雨果？我說，是。她說，聽著有趣，我很喜歡雨果，我們就活在悲慘世界裡，沒有被聽見並不是沉默的理由。我說，他的詩歌寫得也不錯——裹屍布與襁褓同道，你的到來，不過為了離去，你是帶我遠離的襁褓。她說，是吧，很神奇啊，我小時候看過一本漫畫，情節記不太清了，大概就是外星人要入侵地球，雙方征戰，電閃雷鳴，打得不可開交，那些外來者的目的，不是要佔據這裡，進行繁衍生息，只是為了蒐集雨果的作品。我說，也就是說，雨果是太陽的輪廓，諸多行星之核，全宇宙的浩瀚遺產，而不止於人類。她說，我覺得是。我說，我也是這麼想的，我平時很少跟人談論這些。她說，我也是，身邊沒人可以聊。我說，也許這樣講很冒犯，也像個病句，但我還是想說，不知妳能否明白，我總覺得與妳相遇之前，一直都在與妳相遇。她說，那確實。我說，是吧。她說，確實是很冒犯。

我不講話後，她反而覺得有些愧疚，想要再次拉近距離，不斷為我描述著她的日常工作，採訪對象，所讀過的書籍，剛看過的展覽，以及這幾天在N城的生活感受，並提了一些答案顯而易見的無聊問題。最後，她自言自語道，決定去我家裡坐坐，嗯，去看一會兒書。聽起來更像在說服自己。我實在搞不清楚她到底什麼意思，但覺得不妨一試。我們花費了很長時間，才抵達住處，此時已是凌晨一點，房間溫度很低，進屋之後，她脫掉長衣，從書架裡抽出一本詩集，躺進沙發裡，頭枕著扶手，蜷起雙腿，扯過一條毛毯，蓋在身上。我燒了一壺水，為她沏了杯茶，又給自己開了瓶啤酒，坐在沙發的另一側，嘗試著向她接近，她卻一直在躲閃，縮入角落。我有些茫然，問她要不要聽一點音樂？她說，先不吧。這時，書裡夾著的一頁紙掉落在地上，她拾起來，輕聲讀到：詞語枯索，無人騎乘／不知疲倦的馬蹄，環環輕叩／與此同時／從池底升起的，那些恆星／操縱著命運。我忽覺極其羞愧，無地自容，甚至有些惱怒，那些詞語如松針一般，紛紛刺向我的心臟。她問道，這是你寫的嗎？我連忙說，不是，隨手譯的。她說，很好啊。我喝了口酒，不準備再談這個話題。她坐起身來，笑著問道，命運被恆星所操縱著，是不是？我沒講話。她繼續說，也沒有咖啡，是不是？她的眼睛不停閃爍著，我轉頭避開，還是沒有說話。她嘆了口氣，說道，為什麼你總在做一些內心並不認可的事情呢？我說，什麼意思？她說，比如，你不想讓我來到你這裡，至少剛才不想，也不會想要跟我發生點什麼，至少現在不想了。到了這一刻，我覺得我的整個夜晚都被毀掉了，無限次地分裂又破碎，我不想關心任何的天體，恆星與行星，也不想關心任何的文學，詩歌與小說，我只想去做一件事情，那就是將我近乎沸騰的雙手伸進毯子底下，去握緊她冰涼的腳。我知道她很冷，輕輕發著抖，也許還有點怕，而這是完全沒必要的，要知道，就在此時，我比她要更加挫敗，失落，不知所措。我對自己感到極度的厭惡，也很委屈，她就像一位技藝高超的前鋒，來回撕扯著我的防線，終場哨聲卻始終未響。我低著頭，一句話也說不出來。夜晚落在窗後，她想了想，闔上那本書，從身後抱了過來，雙臂緊緊環繞，將自己變成一道鬼影，悄悄附在我的身上。

C走得很急，離開我的房間時，只帶走了那頁紙，背面寫著我的電子信箱。她說，以後寫稿子時，可能有些關於N城的問題，還得向我諮詢一下，不麻煩的話，還請保持聯絡，另外，如果能幫她拍幾張相關的照片，那就更好了。我隨口答應，並未認真。直至十幾天後，收到了她發來的郵件，措辭嚴謹，沒有開頭與落款，沒有分段，讀起來像是日記，或者一段剖白：

有時，我會期盼一次真正的災難，重新洗牌，從而可以擺脫一點什麼，至少輕鬆一點，從容地去面對生活，無論與誰。我總會憧憬著新的生活場景，恰如所有理想的伴侶。坎坷又美妙。事實也許並非如此，福克納說，他們在苦熬。他們就是我們：一邊有著超人的意志，以精神相互維繫，凌躍於諸多溝壑；一邊不斷被現實所脅迫，進退維谷。今晚，我走在水邊，有那麼一瞬間，快要跌過去。我想我也可以明白，哪怕洪水退卻，這裡仍是一個舊世界，必須要去經受，那些無盡的變遷、消亡與幻滅。半年以來，我試著去寫下關於Y的那些故事，越是深入瞭解，越覺模糊，抓不到任何實際的事物。我每夜都會失眠，躺在床上，無需側耳，便可聞見心擊如鼓，像讀過的一篇小說的末尾時刻，湖影上升，聲音垂直降落，向著二人環抱而來。但沒有兩個人，不是你或者Y，也不是任何人，只有我自己。《聖經》上面說：「唯我一人逃脫，報信於你。」作為一名記者，我曾覺得可以成為一位報信者，傳遞隱祕的言說，以及言說的隱祕。但無數的困境，無數的誤解，它們的存在如此堅固，語言最終無法達成一致，恰如我的那些不切實際的願望。忽然想起來，我們上次見面，你還沒登臺演奏，我好像就知道你要怎麼做了，有時就是這樣，一個眼神，一個舉動，一次彼此的觸及，完全勝過任何的語言，無需解釋，所有的猶疑、猜忌與困惑，全然不在。人是信徒，僅為這樣時刻而存在。

讀過之後，我立刻感知出來，她在N城時不只與我上過床，當然，還有她的那位採訪對象。想到這裡，我竟然生出一種強烈的惱恨，像是經歷了某種意義上的背叛，同時，我也很清楚，自己沒有理由，也沒有任何資格去產生這樣的情緒。這滑稽無比。但那幾天，相似的念頭卻揮之不去。我輾轉反側，不知如何回覆。我很想問一問，那支竹笛的狀況如何，她有沒有吹響，或者什麼也不說，只發去一段演奏時的錄音，但聽了幾段，均不大滿意。三天之後，我收到了她的另一封，仍無分段，這次的情況更加不妙，完全沒有提及我：

Y為我講過一個故事，有點奇怪，說是關於一位朋友的祖父，當然，我覺得可能是他自己的家族故事。我還沒想好如何放進稿子裡。暫且整理記錄下來，至於主角的名字，我也用Y來代替。Y曾在一間監獄裡服刑三年，原因是削去了鄰人的一隻耳朵，作案工具始終未能找到——按照他的說法，那是一柄透明的斧頭。不知為何，同一片土地上，他所種植的作物總是更為繁密茂盛，生長迅速，嫉妒之心引發不可調和的矛盾，鄰人認為他施了法術，並想方設法地去侵佔Y的土地。他自然不能接受，怒不可遏，犯下惡行的那一瞬間，對他來說，也許是體內所流淌著的血液發揮了一點不良作用，這是他在監獄裡意識到的。年輕的典獄長是淘金者的後代，思維開明，信奉改革，公開反對傳統神學決定論，反對羞辱與酷刑，熱衷於在各個場合強調一些不太新鮮的治理主張。諸如：所謂犯罪，無非一種道德之疾，並不是無藥可醫，刑罰便是一種治療，監獄亦非為誰復仇，更談不上償還，而是中止、診斷與改造之所。以及：懲罰並不是固定不變的，沒有一種真正超越社會結構的正義與秩序可言，必須如舵手一般敏銳、機警，不斷審視，適時調整。Y在服刑的第一年裡，監獄實施分房隔離，所住監舍約七英尺長，三點五英尺寬，狹小逼仄，常常生霉，白日勞動時不允許任何交談，違反者將遭受鞭打懲罰，有人因此發了瘋；到了第二年，隨著新獄舍的落成，改革也步上正軌，靜默被打破，典獄長很注重對於罪犯的感化與教育，所以，在農場勞作之餘，職業與文化課程也被納入日常。也即在這一年，Y有了一點屬於自己的時間，偶爾翻讀雜書，其中一冊提及他的那些祖先，步騎結合，驍勇善戰，裡面說，他們對祭祀毫不在意，只將雙眼得見之物視作神靈，比如日、月、星、火、河流等，除此之外，他們的生活只有狩獵和戰爭。雖然時代不同，但對於這一點，Y可以說是心有戚戚，眼前之人不過是獵物罷了。區別在於，他不需要另一個人的皮膚與毛髮，也不準備以任何方式進行享用，對他的心靈來說，死亡彷彿具有使其充沛、豐盛之功效，像是一種徹底的上升。出獄之前，典獄長與Y進行了一次長談，前後近三個鐘頭，內容涉獵廣泛，從監區管理制度的合法性到農場勞作的分工流程，再到那些新移民所引入的槍械膛線技術等，不一而足。如兩位無所事事的老友，各持一杯涼透的茶水，端坐在午後的房簷之下，互不相視，目光只望向遠處的塵暴。它變幻出許多形狀，或者說，事物就在其中隱藏著，窗簾、鈴鐺、馬車、墓碑，幾乎全部的未來生活的象徵。典獄長單手托住下巴，側首傾聽，眉毛始終向上挑著，並不時點頭，生怕錯過Y的任何一個詞語，態度至為懇切，事實上，在內心深處，他也沿襲了一些淘金者的狡詐特質，某些時刻接近於亡命之徒，雖然他自己並不能意識得到，或者只是不願意承認。在談話裡，他像是獵手，設下許多陷阱，不斷試探，以檢驗Y是否如其所述，自身之疾已被完全治癒。Y的話很少，表情穩固，幾乎不做過多回應，這讓他有些摸不準。談話接近尾聲，典獄長起身，嘆了口氣，走向窗欄，惋惜說道：「有時候我會覺得自己相當失敗，事實上，走到今天這一步，不得不承認，曾經信任的懲罰制度已經全盤落伍，甚至可以說是破產的；唯一成功的事情，便是剝去了你們——我深愛著的朋友的自由。」Y沒有回應，待到典獄長轉過身來，準備告別時，他仍低著頭，像在聆聽伏於地下的那些魂靈的低語。三年之後，監獄發生暴亂，典獄長逃之不及，被一位本是牧師的犯人擊翻在地，以繩索勒住脖頸，從辦公室拖至監區通道，他的嘴被幾個不大不小的金屬十字架交叉撐開，涎水橫流，沒辦法講話，牧師則一路高聲唱詩。在此之前，他那些暗自實施的虐待行徑，已是犯人們恆久的噩夢。在被一張嵌著長釘的木板鑿穿腦袋之時，他所看見的，既不是那位牧師，也不是Y或者其他犯人，而是死去多年的父親，頭頂灰簷禮帽，叼著捲菸，兩手空空，只沾著一些濕潤的泥土。他站在棚屋之外，彷彿剛從河床歸來，仍一無所獲，身上卻閃著金光，他瞇起泛黃的眼睛，訕笑著，輕蔑地吐出幾圈菸霧。典獄長一點點地倒在地上，四肢發抖，在嘔出的穢物裡抽搐。此次事件，為當年最大的新聞之一，波及甚廣。Y對此並不知曉，早在一年之前，他便被那位只剩一隻耳朵的受害者結束了性命，彼時，他的孩子尚在襁褓之中。在此前的審判，以及與典獄長的那次談話裡，Y都隱去了相應事實：正是他的父輩，將槍械的膛線技術引入此處，並發揚光大，他自幼便懂得如何開槽製刀，拉削膛線，在那些失眠的夜晚，郊狼嗥叫，Y持著摯愛之物，出門迎向月光，在屬於自己的平原上遊蕩。獵物總會適時出現，人影相交，他扳起肩膀，連開數槍，待回音消逝，再去埋葬。大地血流不止，這是他與作物之間的祕密。

飛行期間，我再次想起這封信件的內容。當時讀畢，便產生一些莫名的猜測，開始在網上搜索她的名字，C的本名較為少見，結果相對精準。內容不多，除去一些簡短的通訊和推介軟文之外，還有三篇她所採寫的長稿，故事類型較為雜亂：一篇是發生在中部地區的金融詐騙案，著重刻畫涉案父子之間的關係，相互並不信任，行事警覺，處處提防，而除去彼此，他們又並不真正擁有任何東西，換個說法，她所寫的不是案件本身，而是當前世代裡某種幻覺的維護者和尋租者；一篇是假藥生產廠家的普通工人的日常生活記錄，涉及一點道德困境，人們並非不知是在造假，糟糕的家境與債務情況又使其只得在此工作，隱隱觸及到當地的產業結構問題，不過，我認為她想要表述的是，很多情況之下，看似有所選擇，其實並沒有，不是命運或勇氣的問題，而是無限迫近的現實，整篇報導通讀起來，更像是她為自己進行疏導與勸慰；還有一篇，大概有四、五千字，她寫了一位在異鄉生活的年輕人，沒有朋友，也沒什麼經濟來源，深居簡出，過著清教徒似的生活，觀看岩石，去山上挖筍吃，行事稍顯偏執，大部分時間用於練習演奏樂器，也寫一些相關的文章，少有登臺或發表的機會。看似內心安寧，實則狼狽不堪，頭腦一片混亂，常常陷入汙濁與焦灼之中，簡而言之，三流的音樂家，二流的樂評人，一流的失敗者。根本不存在無我與忘我，到處只是碎裂的自我。在文章的結尾處，她提及一個場景，那位年輕人來到午夜空曠的山間，對著沙沙生長的植物進行吹奏，為岩石安排詞句，像在召喚鬼魂，令人遺憾的是，那些樂句十分簡單，幼稚，氣息不暢，禁不起任何意義上的推敲，抵此之前，年輕人跟她說，他在以演奏時的瞬間直覺去消解童年、時間與潛意識。C寫道：吹奏不過十幾分鐘，如同一次熱身，回音消逝得很快，一切彷彿從未存在。黑夜降臨，山影混沌，難以分辨，天空正在上演著一幕啞劇。他可能也意識得到，那些聲響正如其生命裡閃逝的片斷，無始無終，如夢如影。樹木安靜，沒有掌聲與歡呼聲，他放下了樂器，發出一陣無能為力的啜泣。

我查看了一下日期，發現最後的這篇報導刊於七天前，進一步印證了我的猜測：C不是一位誠實的記者，反而像是寫小說的，這些所謂的非虛構文章存在著嚴重的道德問題，不但不夠客觀，且摻雜著大量的謊言與捏造成分，原型錯亂，細節倉促，她是在以想像、經驗、技巧來填補自身與現實之間的溝壑，極具欺騙性。顯而易見，最後這篇報導有一部分來源於我的經歷，包括她描述的對話情景、生存狀態、居住的公寓環境等等，如出一轍，我自然非常不滿。此類報導的弔詭之處就在於此，若提出抗議，她完全可以說你不過是在自作多情，文章所述另有其人，這又是沒辦法反駁的。我也不想束手待斃，任其塗抹，於是平復心情，給她回覆一封很長的郵件，先是肯定了她的語言與敘述方式，認為信裡所講的是個不錯的故事，值得一寫，也委婉提出幾個可供嘗試的視角，推薦了一些書籍，談了談自己的生活，詢問關於Y那篇報導的進度，最後說道，剛好讀完她之前所寫的文章，覺得自己變成了素材的一部分，不是不可以，但在未經允許的情況之下，總歸不太妥當，倒也不必致歉，只請日後盡量注意為好。郵件發出後，我的氣也消了大半，畢竟說到底來，文章寫得十分隱晦，均是化名，許多場景也是虛設，沒有觸犯到我的實際權益。不出五分鐘，便收到C發來的新郵件，裡面只有一句：我什麼時候說要跟你道歉了？

我很無奈，決定不再回覆。從此開始，C的信件卻不曾停止，幾乎是每天一封，偶爾兩封，三封，如待支付的帳單一般，相繼傳來，時長時短，長的有數千字，短的不過一、兩行，經常談起所處的現實環境，偶爾也有一些隨機記下來的句子，不明所以。比如：真理一而再地謀殺著所有的活人。又比如：走入你的格勒，一邊是海螺，一邊是花朵。再比如：我是你不得不使用的詞語，我是一行猶豫不決的詩。那些描述自身境況的郵件，也是真假難辨。這半年期間，她流露出來的訊息包括但不限於：第一，N城返回之後，便辦理了離婚手續，當天夜裡與我見過又匆忙離開，主要因為此前跟丈夫發生了一場激烈的爭吵，她坐在地毯上哭泣，丈夫向著空氣揮出一記刺拳，她想繼續哭，又不太敢，丈夫脫掉褲子，走去衛生間，對著她的一堆化妝品開始手淫，她摔門而去，找了家酒吧買醉，正好見到我在演出，發生了當天的那些事情，後來，她想到丈夫也許正在四處找她，於心不忍，也就沒有留下來過夜。第二，離婚之後，她搬去首都，換了一份工作，還是做記者，薪水尚可，壓力有一些，心情好了不少，重金租了一間高級公寓，住在此處的女性居多，每一個看起來都很孤單，卻又很好看，像一顆顆小小的彩色磁石，她覺得自己很適合，暫時沒交男友，也不太需要。第三，Y的故事，她寫到一半時，準備放棄，主要有兩個原因，其一，她不想再輕慢地對待被訪者，而所得的那些材料，若如實消化再寫出來，又覺索然無味，實在不知應如何繼續下去，其二，自己最近胖了一些，主要長在臉上，看著頗為慈善，過度溫和，她很憂慮於此，無暇顧及其他事宜。第四，她在網上找了許多短影片，也請教了朋友，想試著學一學竹笛，卻始終不得要領，每次吹響時，她總會想起我來，情緒空落，以及，經我的建議，她也開始寫一點小說，相比時事報導，她覺得也許這是更為誠實的表達方式，沒料到的是，它們給她所帶來的，不是滿足與快感，往往是一種深切的羞恥，循環纏繞，使其皺縮。第五，她仍舊失眠，偶爾睡著了，又總會作著同一個夢，夢見自己很老了，又矮又小，走在一望無際的赤褐色荒漠裡，口裡很渴，聲帶退化，喊不出任何聲音，她要去尋找一個人，一個等了她許多年的人，太陽升起來，始終不落，曬在裸露的皮膚上，越覺刺痛，地上都是耀眼的金光。她很疲憊，也很恐懼，因為每走出去一步，便會忘掉一段藏在心裡的回憶，她走了很久，能記起來的越來越少，這使她明白了為何襁褓裡的嬰兒總在哭泣，宛如新生也是一種巨大的痛苦啊。像一只失控的熱氣球，必須不斷捨棄，才可能繼續上升。天空往往空無一物。她不知到底能否找到那個人，也擔憂自己一不小心就會忘卻，但別無他法，只能這樣走下去，在剩餘的記憶全部耗盡之前。

夜裡很熱，空調不太管用，我躺在酒店的床上，降落時的激盪心緒一點點消散，無數銳利的碎片不斷隱現，使我再次陷入混沌之中。自從C離開N城，這種體驗不只一次奔湧而來，漸漸淡漠的記憶與紛沓而至的信件共同構成了我的另一重生活：我彷彿就在她的身邊，暗自注視，日夜不息，不曾離去。如C所行之事，我也以想像、經驗、技巧來填充不可逾越的物理距離，不是感同身受，而是時刻與之同在。我經常逼迫著自己思考，對於C來說，我也許不過是一個黑洞，向著中心點不斷坍縮，吞噬著聲音與物質，思維的無定形態以大於光速的逃逸速度在此湮滅——她只想傾訴，並不需要一個真正的對話者。只一瞬間，我便又傾身沒入信件之海，那些文字使我無比堅決地認定，她確實是在對著我說話。唯我一人，不存在其餘的可能。時而像在撫慰，將自身降低一個維度，喃喃低語；時而像在叫喊，以一種不可置疑的腔調，駁斥著所有的沉默。我反覆閱讀，發現在那些信件裡，如若要提煉出一種特徵，那麼也許不是事件、情緒與講述方式，而是一種流質的存在與發生，如一段足夠漫長的混響，在聚集與滾動之間垂落而成。那些細菌式的語言，不由分說地注入我的內部，安息繁衍，進行著分裂生殖。

這幾個月以來，我喪失了聆聽與演奏的興趣，一直躲在房間裡寫作，大部分是對C的信件進行著回應，也有一些零碎的詩句與小說片段，均不太成立，也從未發去過。

我無法辨明時間，總在出神，長久地陷入她所敘的系統與環境之中，不願或者無法掙脫。書寫作為一種純粹的行動秩序，依舊難以緩解這些憂鬱，反而令我向著窒息的邊緣邁去，尤其是最近的四十天，毫無徵兆，C的來信忽然中斷，沒有任何原因。在我的世界裡，她如同恆星一般，逐漸變得遙遠而渺小，而其熾熱的灰燼，卻依然維持著我的體溫。我沒有別的聯絡方式，只好一遍又一遍地閱讀書信，嘗試著從中尋獲痕跡與線索：一無所得。之後，幾乎是以哀求的方式，我每天給C發去數封郵件，有剛寫好的，也整理了部分舊作，言辭混亂卻懇切，滿懷熱望，以期回應。這種不間斷的籲求與呼叫，近似荒島之上的妄念，獄中的自白書簡，日復一日的勞動與祈禱。我想，作為這個異境的創生者，她或許可以聽得到，進而釋放她的憐憫，哪怕只是很少一部分。

一週之前，我終於收到C的回信，只有短短的一句話，上面說，若你方便，可以回來見面談談，底下是一個手機號碼。我連忙又發去幾封郵件，問詢情況，那邊卻沒了動靜。我想來想去，無法決斷，在一個失眠的凌晨，我實在不堪折磨，便訂好了機票，收拾行李，準備回到首都。我的行程事先沒有跟她說過，我想的是，要麼直接奔向她租住的公寓，守在樓下，直至她出門發現了我，或是驚喜，但這樣的行為不太必要，且會顯得比較愚蠢；要麼我裝作不經意，隨便找一個藉口，跟她說已經回來，有時間不妨一見，而這與信中所述的心境又頗不符合。最後，我又沖了個澡，關掉所有的燈，決定如實彙報。我給她發去消息，告訴她說，今日下午已抵首都，剛安頓好，住在公寓不遠處的酒店，此行沒有任何目的，只是想與你再見一次，亦不強求，依你安排。此外，這裡的夕陽相當美好，使人沉浸，你離開N城之後，我再也沒有演奏過，薩克斯也生銹了，高音嘶啞，無處咆哮。那些銹點如字跡，無法破解的暗碼，衍生擴散，密佈周身，也像我的心臟，前所未有的超負荷，透支勞作，不堪一擊。有天夜裡，它們輪番行去，化作哨聲與鼓聲，迎向窗外的山勢，赤色天空的運行，各自分解，倒伏或者佇立，線條筆直而迅捷，形成不同的峰值與夾角，召喚著所有的血液，流淌著前去聆聽。好了，說了很多，期待重逢，我很想念那只竹笛。

直至深夜，仍然沒得到C的回覆，我也想過打個電話，又覺不大禮貌，既然已經回到這裡，便不應再去催促，我們之間也不是以此方式維繫，或許可以再等一等。我輾轉反側，一夜無眠，當然，也有時差的原因。凌晨，我起床出了門，天光昏暗，烏雲潮濕，沒有風，附近是一座古代亭閣，朝露縈繞，壁上隱有尚未蒸發的水漬。我沿著外牆行走，看見一個女的正在打羽毛球，穿著一身絳紫色的運動裝，站在草地上，手持球拍，半屈著膝蓋，蓄勢待發。我看不到她的對手，也沒有喊聲，雙方以牆作網，那只羽毛球孤零零地從牆內升起來，又在這邊緩緩下落，她側躍幾步，俯身揮拍，上挑擊打，動作十分矯健。由於無法根據對方的動作進行預判，也聽不到擊球的聲音，她看起來就像在與一片空無對壘。我很想跟她說些什麼，但球一直沒有落地，我點了根菸，快要抽完時，她反手挑出一個高遠球，幾步奔了過來，順勢把拍子塞入我的手裡，我很緊張，立馬擺好架勢，嚴陣以待。等了半天，球卻沒有再飛過來。她搖了搖頭，又將拍子從我的手裡抽走，對我說道，結束了。我說，什麼？她說，以後再來。我說，以後？她說，對。我說，不一定能來。她說，隨你。我說，妳在跟誰打球？她說，沒誰，就我自己，不來算了，拜拜。我說，等等，可否一起吃個早飯。她沒理我，用毛巾將拍子仔細擦拭一番，放入一個棕色的皮包裡，之後迅速合攏，背在肩上，逕自向前走去。我認出那是一隻裝中音薩克斯的雙肩背袋，同樣牌子的我也買過，價格不算便宜。我跟上去問，妳會吹薩克斯？她說，不會。我說，這個包是用來裝薩克斯的，你知道吧？她說，我想裝什麼就裝什麼。我說，家裡有人懂樂器？她說，你怎麼那麼多廢話啊。

午間，C發來幾條消息，當時我正在酒店裡補眠，沒有及時讀到。醒來後，頭暈目眩，花了一點時間，才記起自己身在何處，距她發來消息時，已經過了三小時十八分鐘。C發來的是一個餐廳名字，跟我說道，這裡見，晚上七點半，你先去佔地方。那是一家東北菜館，名字普通，位置不難找，我提前二十分鐘抵達，隔著塑料門簾，亦可覺出室內的混亂與嘈雜，能量超載，無處傾瀉，像為此處築成一個小型的防禦工事，聲浪如同火力，不斷躍動著向周圍輻射，將入侵者擊倒在地。沒有包房，我守在一間敞開的隔斷裡，一面是方磚砌成的石垛，沿牆而落，放著幾個久未洗過的葦草坐墊，另一面是嶄新的木質長椅，覆上一層薄薄的清漆。我的左邊是一桌聚餐的中年酒鬼，嗓音粗糲，久違的鄉音，桌上擺滿了空瓶，講起話來節奏鮮明，此時在談論著一位經歷坎坷的女性，不屑的言辭之間又充斥著某種輝煌的嚮往。右邊是兩個女孩，穿得很涼快，露著大腿，相對而坐，沒喝酒，桌上只有兩盤涼菜，腦袋湊在一起竊竊私語，表情神祕而誇張，聽不到在說些什麼。我發消息告訴C說，已到達飯店，環境比較吵鬧，說話聽不太真切，問她是否需要更換地點。她沒回話。七點五十分，我已經喝掉三瓶啤酒，C終於趕了過來，我很驚訝，有點不敢認。如其所述，她的確比半年前胖了一點，或者說，不只一點，行動依舊迅捷，剛進屋時我就發現了她，我喊了一聲，抬手示意，她朝著我這邊看了一眼，毫無反應。隔著半高的欄杆，我只望見一顆孤單的頭顱在半空裡漂浮移動，身體的其他部位像是埋了起來，換句話說，如一架在地底行走的推土機正席捲而至。另一方面，她的打扮也相對隨意，神色不佳，沒有化妝，半長的頭髮凌亂披在腦後，套了一件短袖T恤，上面是一隻髒兮兮的卡通老鼠，眼神迷離，神態驚懼，像是剛吸了毒。我在N城與她初遇時，那銀礦一般的神祕、肅穆與冷淡，全部消失不見，如被魔鬼竊去。我立即想到，不只於她告訴給我的，這半年以來，一定有什麼更為激進的事物在她身上轟然駛過。

C落座後，既不抬頭，也不講話，只是翻著菜單，從頭到尾，一次又一次，如在審查。我低聲問候，說了幾句並不要緊的話，她一直不理。我有些失落，挑釁著說，妳看起來好像有一些變化。C果斷說道，我沒有！我說，有什麼事情發生？她說，沒！我緩了緩，說道，沒別的意思，請不要誤會，我很想念妳，回來也是這個原因，見妳是我此行唯一的目的。她沒說話。我又問，小說寫得如何？她說，跟你沒關係。我說，期待讀到妳寫的東西，什麼都行。她喊道，你以為你是誰啊！我搖了搖頭，不再說話。這時，C開始落淚，以一種夾雜著憤恨與不甘的方式，雙手捂緊臉龐，不斷地倒著氣。我有點走神，也沒有進行任何勸慰，她在此時的哭泣，使我意識到在這樣一片混淆與嘈雜之間，哭聲仍具備著鋒利的穿透之力，相當奇妙，類似於思想，獨立於時間和空間的存在，塑為自我本身的形體。過了好幾分鐘，我才反應過來，C哭得有點缺氧，於是站起身來，準備坐到她身邊。這時，右邊的一位女士探了過去，在另一位的臉上狠搧了一記巴掌，聲音清亮，然後若無其事地回到原位。挨打的那位低著腦袋，當作什麼都沒發生，一側的臉頰迅速紅腫，我的目光被吸引過去，覺得兩人長得都很好看，或稱得上是端莊。緊接著，左邊的那桌一齊唱起歌來，幾位男性放低喉部，模仿著中音，長短不均，相互給予肯定的眼神，那聲音聽來十分駭人，如同一群快要死去的驢，病痛纏身，不斷地發出絕望的哀嚎。我想到一位作家曾說過，真理就是快要死去卻怎麼也死不掉，以及C在信裡所說的，謀殺著所有的活人，很顯然，這種歌唱與真理近似。我想把這些統統告訴給C，卻發現她已倒在長椅上，閉著眼睛，臉色發白，接著側過身體，開始乾嘔，一聲又一聲，像是有人從她的胃部向著喉嚨擊了幾拳。我忽然特別崩潰，極為無助，不知怎麼做好，更想不清楚，我這次回來到底是為了什麼啊。

我拖著C走出飯店，她很沒氣力，幾乎癱在我的肩膀上，此時差不多十點，我說，要不要打個車，先送你回去。C沒說話，向前挪了幾步，小聲問我，能不能去我的酒店休息。我沒拒絕，進入房間後，她去了衛生間，半天沒出來，只有無盡的水聲，我很怕她偷偷自殺，又覺得理應不會，既然她擁有偽造另一重生活的能力，那麼對於在自身上發生的，也會有辦法進行消解。我燒好熱水，為她沏了一杯茶，想起此景與在N城時的那個晚上有幾分相近。我疲憊地坐下了來，點了根菸，之後是另一根，快要睡著的時候，她終於出來了，躺在我的身邊，頭枕著扶手，雙腿蜷著，挨近我的手臂，也沒有講話。我將茶杯遞去，她起身喝了一小口，接著便吻了過來，只是輕輕幾下，點到即止，然後問我想不想跟她做愛。很奇怪，我回來並不是為了這個，這很明確，加上剛才發生的一切，按理說實在沒什麼心情。但此時，我卻有了不小的興致，甚至無法忍耐，順勢向她壓去。C的頭髮刺得我有些癢，我將其分在耳側，她用小指又挑起一縷，遮在臉上，用嘴死死咬住，不肯放鬆，像是在挑逗，或者準備就義。我匆忙進入，她將我的肩膀推開一點點，表情堅毅，我頓時有些掃興，也向後撤去，她馬上又抱了過來，跟我說，你不要走啊，我很害怕。

第一次時，我的表現不算太好，草草收場，無法集中精神，做的時候一直在想，她到底在害怕什麼呢。幾乎沒有間隔，便又來了一次，結束之後，已經半夜，我有些乏力，但並不困倦。我們赤裸著身體，以最大面積覆住彼此的肌膚，我用力抱緊，想讓她融入我的懷裡，貪婪地把她呼出來的氣息吸入自己的肺部，彷彿我將以此重生。此時，我再一次確認了那種無可言明的依存與迷戀，並不全部出於個人的情愛，她在我身邊時，一切趨於無限，像未盡的長音，在耳畔縈繞迴響。所謂的終點，總也無法抵達，C將直線距離抻扯為一道曲線，弧度一再拋高，如過河入林的祕密時光，平靜而無懼，長久燃燒，不曾衰減，或者凌晨遇見的那只羽毛球，一次又一次，上升或下降，最終不過是暫時隱匿起來，在新的一天再次出現，永遠不會落到地上。

我想，既然餘下的時間為她所建造，那麼有必要賦予或者償還一部分，所以，在C提議要我陪她出門時，我沒問去往何處，只是默默跟隨。上車之後，我坐在後座裡，緊張地握著她的手，行至中途，她開始發抖，我問她是不是有點冷，她沒有回答。出租車在小巷的入口處停了下來，在我的攙扶之下，她來到街上，有人在近處喊叫，聲音很大，好像此刻整個世界都處於一個極端亢奮的狀態，如賭徒一般，雙目猩紅，言語淒厲，準備孤注一擲，將自身炸得粉碎。巷內是一排待拆的平房，光線黯淡，很少有人住在裡面，C側身走入，熟練地引領著我，繞過殘敗的圍牆、水窪泥潭與貼著封條的窗戶，向左——向中——向右——向左——向左，都很狹窄，部分區域僅容一人通行，我從來沒想過，裡面竟如此逼仄複雜，像是植物葉脈之間的神經網絡，或者天空俯瞰下來的城市水系圖景。C吞吞吐吐地問道，是否認為她所寫的文章在很大程度上都是虛構的？我說，至少看來如此。她說，其實不是，我從不講述他人，而是在以自己的命運去寫啊，故事早已存在，一點一點重新結晶，它們在我的身上一再地發生，這無比確鑿。我沒說話，她又補充一句，但是，我不能真正將它說出來，只是承受，持續地承受，這是我們共同的悲劇，像你在信裡摘過的那句詩——為了獲得，而放棄；為了生，你要求自己去死，徹底地死。說完這句，我瞬間感知到，死亡是一名技巧高明的打擊樂手，埋伏在前方漆黑的角落裡，推動著演奏，我們服膺於其內在的驅力，踏著它的音符行去：驅力消磨著我們的時間，往復直至耗盡；欲望創造著新的時間，無法被真正滿足，所以始終神聖。死亡的演奏無非是將驅力的滿足神聖化，結果仍是空無，寫作則恰恰相反，它在自身的循環之中上升。這一時刻，我很想回到N城的公寓裡，坐在桌子前面，迎著日光，一字一句，完成一篇關於C的小說，包括她的那些掙脫與束縛，已經發生與尚未發生的，無垠的寂靜及其回聲，而在小說的開篇，我也許會先談一談自己。

樓梯如一個懸著的鐵環，焊在磚房外側，臺階捲折，有時需要扯開步伐跨過，C恢復了體力，靈活地向上攀去，我跟在身後，小心翼翼，來到了二層高處，一陣風吹來，帶著鋼銹的味道，塗了綠漆的鐵門立於面前，痕跡斑駁。C的鼻尖滲出汗珠，我很想將她拂入懷裡，她不看我，只是深吸了一口氣，將門緩緩推動。門的後面是一條半拱形的通道，一眼望去，深不見底，不知通向何處，也許抵達不了任何地方，像這座城市裡一根廢棄的血管，凝滿了灰塵，沒辦法再疏通，不過是一條死路。通道的底部似有防腐的海綿，踩著很軟，我在其中行走，很快失去方向感，只覺是在下行，這裡的通風不良，類似沼氣的古怪味道不時傳來，再往前走，溫度也有明顯的升高。前方依稀閃光，時隱時現，輕輕地顫動著，我有點緊張，感受到了一種狂熱與躁動：比如古城邦的廢墟，遺民流落於此，隱祕集會，高唱昔日的詩篇；或被焚毀的防空洞，燃燒著的平原，岩漿向外流淌，噴吐著火舌與歌。事實上，走到盡頭時，我發現這裡如從地表處滲下來的一座活動房屋，面積要大一點，至少近半個足球場，室內相對空曠，水泥地面開裂，沒有什麼設施，只是幾把殘破的折疊椅子，貼著牆擺放。此時，這裡已經有了七、八個人，或閉目養神，或在活動手腕和腳踝，相互之間不說話。光線很難適應，四周牆壁上掛著幾枚射燈，映出一片幽暗的綠色，絨狀物與菸霧在空氣中浮沉，那些光線返照在人們的臉上，看起來像是扣著一副青銅面具，我想那也是心靈的膚色。恍惚之間，一個人影從我的身邊快速經過，沒有起伏，像是游過去的一條魚，頭頂著的皮帽如鰭一般搖擺。

C跟我說，這是一座地下的旱冰場，無人管理，也沒名字，或者說以前有過，也沒人記得了。場地存在許多年，比較陳舊，仍可使用，每個夜晚都有人來滑冰，互不交流，天亮之前散去。我望向身後，發現入口旁邊斜著一塊報廢的霓虹燈招牌，看長度的話，本應為四個字，但破損嚴重，電線外露，燈帶垂落，只能辨清後面的兩個字：樂園。地上凌亂地放著數雙尺碼可調的老式冰鞋，皮帶破裂，看得久了，也會產生幻覺，那些滾輪彷彿正在自轉，只要穿上去，無需用力，即可自動滑行。戴皮帽的人再一次經過，他的動作幅度很小，直立如同僵屍，正在繞場而行。C為我選出一雙鞋子，撣去灰塵，遞到我手裡，近乎於凶器的重量。我稍有遲疑，還是換上了鞋，期間不斷有人進場，加入到隊伍之中，恪守著某種承諾，沉默滑行。C說，你來過這樣的地方嗎？我想了想，說，來過，那是一間唱片店，都是幾十年前的錄音，但在那裡，它們從未發出過聲來。她說，有機會我也想去看看。我心裡說，我就是從那堆深海的墳墓裡爬出來才遇見妳啊。我問C，妳經常來這裡？她說，偶爾。我說，怎麼找到的這個地方？她說，它來找的我，循著命定的頻率，你也許不能明白，那也沒關係。這時，一道暗影如水跡般滴落在我們之間，將地面一分為二，有人站立在中間，無需C的介紹，我幾乎立刻知曉，這就是Y，或者說，我單方面認為他一定是。與之前的想像不同，那位精明、矮小、狡黠、無常的農場主，此時看來，更像一位深沉而莊重的貴族，個子很高，頭髮花白，並不稀疏，眼窩深陷，顴骨高聳如被刀塑，穿著一件舊得發皺的灰色襯衫，領部軟塌，衣袖挽起來一半，周身透著清冷的氣息。他低聲說著話，那些字句晶瑩，如同夏日裡從蛛網上滾落過去的雨滴。同時，我也不知道為何會產生這樣的印象：他剛從一輛產自東歐的黃色小巴車裡走出來，先彎下腰，又探出腦袋，眼球左右閃動，野兔一般機警，從不輕易邁出任何一步，好像此處正被鬼火灼燒，表面滾燙，無處落腳，隨時準備躥回車內，繼續一生的逃亡。過去的許多年裡，我想，他都是這樣活過來的，輕易去相信一個女人，卻絕不信任腳下的土地。前一點使其漂泊不定，無家可歸；後一點使其擺脫噩運，持續存活。他拎來一把椅子，放在我和C之間，自己坐了下來，雙手合在一起，像在祈禱或者沉思，又將雙臂大幅度展開，地上的陰影如一雙巨大的側翼，收攏再舒張，庇護著我們二人。然後，他的頭轉向我這一側，喚出了我的名字——那一刻，我簡直以為他是在為我命名，差點哭出聲來。我克制住不合時宜的情緒，點了點頭，回以問候。C穿好冰鞋，撫著Y的肩膀站了起來，向前滑動幾米，又退了回來，重新綁緊鞋帶。再次起身時，Y伸出了左手，將C的拳頭握在其中，似一次放任的吞沒，Y望著她，眼神裡蕩滌著寬容與諒解，溫柔得無以復加。Y鬆開了手，C向前滑去，雙腳併攏，蹲下，起立，沒有回頭，逐漸行遠，在第二個轉彎口，她追上了其他人，之後迅速成為領軍者，其餘人變作她的隨從或影子，一併向前衝去。這時，Y拍了拍我的肩膀，他的手停留在半空裡，我側身望去，很難說清那到底是一種什麼樣的器官——粗糙、乾燥，佈滿溝壑，如一種深層次的語言，極度複雜的同時又極度準確。我預感到他即將開口，就又開始緊張，卑微至極，像要與久未謀面的父親對話——我所有的背棄都在其預料之中。他說，她對你印象很深，自擇其途，孤身獻祭，在文章裡，甚至寫到了一部分的你。我想，一部分的我，沒錯，只是一部分，那麼輕盈，那麼少，簡直可以忽略不計，沒有任何一個人會記得，她的寫作也不過是為了更好的遺忘，僅此而已。我回應道，那不是我，也許另有其人。Y笑了，搖了搖頭，沒再講話。我意識到，今天的一切像是設好的陷阱，早在身處N城時，便已埋藏在不遠的前方，靜待我的墜入與尖叫，光線沉落，錯誤之徑無法繞去，任何多餘的話語無非是更為劇烈地揭示著那些失敗與懦弱。我迫切想要知道，是否有人同我一起，長久淤滯於此，在這裡徹底變為廢墟的時刻。我像是一位喪失星空的迷路者，正在苦苦哀求著自己的嚮導，渴望得到指引，不捨讓他離去，Y也許正在飾演這個無法拒絕的角色。C再次經過時，Y開始喃喃自語，如在施咒，我集聚精神，花了很大力氣，仍然無法聽清。場地裡滑冰的人群愈發壯大，像一窩失控的馬蜂，或者一條流動的巨蟒，發出密集灰暗的噪聲，嘶嘶作響，齊齊湧來，只有我和Y尚未加入其中。我又想到，不僅是Y和我，所有人的角色都是如此，從來只是一位在場者，一位見證者，一位潛伏者，說得再清楚些，一位不可豁免的逃逸者。在每一個時代的夾縫裡偷偷溜走，又悄悄回來，裝作一切從未發生過，任何事物都無法真正遠離我們。我們熟練地操控並濫用著某種致命的意識。想到這裡，我深感疲憊，周身無力，眼前是無法撤回的契約。Y嘆了口氣，對我說道，人是燃料。我說，什麼？Y說，我們不過是一簇燃料而已。說完之後，他站起身，活動幾下身體，以衝刺的姿勢迅速扎進昏暗的光線之中，切入整支隊伍，我跟隨在後面，無需用力，腳下的滑輪引領著向前蕩開，轉向又轉向，直至與所有人融在一起。我想，他說的不錯，我們無非是燃料，如在冶金，反覆地行使與犧牲，執行或者審判，直至揮霍一空，全部的故事在這種循環之中上升。我漸入佳境，甚至感覺得到，我的輪子也即我的吹奏，我的書寫，我的震顫，它們被裹挾在龐大的噪音之間，圍繞著不存在的中軸線逕自旋轉。怠惰的引擎正在發動，將整個地方一點一點抬至地表，如同悸動著的骨胳，如同不斷上升的海平面，航跡消逝，漫溢的潮水向外蕩去，緩慢流淌，行至明日，浸沒無處降臨的白晝、黃昏與夜景。沒有禱文，沒有鐘聲與笛聲，新的世紀正在誕生，它剖開黑暗與溫水的擠壓，撕毀火漆和熱蠟，以勢不可擋的姿態，穿過山石與峽谷，拂去細碎的枝條，來到襁褓之中。我在人群裡加速行進，竭盡全力，超越了Y與他們的幻影，來到C的身旁，與其並肩。我們面目一致，同為活人，同為啞人。噪音像滾動的詞語，公正並且充滿尊嚴，在腳下與身後追逐不止，撞擊著頭顱，沖刷著唇齒，發出一陣陣不可磨滅的哀嘆之聲。沒有起始，沒有結束，唯存無盡的中途，只能一往無前。

羽翅

程曉靜說，我就是這樣做的，閉上眼睛，深吸一口氣，想想那些無關緊要的事情，就能長出來一對翅膀，在黑暗裡飛行。

從楊柳青站下車時，我的背包裡裝著一套換洗衣物，兩本書，一臺筆記型電腦，半盒菸，以及一張工作證。證件邊緣鋒利，上面是我的照片，前幾年拍的，神態傲慢，不屑一顧，如今看來，不免有幾分羞愧，背面印著一篇小說的名字及評語，於去年春節時完成，出乎意料，發表之後，獲得一個文學獎項，影響頗為廣泛，之後是開會研討，登臺發言，領受榮譽。剛在火車上，我捧著工作證反覆端詳，彷彿藉此可以捕取一些隱祕的線索，從而發現這個時代的某種密碼與奧義，卻事與願違，一無所獲，只是眼看著它被兩側的書名號漸漸勒緊。

三天前的會議上，我幾乎一直處於夢遊狀態，批評與讚揚均不能打動我，那些壯闊紛繁的話語，於我而言，過度嘈雜，難以忍耐。我如坐針氈，有好幾次，都想直接衝出門外，點上根菸，再溜回房間，收拾行李，連夜奔逃，但事實上，我卻相當規矩，挺直身軀，嚴謹發言，像一臺運轉穩定的印刷機，不斷複製著自己的謙遜與真誠，並將它塞進每個人的懷裡。我在臺上一邊說著無用的廢話，一邊想像著自己也在臺下聆聽，腦海裡不斷湧出幾句歌詞，來自上個世紀的某支樂隊，他們唱道：我們絕對安全地談論著這場革命，我們把手插口袋裡前進著，我們只是一個酷愛他的觀眾。

會後聚餐，我連喝兩杯白酒，渾身燥熱，根本坐不住，便拎起外套，走去室外。酒店位於城郊，四周寂靜，枯樹遍佈，遠處有幾座仿古民居，勾畫出荒涼的輪廓，夜色覆壓及肩，我忽覺無比沉重，於是繞到後院，靠著石牆點了根菸，給劉婷婷打了一個電話。我跟她說，打算晚回去幾天，劉婷婷問及原因，我說，遇上一位以前的朋友，許多年沒聯繫了，如今在雜誌社當記者，也來參與報導活動，結束之後，他要去做另外一個採訪，跟一位隱居許久的音樂家對談，機會難得，我準備同去，也許可以順便寫一點什麼。據說那位音樂家住在郊區，租了一間很大的房子，深居簡出，沒有家具，睡在地上，室內空曠，而他的全部樂器只是一套鼓，你還有印象嗎？我們剛在一起時，每天都在聽他的錄音片段，從早到晚，循環播放。劉婷婷說，叫什麼名字來著？我隨口編造了一個，她說，對，我想起來了。

掛掉電話後，我低聲哼起一段旋律，並非來自那位虛構的音樂家，而是一首耳熟能詳的流行歌曲。曾有一段時間，我在瀋陽租房子住，小區略顯偏僻，化工廠舊址，後來蓋了商品房，也賣不出去，傳說水質有問題，某種元素超標，黑壓壓一片樓，入住率很低，夜間的燈火如同星光一樣稀有。我走在回去的路上，總能聽到這首歌，道邊是數不清的樹，間隔沒有規律，但正值壯年，夏天裡，樹冠高揚，幾乎將天空全部遮住，四、五家練歌房分列兩側，招牌破損，裝飾隨意而陳舊，門口往往擺著兩臺冰櫃，壓縮機噪聲極大，旁邊是成箱的、落滿灰塵的空酒瓶。無數做工粗劣的外放音響掛在頭頂，唱著同一首不切實際的歌：如果我有一雙翅膀，我要離開這個地方。整條街就像一條夢的河流，時間在此不停折返，剛進入時已是尾聲，在中部卻又遇上前奏，離開之後，所有的音符重新凝聚在一起，將你奮力向外擲去，水霧消散，前方的航路漸漸清晰，回首望去，半數的霓虹燈隱約閃爍。

那時我在出版社做編輯，沒有開始寫小說，有一次，被一位作者拉著喝了不少酒，打車回家，走到一半，胃裡難受，急忙喊停，在路邊吐了一次。吐完我問自己，圖啥呢？也答不上來。正好聽見這首歌，順著聲音鑽進其中一間練歌房，進入到包房裡，叫了箱酒，沒喝幾口，倒在沙發上睡著了，半夜起來時，發現外套蓋在身上，身邊躺著個女的，燙著金黃的捲髮，縮成小小的一團，手腳攥緊，像隻獅子狗，也在睡覺，呼嚕打得挺響。我把她的臉扭過來，看了半天，確認自己並不認識，便將她晃醒，問，妳是誰啊？她眼睛也不睜，拱進我懷裡，說，別管我，行嗎？睏。我說，不行，我記得我一個人來的。她說，我也是啊，誰不是，咱們都是。我說，這樣不好。她說，包房我開的，上個廁所工夫，回來發現你躺在沙發上，喊也沒反應，還多了一箱酒，帳我都結了，給我唱首歌，我原諒你。我說，不會唱，我把錢給妳，我回家了。她說，你回家幹啥？我說，繼續睡覺。她說，在哪不是睡，你是幹啥的啊？我騙她說，寫小說的。她從我的懷裡抬起頭來，睜了一下眼睛，又迅速閉上，自言自語道，等我睡醒，能不能也給我看看啊，我挺愛看小說的。我說，你叫啥？她說，劉曉羽，拂曉的曉，羽毛的羽，好聽不？

我說，名字一般，解釋得挺好。她說，其實我不叫這名兒，但今天就想叫這個了。

我在北京住了兩個晚上，誰也沒聯繫，去前門附近看了一場演出，那支樂隊當天的表現不如人意，我有點失望。除此之外，每天就是吹著空調看電視，外面很冷，節目裡卻還是夏天，人們穿著短袖，褲子提得很高，背起手來，談論著三峽水庫的水位已經落至一百六十五米，不必恐慌。在此期間，劉婷婷給我打過一次電話，告訴我說，女兒有點發燒，作夢直說胡話，問我何時回家，我說快了，又問我那位音樂家的境況如何，我說，不好描述，他最近做的事情相當奇怪，你知道，年輕時他在一家電子市場裡打過工，對各種電器元件非常熟悉，去年開始，那套鼓已經賣給一位出租車司機，換來一堆奇怪的設備，比如舊硬碟、觀鳥器、調幅收音機、日光燈的安定器等等，他將之拆卸，進行二度組合，與筆記型電腦連接起來，延展、擴張，做成新的演奏樂器，比方說，昨天演示的是，接通兩塊轉速不同的硬盤，使其相互振動，齒輪與軸承發生物理反應，以麥克風收取這類聲音，作為素材，再附上效果器的調變，最終呈現的聲響非常詭異，像來自於另一個空間。我編得正興起，劉婷婷聽著很不耐煩，沒等我講完，便打斷說，剛測好體溫，三十九度二，等不了你，燒迷糊了，我帶她去醫院。

我躺在賓館裡，心緒失落，也擔憂女兒，種種情緒匯在一起，複雜難解。菸抽完後，我出門去買，樓下轉了兩圈，也沒找到超市，只好向更遠處走，不過晚上八點，街上已經罕有人跡，一是由於天氣，據說今天是北京入冬以來氣溫最低的一天，很少有人出門，二是地理位置，我住在老城區，周圍都是平房，更近似於縣城，陳舊，破敗，毫無生機，只有漫無邊際的黯淡。一陣風吹過來，紅白相間的交通錐筒從街邊平移到路的中央，塑料底座掠過柏油地面，發出空蕩的坼裂之聲，如一枚側殺出來的棋子，或者一座低矮的墓碑，劃分夜晚的界線，將我攔截在外。

我在路邊坐下來，掏出手機，訂了一張明天的返程車票，想給劉婷婷寫一條很長的訊息，卻怎麼也說不明白，刪改數次，兩隻手都要凍僵了，也沒什麼進展。有些話很難表述，一旦落在紙面上，每個字都流露著無可迴避的自私，演變為拒絕與推卸，所有的句子不會有任何明確的表面含義，它們交織在一起，只會讓對方無限次地投射在自己身上，並且認為，你所謂的糾纏、困惑與痛苦，與她目前所承受的相比，並不值得一提；或者更進一步，她也許能想清楚，我們所有人的糾纏、困惑與痛苦，都沒什麼可說的，終會化作一個傲慢、羞恥、令人痙攣的玩笑，許久揮之不去。我寫到一半時，大風反覆颳開屋上的氈紙，如同掀動著結痂的傷口。一位盲人經過此處，戴一頂棕色棉帽，穿著皮夾克，手持細長的竹竿，在地面上來回斜掃，像在默寫一列長詩，輕盈，漫不經心，也像在揮動獨翼，使自己飛離地面，抬升一點點，以跨過重重障礙。有那麼一次，竹竿的一端觸到我的鞋子，他彷彿有所感應，只是稍作停頓，打了個哈欠，什麼都沒說，繼續向前行去。

劉婷婷發來消息，告訴我說，燒退下來了，還需做幾天霧化治療，急性喉炎，嗓子說不出話來，問我幾點能到瀋陽。我讀到這條訊息時，火車正駛過一座大橋，聲響劇烈，窗外晨光刺眼，我尚未清醒，按滅手機，低著頭向下望，左前方是一座簡陋的體育場，四周被鐵網圍繞，沒有看臺，只有十幾位球員，穿著兩種顏色的對抗背心來回倒腳，動作鬆懈，出球綿軟無力，我以前幹過體育記者，跟著足球線，想起來這裡是火車頭隊的訓練場，鐵路直屬，號稱中國的阿賈克斯，青訓搞得有一套，出過不少好球員，一代人的青春回憶。我正想著那些球員的名字時，列車上的廣播響起來，通知全體乘客，前方是楊柳青站，由於停車時間較短，請沒有到站的旅客不要離開車廂。我揉揉太陽穴，猶豫幾秒，之後拎起背包，來到車門處。列車減速，外面的風景逐漸明晰。

除去遠近聞名的年畫，我事先對楊柳青一無所知，從車站出來後，一陣濃烈的油漆味道撲面而來，十分刺鼻，輾轉進入古鎮後，愈發難以忍受，彷彿剛經過一次裝修翻新，磚雕照壁也才刻好不久。街衢冷清，幾無遊客，許多賣畫的店鋪剛剛開門，我沒走幾步，就相當後悔，一切景色均在想像之中，並無新意。唯有古運河裡的水，沒有任何波瀾，倒轉白晝，將晨光反射到岸上。

我在附近開了間房，燒壺開水沖茶包，還沒喝幾口，就倒在床上，準備補覺。我想，如果順利的話，睡到中午，沖個澡退房，出去吃口飯，買張稍晚的票，這裡距瀋陽差不多是四個小時的車程，到站之後，估計也趕得上地鐵。背包裡還有小半本書沒看完，前面講的是什麼，已經快要忘光了，只記得一句話，從愛中逃離，也是對愛的完全屈服，年齡越大，便會被這種愛所奴役，在這世界上，沒有一條河能將人們從這樣的陷阱裡解放出來。或者不是這樣說的，恰好相反，年齡越大，便越不應該被愛所奴役，在這世界上，唯有河流，能夠沖沒這樣的陷阱。記不清了。

剛睡著不久，手機鈴聲響起來，我看了眼螢幕，是一位老朋友，馬興的號碼，我跟他許多年沒聯繫，以為撥錯，沒有去接，十幾分鐘後，他再次打過來，我只好坐起身，斜倚在床頭，極不情願地接通電話。馬興的聲音聽起來很亢奮，先是問候，然後跟我說，剛看見新聞，得知我獲獎，太厲害了，特意打來電話恭喜。我說，浪得虛名，不足掛齒。馬興說，不容易，這麼多年了，還在堅持。我說，不能這麼講，主要是除了這個，也不知道自己還能做點什麼。馬興說，謙虛了，兄弟，不錯，真是不錯。我說，有空喝酒，下次去北京提前叫你。馬興說，我不在北京了，在天津工作，這邊政策好一些，能落戶，就跟程曉靜一起來了，我倆都挺想你的，時間過得太快了。我說，是啊，多少年沒見了。

說完這句，馬興和我陷入思考，想著上一次見面是何時何地。我說，應該是在交道口附近的飯店，那次我想看一場話劇，你在加班，來不及去，程曉靜跟我一起看的，吃飯的時候你過來了，點了個青椒馬鈴薯片，跟我說要做個音樂類的網站，弄得像一本雜誌，內容結結實實。馬興說，有點印象，好像是冬天，沒怎麼大喝，酒太涼了，胃不舒服。我說，對，你騎自行車來的，馱著程曉靜回的家。馬興說，我怎麼記得還有一次，你來北京開會，還是做什麼，反正挺忙，沒時間吃飯，住在美術館附近，我們約在一起逛了個書店，我還買了一本期刊，上面有你的小說，本來也沒想買，你非得讓我們看一看。我說，對，那天我先到的，等了半天，書店空調壞了，很熱，坐在那裡直冒汗，我特別渴，你們給我帶了聽冰鎮的荔枝飲料，好喝啊。馬興說，這兩次，到底哪個在前面呢？我想了想，說，實在是記不清了，都得有個三、四年。馬興說，不只，不只。

那一瞬間，我忽然非常想見他們，諸多安眠許久的時刻，一點一點被喚醒，每個人好像都有那麼幾年，只輕輕一躍，便可登上天臺。我很懷念那段時光。我說，馬興，我在楊柳青呢。馬興聽後驚訝，抬高聲音問道，你在哪呢？現在。我說，也在天津，楊柳青，這會兒剛到。馬興說，我天，兄弟，怎麼不早說啊。我說，來處理一點事情，有空的話，咱們晚上聚一聚。馬興說，太好了，肯定有空，我趕緊告訴程曉靜一聲，保持聯繫，等我訂好地方，告訴你位置。

外面的陽光很烈，擊穿紗製窗簾，晃著我的眼睛。我睡得不踏實，作了一場夢，十分吵鬧，醒來之後，仍有聲音在耳畔迴盪。我夢見與幾位朋友一起去看音樂節，天氣炎熱，塵土飛揚，令人焦躁，程曉靜站在我的左邊，右邊是馬興，一個我們都不太喜歡的樂隊在臺上演出，主唱裝神弄鬼，渾身是血，說著囈語，其實相當可笑，演出效果不好，音量給得很足，我們只能趴在對方耳朵上講話。他們說的是什麼，我也聽不清楚，只能禮貌地點點頭。後來馬興皺緊眉頭，跟我說了句話，讓我轉述給程曉靜，我不太情願，也不好表現出來，只是拍了拍他的肩膀，將啤酒遞到他手裡，迎著一段平庸的旋律，扎進前方的人群，衝撞身體，像沉溺於一片炎熱的海水之間，不知過了多久，音樂結束，人群散去，我回到原地，筋疲力盡，卻無論如何也找不到他們的蹤影。夕陽漸落，風越來越冷，抽打著身體和心臟，我一直在回憶，馬興跟我說的是什麼來著。

收到馬興的消息時，已是下午，他連續發了好幾條，跟我說，想來想去，沒什麼特別合適的地方，不如去家裡喝酒，問我是否可以。還沒等我回答，便發來了地址，非常詳盡，坐幾路車，怎麼換車，打車的話怎麼跟司機說，走哪條路，然後又說，程曉靜聽說你來，非要親自下廚，現在請假去買菜了，你來嚐嚐，她這兩年廚藝有進步，其實還是在家裡好，是不是？沒說沒管，在外面受約束。最後一條是，千萬別帶東西來，咱這關係，別扯沒用的。

我起床洗了個澡，看了會兒電視，想繼續關注三峽的水位，來回調臺，卻沒人再提，只好換件衣服，輕裝出門。時間尚早，我決定坐公交車去市內，路上的風景少有變化，幽沉的黃光垂在樹與房屋上，隨著前行，趨於黯淡，像是正在退場，我又想起早上看見的那支球隊，征戰乙級聯賽數年，未有佳績，境況艱難。有一次我與他們同赴客場，俱樂部為所有球員買的是臥鋪車票，為了節約住宿成本，球員坐了通宵火車後，直接出場比賽，踢滿九十分鐘，隨後也不得休息，帶著一身疲憊與汗水，又踏上返程的火車。我站在公交車門處，想著那次旅程，也許現在的境況仍無不同，他們剛剛結束訓練，正要前往車站，明天上午，這些經過一夜顛簸、可能根本無眠的隊員們，將站在陌生的陽光下，在塵土飛散的場地中央，面對空空的看臺，踢一場無人喝彩的比賽，終場哨聲響起後，又要躺回到狹窄逼仄的鋪位上，返回原地訓練。我真的很想知道，這些年裡，他們到底是如何克服自己內心的絕望的。

我在食品街附近下車，本來想買些禮物帶去，轉了一圈，沒挑出什麼東西。所謂的本地特色，他們大概已經避之不及，我看著也沒什麼食欲，最後在門口超市選了瓶國產紅酒，七十五塊錢，上面蒙著一層浮灰，服務員用抹布幫我擦了擦，也沒包裝，我直接拎著出了門。

馬興發我的地址離古文化街不遠，附近有一處文廟，我進去歇息一陣，此時已近傍晚，起了一點風，吹開池裡的浮冰，小魚藏在下面，一動不動，夕陽斜照，像是存於琥珀之中。旁邊是孔夫子的石像，整個文廟裡只有我一個人，抬眼望向前方大殿，四處斑駁，一片蕭索，有鐘聲若隱若現，時間彷彿在這裡裂開縫隙，我閉目鑽入，是一道峽灣，水面平曠，緩緩回落，遠處有幾艘靜止的輪船，偶爾發出一句長久的笛聲，形似嗚咽，表示即將離泊，亦或橫越，啟程航行。過了一會兒，我看看時間，給馬興發訊息，說，我到附近了，在文廟，有什麼需要我帶過去的？馬興回覆說，好地方，我也總去，能靜心，你好好拜一拜，啥也不用，你從那地方要給我帶啥啊，都是文物，不要違法，出來了聯繫程曉靜，她在家裡，我預計稍晚回去，開飯之前。

小區以前是工廠宿舍，後來起了新名，鐵門銹跡斑駁，進出隨意，門口有自行車庫，不過已被用作麻將室，接了一排日光燈管，洗牌的聲音從裡面不斷傳出來。前後一共四趟樓，每趟五個單元，中間有個園地，沒種任何植物，只是一片堅硬的凍土，彷彿永遠無法開化。我走進樓裡，聞到一陣飯菜香氣，每戶做飯時都半敞著門，再往上去，樓道崎嶇，我被一輛拴在窗框上的舊嬰兒車絆了一跤，好不容易爬到六樓，左側是馬興家，棕紅色鐵門，上方有接線的老式電鈴，我試著按了幾下，沒有聲音，只好用力拍門，喊著馬興的名字，也沒回應。我坐在樓梯上，給程曉靜發去訊息，說已到門口，不急，看見了就給我開一下門。大概過了五分鐘，裡面有腳步聲傳來，門被打開，程曉靜探出腦袋，她穿著一件褐色毛衣，化著淡妝，胸前掛著卡通圍裙，圖案是一隻小熊舉著鍋鏟，興高采烈地在炒菜。見到我後，她笑著說，你可真能耐，自己都能找過來，敲門了嗎？剛在廚房裡，開著油菸機，什麼都聽不見。

程曉靜遞我一雙棉拖鞋，跟我說，家裡亂，剛搬來不長時間，別嫌棄啊，來不及好好收拾。我說，挺好，比我家強。她說，不至於吧，你家那位不做家務啊？我說，不知道，沒太關注。程曉靜說，真能胡扯，你隨便坐啊，馬興跟你說了吧，他晚點回來，我先做飯去。我說，要不我來幫忙吧，還有啥活兒？程曉靜把電視打開，開了罐啤酒，跟遙控器一起推到我面前，跟我說，不用，準備得差不多了，你先喝一罐，看會兒電視。說完便回到廚房裡。

我來回換了幾個頻道，實在沒什麼能看的，便將電視關掉，來到書架前，裡面錯亂地擺著一堆書和碟子[20]，有九十年代出版的中外小說、文論和詩集，書脊泛黃，也有

20 光碟。

幾本新聞學的教材，橫放在一側，我想起來，程曉靜也當過幾天記者，算是同行。那些碟子看著很親切，當年我們聽的都是這些，現在不好找了，沒想到他們一直還保留著。我們三個以前是在音樂論壇上認識的，程曉靜跟我一樣，瀋陽人，大我三歲，馬興是錦州的，在瀋陽讀書，跟程曉靜同齡，當時馬興有點名氣，在論壇裡很活躍，經常發言，分享資源，幾乎沒他不認識的樂隊，還辦過幾場演出。我第一次跟他們見面就是在演出現場，那時他倆還沒在一起，馬興學的是獸醫，在農業大學，畢業有點問題，跟導師不太對付，程曉靜是師範學院的，分到一所鄉村中學實習，比較偏僻，沒想好到底要不要去。結束後，馬興張羅著一起吃飯，在附近的大排檔，拼了四、五張桌子，二十多人聚在一起，硬菜沒要幾個，全是花生毛豆，酒倒是一直在上，一半喝掉，一半灑在地上。到了後半夜，馬興準備去結帳，先把我叫到一旁，悄悄問道，兄弟，今天兜裡寬綽嗎？我說，有幾十塊錢，估計等會兒還得打個車。馬興拍拍我的肩膀，說，沒事，回去再喝點兒。過了一會兒，我看見他轉到另一側，跟程曉靜低頭說話，兩人挨得很近，程曉靜一邊側著耳朵聽，一邊在底下翻著錢包，夜晚正在凝固，路燈照射過來，將他們的影子拉得很長，越過碰杯的聲音，越過喊聲與歌聲，投在更遠處。一輛出租車開了過來，慢速經過此處，無人起身，只好又獨自駛離，沒人知道這樣的夜晚到底是如何結束的。

書架下層擺著幾本新書，我在裡面發現了自己的小說集，抽來翻看，老實說，自從出版之後，我還沒仔細讀過，主要是不知如何面對，寫的時候凶悍勇猛，無所顧忌，回頭再看，情與物在文本之中孤獨矗立，冷漠懸於其後，一覽無遺。我只讀幾行，便極其羞愧，恨不得立即焚毀，於是把書放回原位，坐在沙發上，飲下一大口啤酒，望向窗外，對面樓體正在施工，給外牆刷保溫層，屋內沒開燈，有點悶熱，暖氣燒得不錯。我環視四周，發現屋子的格局跟我以前租住的很接近，進屋是客廳，南面兩間臥室，一大一小，雙陽朝向，北面是廚房和陽臺，戶型不算規矩，住起來倒也合理。喝完一罐酒，我站起身來，想去跟程曉靜聊上幾句，問問在天津住得是否習慣，房子是租的還是買的，價格大概多少，剛出房門，一陣猛烈的咳嗽聲從旁邊臥室裡傳來，我嚇了一跳，沒料到屋裡還有別人，誰也沒提過。我將那間房門推開一道縫，室內光線昏暗，窗簾拉開一半，門邊是洗漱鐵架，上面擺著紅色臉盆，掛著毛巾，底下是幾塊肥皂，一張單人床佔去大部分空間，有位乾瘦的老人正躺在床上，眼窩深陷，顴骨突出，身體不斷起伏著，呼吸得相當吃力，他也發現了我，將頭偏過來，目光垂向門邊，我只好再推開一些，朝他點頭問候，老人面無表情，嘴唇緊閉，忍著咳嗽兩聲，茫然地看看我，又將眼睛闔上。

我靠在陽臺的門框上，向後比劃手勢，問程曉靜說，那是誰啊？程曉靜正在炒蒜薹，剛把肉片下到鍋裡，油花四濺，跟我說，剛才沒顧得上，忘跟你說了，馬興他爸，跟我們一起住呢。我說，啥情況。程曉靜說，病了兩年，也沒別的親戚，就這一個兒子，只能我們來管。我說，你倆都上班，白天可咋辦？程曉靜說，請了個保姆，也住附近，今天我回來得早，就讓她先走了。我說，之前沒聽你們說。程曉靜說，這事兒有啥可講的，誰都指不上。我說，老人身體如何？得吃藥吧。程曉靜說，租房三千多，保姆兩千，治病能報銷一部分，自己也得花一些，算上日常開銷，每個月我倆也剩不下來什麼錢。我問，意識清醒不？程曉靜說，能聽明白話兒，但是說不出來，別看癱瘓在床，脾氣還挺倔，保姆餵飯從來不吃，也不許別人換洗，天天就等著馬興回來，能喝小半碗粥。我說，不容易啊。程曉靜說，我倒沒啥，馬興多孝啊，誰能跟他比，反正他自己也樂意，媽沒了，就剩一個爸，老跟我說，只要還有口氣兒喘，那就得全心全意伺候，你說我倆這日子，都不知道給誰過的，孩子也不敢要。我說，這沒辦法，都得趕上，生老病死，迴避不了。程曉靜說，你女兒多大了現在？我總去翻你發的照片，長得可真逗。我說，馬上兩歲。程曉靜說，會說話了吧。我說，會，都能組詞造句了，但跟我不親，態度不友好，就願意跟媽在一起。程曉靜說，女兒嘛，小時候都這樣，將來就好了，肯定還是向著爸，這我可有經驗，你別著急啊。

程曉靜做了四個菜，孜然羊肉，清炒西蘭花，肉片蒜薹，花菇燉雞，加上一盤切好的熟食，一盤拍黃瓜，湊滿一桌。我開紅酒時，馬興正好進屋，先給我來了個擁抱，雙手掐著我的肩膀說，說，這些年了，你也沒啥變化，跟上學時一樣，挺好。我說，心態還可以，得失隨緣，心無增減，愛咋咋的[21]。馬興說，文廟沒白去，受教育了，有效果。程曉靜說，還去文廟了，不早點過來。我說，主要是路過，也算逛個景點兒。馬興說，你看我，有啥變化沒？我退後一步，盯著馬興，好像比前些年更黑一些，也更瘦，眼睛依舊有神，我說，沒變化，更立整了。馬興對程曉靜說，你聽聽，多麼客觀，總說我見老，我現在的同事，平均年齡比我小十歲，每天跟年輕人在一起，很受鼓舞。程曉靜說，開飯吧，給你爸的粥熬好了，在小鍋裡，你看這幾道菜，他是不是也能吃一些。馬興低頭掃了一圈，轉身去廚房取來勺子和鐵碗，夾了一塊雞肉，兩塊西蘭花，細細搗碎，跟我說道，我先進去餵我爸，他只認我，別人誰都不行，完後咱倆好好喝。我趕緊說，你先忙，我這邊不用你陪。

程曉靜給自己倒上半杯酒，跟我碰了一下，問我說，哪個菜好吃啊？我說，都好，挺長時間沒吃家裡的飯了。程曉靜說，再忙也不能不回家吧。我說，也不是忙，就是有

21　想怎樣就怎樣。

時願意自己一個人待著，想點事情，其實也說不清是在想啥。程曉靜說，這樣不好，長此以往，兩口子的感情都生分了。我說，不至於吧。程曉靜說，聽你語氣，都覺得心虛。我換了個話題，問她說，最近有沒有回瀋陽。程曉靜說，前年春節回去過一次，不太高興，我爸和我媽不早就離了嗎？各自又都找人兒了，搭夥過呢，所以我就是多餘的，在哪邊待著都不合適，感覺是在破壞別人家的團圓氛圍，他倆都跟我說，只要我好就行，也不圖我啥，你聽這話說的，就好像我要圖他們什麼似的，回來之後，越想越來氣，去年和今年就都沒回去，打電話拜個年，寄了點東西，就算完事兒，以前的同學朋友也很少聯繫，不是帶孩子，就是在生孩子，還有打官司鬧離婚的，沒工夫搭理我。我說，都是這麼個情況，人到中年，萬事無解。程曉靜給我盛了半碗雞湯，說道，我看你這兩年過得不錯，風生水起，小說集我也買了，不過還沒看完。我說，寫得不好，隨便翻翻，下一本送你們，這次忘了。程曉靜說，應該支持的，對了，你還記得小飛嗎？我沒想起來，問道，哪個小飛啊？程曉靜說，也是以前論壇裡的，愛聽金屬樂，撫順人，跟你挺像，也給音樂雜誌寫過文章，後來跟我同年去的北京，開始還一起合租來著，他現在自己開公司了，搞科技的，具體不懂，規模不小，融資好幾輪，特別厲害。我說，一點兒印象都沒。程曉靜說，有次喝多，你倆還打過一架，不知道因為什麼，給我嚇哭了都，後來你就不在論壇裡玩了。我說，想起來了，東北大學的那個吧？學計算機，我記得他當年追過妳啊。

這時候，馬興端著碗從屋裡走出來，跟我倆說，又嘮小飛呢。我說，是，她要不提，我都忘了這個人了。馬興說，一碼歸一碼，小飛的人品，肯定是不行，但腦子確實夠用。程曉靜說，人品為啥不行？馬興說，他行，那你跟他過唄，我也不攔著。程曉靜放下筷子，說道，你講點理，好不。我說，扯遠了，馬興，快過來喝酒，等半天了，你追一追進度。

馬興將餐具洗好，仔細擦淨，晾在窗臺上，在我旁邊坐了下來，沒有講話，先夾幾口菜，又端起酒杯跟我碰，歡迎我來做客，緊接著，那只玻璃杯在半空裡停留幾秒，劃過一道曲線，敲了敲程曉靜的酒杯，再一飲而盡。程曉靜盯著他，說道，慢點喝啊你倆，也不是外人。

我與馬興將紅酒迅速喝光，又換成啤的，三口一罐，不用杯子，也不就菜，全靠感情，酒下得很順，不到兩個小時，一箱見底。馬興有點醉，情緒亢奮，一直在談著自己的新工作，翻來覆去，我裝作專注，其實興趣不大。程曉靜聽得直犯睏，連打幾個哈欠，跟我們說，她先去收拾廚房，好久沒做飯，搞得一片狼藉。客廳內只剩下我和馬興，他低著頭，眼神發直，前後搖晃，拍拍我的大腿，拉長聲音說道，兄弟啊。我說，聽著呢。馬興說，你不知道，我現在對很多事情，都無所謂，看得很開，除了我爸。我說，能理解。馬興獨飲一大口，舌頭有點捋不直，聲音含混，繼續說道，都以為我爸啥也不知道，他心裡一清二楚，就是不愛講，跟誰也說不上，每天晚上，我進去餵他時，他悄悄跟我嘮幾句，你信不信，這些程曉靜都不知道。我說，那我信。馬興說，比如，昨天問我，還記不記得在錦州時，有一年剛入冬，突發奇想，想帶你媽和你去滑冰，結果冰場還沒營業，正在澆灌，三個罐車拉過來的開水，幾個工作人員接上膠皮管子，穿著雨靴，站在場地裡來回放，那天特別冷，白霧一陣陣地往外冒，滾落在腳底下，咱仨就在旁邊看著，死把著柵欄，騰雲駕霧似的，很怕會飛起來，冰沒滑上，但也不錯，是個好景兒，一般人沒見識過，晚上回來你就發燒了，折騰好幾天，你媽給我好一頓罵，我有點想你媽了，你媽這人挺好，我以前有時候不知道珍惜，總愛鬧她，也不為啥，一種慣性，過日子就是這樣，不鬧沒意思，現在有點悔，這話也只能跟你說，千萬別告訴你媽，沒必要。我捏著空的易拉罐，低頭四處找酒。馬興繼續說，可我媽都沒了六年了，我跟誰說去。我說，節哀。他說，剛才我跟我爸說，今天有重要客人來，他就跟我講，瀋陽來的吧？我說對，他說，一般人你也不能往家裡招。實際上他都有數，然後說，自己不能亂咳嗽，必須憋住，嚴肅一輩子，不差這一陣兒，少吃幾口，喝點稀的，嗓子就鬆快點兒。我說，馬興，還有酒沒？馬興說，我爸還說，他今天躺在床上，想起一個事情，不知如何是好，我也跟你說說，你幫著參謀參謀。我說，好，酒沒了。馬興走向廚房，隔著玻璃拉門，跟程曉靜說，沒酒了，幫我們再買幾罐，要涼的。我在這邊喊，不喝也行，馬興，差不多了。馬興擺擺手，說，還沒到位。程曉靜沒說話，用圍裙擦乾雙手，散著頭髮，披件羽絨服，穿鞋下樓，一氣呵成。

我說，馬興，再往下喝，程曉靜該不樂意了。馬興說，不用管她，我方便一下，回來再戰。馬興起身上了個廁所，扭頭問我幾點了，我說九點過一刻，馬興說，到時間了，我得去給我爸換一下底下的，再翻個身，不然要生褥瘡，那可太遭罪了。我說，走，我去幫你。馬興把我按回到椅子上，說，你好好歇著，等酒，我天天幹這個，三下五除二。馬興回到屋內，將門輕輕帶上，彷彿進入洞穴之中，與外面的世界隔絕開來，聽不到任何聲響。我來到樓道裡，點了根菸，心裡想著，抽完這根，也該回去了，趁著還不太晚，再往下喝，局面不好控制。晚風從走廊的窗戶裡鑽進來，我打了個冷顫，猛吸兩口，聽見下面有隱約的腳步聲，緩慢而沉重，像是一隻被放逐的巨獸，如約而至，夜夜將我逼迫。

程曉靜走上來時，我剛點著第二根，她問我，馬興呢？我說，在屋裡伺候他爸。她點點頭，進屋將酒放在鞋架上，又掩上門，轉身來到樓道裡，瞪大眼睛，笑著看我，彷彿帶著巨大的熱情，卻無話可說，笑容也很快收回去。感應燈滅掉，在黑暗裡，她輕聲問我，你抽的是什麼菸啊？我說，利群，來一根。她說，我哪會，你也不是不知道。我說，嗯。她說，給我看一看。我掏兜取出菸盒，向她遞過去，她跺了跺腳，燈光亮起來，翻看幾次，又拋還給我。我一下子沒接住，菸盒掉在地上，我們看著對方，都沒去撿。直到燈光重新滅掉，在黑暗裡，巨獸來臨，就地生長，變為一株柏樹或者一束百合，根系向下，汲取養分，朝著我伸出葉片與花瓣來。我把菸熄滅，咳嗽一聲，跟她說，到量了，就等你回來告個別，我準備回去了，明早還要趕火車。程曉靜長舒一口氣，說道，那好，下次再聚，我讓他送你。我們一起回到屋裡，她對著另一間房門輕敲幾下，沒有回應，輕輕將之推開，然後轉身看我，忽閃著眼睛，搖了搖頭，一臉無奈。我走到門邊，看見馬興正蜷在床尾，如嬰兒一般，縮緊身體，面向父親，無聲無息地睡著了。

出租車剛開不久，我接到程曉靜的電話，問我在哪裡，有沒有到賓館，我說，放心，還在車上，沒喝醉，到了告訴你們。程曉靜說，那就好，明天一路順風。我說，沒問題，你們什麼時候回瀋陽，隨時喊我。程曉靜沒有說話，我聽到對面聲音嘈雜，有極大的風聲，便問她在哪裡。她說，在樓下扔垃圾，順便散步。我說，都幾點了，外面冷，妳也早些休息。程曉靜頓了一下，輕聲說道，我過去找你方便嗎？再說說話。我說，什麼情況？程曉靜說，剛才馬興醒了，見你不在，跟我吵了幾句，莫名其妙，我就出來了，想自己待一會兒，實在不愛上樓。我說，早點回去吧，省得馬興擔心，他喝多了，你也別計較。程曉靜說，你住楊柳青那邊，沒錯吧，你的菸還在我這兒，我現在上車了。

我給程曉靜發去地址，買了兩瓶飲料，坐在賓館大堂裡等待，心緒頗不寧靜，想著要不要告訴馬興一聲，但這話怎麼講，好像都不合適。正在猶豫之際，程曉靜推動轉門，跟我揮手打招呼，勉強露出一點笑容。她坐在我的對面，也不說話，眼圈發紅，低頭看著手機，我擰開瓶蓋，將飲料遞過去，跟她說，互讓一步，都不至於。程曉靜嘆息道，有很多事情，你都不知道。我說，那是一定的，過日子就是這樣，現在這個局面，我很為難，本來想著多年未見，跟你們聚一聚，結果添這麼大的麻煩。程曉靜說，跟你沒關係的。我不知道該說些什麼，便拿起手機，繼續給劉婷婷寫那條很長的訊息。過了一會兒，程曉靜的一隻手拄在下巴上，另一隻將手機舉在面前，開始看影片，外放音量很大，我聽出來，是前幾天演講的實況錄像，我在螢幕上登臺發言，溫馴自如，滴水不漏，如一片虛構的風景。我聽見自己的聲音在大堂裡迴盪，逐字逐句，凝為更廣闊的靜寂。我跟程曉靜說，別看了吧，難為情，我們再聊一會兒，可以去我房間，或者去河邊走幾圈，然後我送妳回去。程曉靜望了我一眼，將手機收起來，跟我說，講得不錯的，我們出去走走吧。

河水在夜晚醒來，風使其舒展，倒影在深處激蕩，向著四周喧囂傾瀉，走在橋上時，我忽然心生感動，彷彿我和她是兩顆緩緩冷卻的行星，經歷漫長的旅程，徒勞無望，最終在此擱淺。程曉靜靠著橋欄，抬起臉龐問我，你有沒有想像過另一種生活？我說，我正在小說裡度過另一種生活。程曉靜說，我睡到半夜時，總會驚醒，睜開眼睛，看著周圍的一切，陷入恍惚，想不起自己到底是誰，身在何處，那種感覺你知道吧，就是無論什麼理由，都沒辦法解釋。我說，也許不需要解釋，不妨再把眼睛閉上。程曉靜說，我就是這樣做的，閉上眼睛，深吸一口氣，想想那些無關緊要的事情，就能長出來一對翅膀，在黑暗裡飛行，經過許多熟悉的場景，雖然一個也看不清楚。

偶爾有人在我們面前經過，我決定換個話題，跟程曉靜說，來，我們玩個遊戲，為這些路人編一點故事，比如剛過去的那位，也許今年四十歲，有過婚史，目前獨身一人，剛剛回國，之前十多年裡，一直在愛爾蘭打黑工，與許多流放者共同吃住，條件艱苦，他在街上遭遇過槍擊與搶劫，也在午間聆聽過異鄉的聖詩，閱歷豐富，卻沒愛上過任何一個女人，由於語言不通，他平日極少說話，直到有一天，不經意間，他想起一首歌，或者只是其中一段的旋律，可能在年輕時，曾聽一位女孩唱過，數年過去，他只記得幾個小節，反覆哼唱，怎麼也想不起歌詞，他鼓起勇氣，問詢幾位同鄉，並小心翼翼為其演唱，仍無人知曉，那些音符從他的口中哼出來後，與記憶大相徑庭，他自覺挫敗，輾轉反側，夜不能寐，十分痛苦，好像找不到答案就無法繼續生活下去，最後決定收拾行李回國，他沒有朋友，也不知道應該待在哪裡，只能每天到處走一走，在橋底，在街上，在隧道裡，期待有人會忽然唱起這首歌來，這樣的話，他就很滿足了，甚至不需要知道這首歌的名字。程曉靜聽後笑了起來，說，一個典型的屬你的故事。我說，現在輪到你了。程曉靜說，我可不會。我說，沒關係，我來幫你。程曉靜說，怎麼做啊？我說，下一個經過我們的，你猜會是什麼樣的人。程曉靜想了想，說，也許是有點缺陷的人。我說，瘸腿、失明或者聾啞，選一個。程曉靜說，失明。我說，好，先天失明。程曉靜說，不是，因為一次事故導致。我說，也行，事故發生時，他多大年紀。程曉靜說，十五歲。我說，那他記得一些事情。程曉靜說，對，但這些記憶，正在一點一點消失，無法挽留。我說，夜晚，一位正在遺失記憶的盲人，獨自來到河邊。程曉靜說，沒錯。我說，他為何來到這裡？一，散步，二，跳河，三，迷路。程曉靜說，迷路吧，我心沒那麼狠。我說，那麼我覺得，也許是與愛人吵架，負氣出走，迷失在河邊，但不想向任何人問路，要講清楚來龍去脈，實在太複雜了，他寧願選擇沉默，並且繼續這樣走下去，隨處都是盡頭。程曉靜說，對，愛人今晚跟他說，我無法再跟你一起生活，沒有理由，我這麼編是不是不好？我說，沒有好與不好，他想不清楚這個問題。程曉靜說，不，他清清楚楚，只是不太能接受，短時間內。我說，經過我們之後，他向深處走去，手杖劃過河水，像一柄船槳。程曉靜說，不行，那還是跳河，他得在我面前停駐片刻。我說，然後呢。程曉靜說，聽我說說那些無關緊要的事情啊，也許就會好一點。說到這裡，我提了一下衣領，轉過頭來，看著程曉靜的側臉，有點想吻過去，只一瞬間，便打消了這個念頭。

我擺擺手，走下橋去，背對著大路，找到一棵樹，對著它撒了一泡很長的尿。程曉靜輕聲唱起歌來，斷斷續續，淹沒在水浪裡。我想起多年之前，認識劉曉羽的那個夜晚，在昏暗的包間裡，她也唱過這首歌，為什麼我認識的所有人，在某一時刻，都像是同一個人呢？那天後半夜，我和劉曉羽睡醒後，又喝了半箱啤酒，互相敬獻對方，她唱歌時，顯得有點笨拙，跟不上字幕，總慢半拍，眼睛瞪得比螢幕還亮，可愛極了。我放下啤酒，從身後抱過去，下巴搭在肩膀上，被她的頭髮蟄得很癢。我說，妳住哪裡，沒地方去的話，跟我回去。劉曉羽嘻嘻地笑起來，半轉過頭，跟我說，我就住這兒啊，是你沒地方去，來到了我這裡。

我一邊接起劉婷婷的電話，一邊往回走，程曉靜立在橋側，攔住一輛車，捋幾下頭髮，衝我揮手，上車離去。在電話裡，我對劉婷婷說，你猜我今天見到誰了？劉婷婷說，女兒又燒起來了，這幾天醫院患者太多，估計是交叉感染，病情有所反覆。我說，我明天回去，中午就到。劉婷婷說，那就好，她很想你，夢裡還一直喊著爸爸。我說，我也想她。劉婷婷說，記得帶禮物，隨便什麼都行，她很好哄的，你知道。我說，知道。劉婷婷說，你剛才說你今天見到誰了？我說，一位朋友，估計妳記不得了，回去再說。劉婷婷說，好。

我回到房間，將窗戶掀開一角，冷風吹入，我向外望去，一輛車正停在不遠處，街燈昏暗，但不難認出，從車上下來的是程曉靜，她抱緊雙臂，走到街旁，來回張望，不知道在等待著什麼。道路沉寂，堤壩緩緩睡去，她走去岸邊，倚在欄杆上，橋上無人，河水在其身後流淌。我又聽見一陣低沉的腳步聲，自身體的內部生成，集作一束，像是一位陌生的旅人，穿過夜晚與風暴，拾級而上，向我走來。我不知所措，無處可躲，只好閉上眼睛，想著生命中的某些命題：寒冷，巨獸，血液，虛構。我能感覺得到，一雙無比堅硬的羽翅，正在脊背上隱隱掙脫。

凌空

我無法平息，只得躺倒在地，太陽曬在身上，真暖和啊，舒服極了，我感覺自己正不斷上升，超越樹木、聲音與風，倏然加速，凌入空中。

頭天晚上，沈曉彤喊我去她家，我以為有啥好事兒，結果是打麻將，三缺一，另外倆男的我都不認識，來了又不好走，硬著頭皮玩半宿，五毛錢一個子兒，上不封頂，我輸三百多，點子也是背。算完帳後，正準備離開，沈曉彤讓我再陪她待會兒，我把穿好的外套又脫了下來，開始收拾屋子，將滿地的菸灰掃成一堆，開窗透氣時，忽然覺得後背僵硬，頸椎生疼，便倒在床上，一動不動。沈曉彤洗完拖布，用手機放歌兒，跟我並排躺著，問道，你找對象沒？我說，沒。沈曉彤說，還等我呢。我說，想得挺美。沈曉彤說，我也不是不喜歡你，但是翻來覆去地折騰這麼幾次，實在是怕了，過意不去，我現在對所有男的都一個態度，沒有感覺。我說，能理解。沈曉彤說，愛的時候，怎麼都行，不愛的時候，說什麼都沒用，咱們還是好朋友，是不是，你要是有對象了，我替你高興。這幾句話直接把我幹沒電了，心思全無，起身告辭，沈曉彤瞇起了眼睛，不再講話。

感情好像也有慣性，分手一年多，只要她一喊，我還像個跟屁蟲似的，連忙奔過去，也不知道自己是要圖點啥，要說喜歡，真不至於，有時候想想都犯噁心，但要說一點感情也沒有，那我這到底是在跟誰較勁呢？

隔天中午，孟凡讓我給她唱歌的時候，我還在想這個事情。孟凡說，隨便來幾句。我說我五音不全，張不開嘴。她說，那你哼個調兒也行。我想起昨天晚上沈曉彤放的那首歌，就開始給她唱，第一段還沒結束，孟凡跟我說，你快別唱了，我都要聽吐了。

我平復一下心緒，跟孟凡說，你往下去一個臺階，再高一些，那咱就正好，不然我還得踮腳兒，費勁。孟凡轉頭看我一眼，幾縷頭髮垂下來，半遮著臉龐，我想伸手撩開，她卻往旁邊一閃，向下邁步，先是左腳，然後右腳，向內扣著走，沒辦法，確實拘束，內褲勾在膝蓋上，像一道手銬，穩穩鎖緊。她的下身微微抬高，朝向我，我挺直腰板，向前衝刺，但沒對準，她輕輕地叫了一聲，哎呀，像一隻嘆氣的小動物，我有點焦躁，捅咕半天，也還是沒進去，越著急越不行。孟凡問我，又咋的了？我說，不知道，有點疲軟，可能是太緊張了，這種場合，頭一次。孟凡說，不行我就回去了。我說，別啊，要不你刺激我一下。孟凡說，我給你個大嘴巴子，能行不？我說，妳給我講講余林，你們怎麼平時都怎麼做，他這方面咋樣，跟我有過比較沒，仔細說一說，我聽聽這個，或許能行。孟凡說，你煩人不？我說，講一講，講一講。孟凡說，先下後上。我說，坐公交車呢，還挺有禮貌。孟凡笑出聲來，直起身子，把內褲往上提，想要離開。我連忙攔住，說，別啊，妳平時咋叫喚的，模擬一下，我覺得我快要行了。孟凡臉色一沉，說道，我從來不叫。

感應燈滅掉，有那麼幾秒，我們都沒說話，樓道安靜，只能聽見彼此的呼吸，那一點點溫熱，在黑暗裡回流，蕩漾，旋開。孟凡轉過身來，向我貼近，氣息柔軟，像一股泉水，不斷地澆灌，先是下面，再盤旋向上，我滿頭是汗，呼吸急促，彷彿被未知之物所推擁、纏繞、攫取，周身僵住，無法動彈，只想投入其中，與之融為一體。隱約間，我聽見外面商場放的背景音樂，調兒好聽，名字想不起來，那些音符從門縫裡擠過來，如一顆顆星星，於樓梯上來回跳躍，落在臺階上，一眨一眨地閃，我彷彿置身星河之間，搖搖欲墜，等待一道光，指引我進入湍急的深處。

我在櫃檯裡等了二十來分鐘，菸抽了兩根，孟凡才回來，走得不快不慢，氣定神閒，頭髮重新梳過，還補了妝，看著好像什麼也沒發生過，雙眼向兩側掃去，像一位監考教師，深情莊嚴，不可侵犯。我對她說，誰瞅你啊，還化個妝，挺老大個商場，一天也看不見幾個顧客。孟凡說，你知道個屁，我這是對自己有要求，上了妝，就是進入工作狀態，精心準備，熱情服務，笑臉迎賓，禮貌待客，跟你似的呢，衣服都穿不立整。我說，我又咋了？孟凡說，自己合計。我說，我合計我自己挺好。孟凡說，那你就繼續好，給我帶的是啥？我說，一葷一素一麵，豌雜麵，口水雞，裸體木耳。孟凡一邊拆包裝袋，一邊問，你最後說的是啥？我說，裸體木耳，木耳沾辣根，我雇的廚師總這麼叫，跟他學的。孟凡哈哈大笑，然後說，你告他下次給木耳穿上點兒，別他媽感冒了，再給我傳染上。

孟凡吃飯特別怪，講究次序，從小就是，一樣一樣吃，拆一盒吃一盒，飯和菜分開，不知道誰養成的毛病，這點我說過好幾次，依舊我行我素，最後口水雞剩下大半，告訴我吃不下了，太辣。我點點頭，說，不吃放那兒，等會兒我帶回去，翻新一下，接著賣。然後點上菸，遞到她嘴裡，又給自己點上一根，抽了兩口，往餐盒裡撣灰。我問她，最近買賣咋樣？孟凡說，不好，有時一天都開不了張，這樓要廢，誰家都不行，三好街要完蛋操。我說，經濟形勢不行，辦公用品肯定就賣得不好，你看大街上，那一個個的，兜比臉乾淨，分兒逼沒有，還辦雞毛公啊。孟凡說，你那邊咋樣？我說，湊合，一天能賣幾十碗，但幹餐飲太累，也沒個禮拜天，不得休息，辛苦錢兒，意思不大。孟凡說，對付幹唄，我這以後還不知道咋整，櫃檯年底到期。我說，你最近去看你爸沒？孟凡說，沒去，看他幹啥。我說，也不知道我叔過得咋樣。孟凡說，過啥樣都是自己選的，我攔不住，也管不了，我提前警告你，別跟著瞎摻和啊。

抽完菸，我拉了一下孟凡的手，跟她告別，從三樓往下走，整層零散、紛亂，毫無規矩，滿地菸頭、紙殼與碎屑，根本沒人收拾，像一個巨大的庫房，只有幾個賣家縮在櫃檯裡，或坐或臥，姿勢隨意，看著都要活不起了。我站在滾梯上，靜止幾秒，結果它也沒動，只好自己一步一步往下走，樓下有人在聽半導體，聲音很大，好像正在播報路況，青年大街擁堵嚴重，東西快速幹道行駛緩慢，三個信號燈方可通行。我走到門口，雙手推開門簾，午後的太陽過分明亮，照得讓人睜不開眼。我轉進一條幽僻的側路，盡量沿著牆走，躲在傾斜的陰影裡，一隻鳥叫了兩聲，清脆好聽，從我的身後飛到前面。我忽然想起我爸，小時候有一次，我倆在河邊釣魚，到傍晚時，本來都收竿要走了，又聽見幾聲鳥叫，也不知道是什麼品種，特別好聽，唱歌似的，優雅，婉轉，我爸說聽著像毛阿敏，這動靜好，能把許多東西串在一起，讓人合計半天。我倆就抬頭看鳥，找了很久，一無所獲，於是就又坐在河邊等，還想聽兩聲，結果直到天完全黑下來，也沒再聽到，池塘裡的魚不斷躍出水面。

我回到店裡，身後跟進來兩位客人，一男一女，風塵僕僕，拖著大號旅行袋。廚師橫躺在椅子上睡覺，呼嚕震天，我給他踹醒，說，來人兒了，下麵條去。然後跟兩位客人說，您好，請到吧檯點餐。男的沒動地方，跟我說，你這裡有沒有溫水，先來一杯。我走過去，拎了拎暖壺，空的，估計都讓廚師泡茶了，說，暫時沒有，不急的話，現給您燒一壺。他說，那我喝不到嘴兒，燙得慌。我說，也有礦泉水，兩元。他說，我不能碰涼的。我心裡不滿，琢磨著你這是來事兒了啊，但嘴上沒表露，嚥口吐沫，跟他說，那暫時沒有。他說，啥飯店啊，溫水都沒有。我想罵幾句，又一想還是算了，和氣生財，深呼吸幾口，調整好心態，跟他說，抱歉，要不您到別人家去看看。他嘟囔一句，怎麼我喝個水就這麼費勁嗎，現在這小飯店就是不行，不規範，不人性化，服務不周全。我沒搭理他，靜默幾秒後，男的拉著女的出門走掉，我跟著出去，站在門口，看見他倆拐進旁邊的自選麻辣燙，越合計越來氣，餐飲這行業就這樣，利潤低不說，起早貪黑，還得受氣，誰花個十來塊錢都能批評我一頓，平均每天有三點五個顧客批評我家的重慶小麵做得不好，非常直言不諱，說底料不對，辣椒油不香，不是鹼水麵，我都一聽一過，不往心裡去，瞅你那樣吧，能吃出啥正不正宗啊，重慶長啥樣知道嗎？我都不知道。

這份重慶小麵的配方技術，是我特意花兩千五百塊錢去哈爾濱道裡區學來的，製作流程相當複雜。當時吃住都在培訓機構，我在那邊待了整整一週，由當地餐飲名廚一對八教學，歷經日夜訓練，苦是真沒少吃，出師之後，我自認為對火候和成本控制都有獨到見解，回到瀋陽，登門拜訪數位東北川菜名廚，反覆試煉研製，嚴選材料，精巧配比，用二荊條、小米辣、朝天椒和朝鮮辣椒面共同熬製底油，不惜時力，從而使味道更勝一籌，臻於完美，前調中調後調，極有層次，豐富繁雜，均勻和諧，但也沒什麼用，一般人都吃不出來。說實話，我挺灰心的。

廚師從屋裡出來，問我，人走了啊？我說，走了。廚師說，麵都下鍋了。我說，人家也沒點單，你下雞毛麵啊。廚師說，不按套路出牌啊，你應該給按住，讓他們把帳先結了，我煮了兩碗的量呢，這可咋整，要不我撈出來吧。我說，你自己吃吧。廚師說，咋還吃麵條啊，我這一天三頓了，營養不均衡。我說，不吃你給我，我倒下水道裡。廚師說，那不浪費嗎，做買賣不能這樣。我說，你教育我有癮是咋的？廚師說，兄弟，你這人啊，啥都好，咋就不會好好說話呢，火氣太大，早晚要吃虧。我說，來，你告我，上哪我能學習好好說話，我報個班，花點錢也行。廚師把毛巾往肩膀上一搭，擺一副臭臉，轉身回到廚房裡。

自從開上飯店，我的情緒就不太穩定，原來計劃得太完美，半年突出重圍，一年鶴立雞群，三年至少開設二十家連鎖店，結果完全不如所想，一步一個坎兒，時常措手不及，工商稅務消防，各種手續不說，光是雇這個煮麵的廚師，我都找了將近一個月，價給得低，都不愛來，給高了，成本又合不上。現在雇的廚師是沈曉彤的老舅，介紹時說是粵菜名廚，榮歸東北，結果涼菜都拌不明白，我一個月給開四千塊錢，還在附近租了個房子，絕對算是仁至義盡。其實我一直看不上他老舅，身上毛病太多，廢話層出不窮，總愛管我要菸抽，一拿好幾根，天天吵著累，營養跟不上，很招人煩，但這店目前還離不了他，他一走，我自己更忙不過來，只能忍氣吞聲，盡可量往好歸攏。我都想好了，等我把兌店的錢賺回來，立馬轉讓出去，到時候要是還有心情，再打他一頓，消消氣，放鬆一下身心，反正我跟沈曉彤也沒啥指望，正好做個了斷。之前我一直在單位上班，沒吃過啥苦，現在才知道，買賣可不是隨便誰都能幹的。

中午還有些顧客，晚上是真不行，都回家裡吃了，麵館沒生意。我待到八點鐘，有點坐不住，便拉起捲簾門，開始往回走，經過橋上時，下了點雨，我扶著欄杆向下望，河水覆蓋著一層薄霧，樓群的燈光映在上面，寡淡而曲折，形態有著細微的變化。遠處是樹，正值繁盛，風一吹過，便倒伏在葉片中央，夏天快要來了，我想起上學時曾寫過的一句詩：一天的尾聲只是個空缺而遠非終結。

這句當年是寫給沈曉彤的，大學四年，我追她三年半，套路用盡，無動於衷，正要放棄的時候，突然答應跟我處，我高興壞了，功夫不負有心人，上天眷顧。後來問其原因，告訴我說，以前對象在國外有新女友了，倆人本來約好，等他畢業回國，就去領證結婚，然後帶她移居海外，現在計劃泡湯，落得一場空，我心裡有點不是滋味，總覺得是個隱疾，但也不好講啥，只是百般呵護，希望用我的真心慢慢感化，可還沒到半年，就又跑了，跟我說，咱倆實在不合適。我整不明白，問她，到底哪不合適？她說，不是一類人。我說，妳是哪類，我又是哪類，妳細緻點兒說，我有時間。她說，啊，我以前對象回來了。我當時痛苦極了，老想跟她同歸於盡，花了很長時間平復，剛好一點，她又打來電話跟我哭了一通，說，以前對象在外國結婚了，回來只是度個假，壓根兒沒找她，現在假期也結束了。沈曉彤問，你還愛我不？還沒我等回答，她又搶著說，我知道我不配得到你的愛了，可我們還是好朋友，對吧？有時間的話，過來陪陪我，好嗎？打會兒麻將也行啊。

禮拜六，我從飯店打包幾個涼菜，背著三瓶白酒，坐上公交車去看我叔，沒記錯的話，他今天過生日。有那麼幾年，每逢這個時候，他總來家裡跟我爸喝酒，拌兩個涼菜，車軲轆話兒來回嘮，一喝大半夜，離了歪斜，回不去家，給我媽煩夠嗆。自打我爸走後，他就沒再來過，這兩年一到這時候，我還有點想他，人都有這毛病，說不明白是咋回事。

半年之前，我去看過我叔一次，單位在城郊，挺隱蔽，不太好找，這回我還是沒找對地方，廠子太大，到處荒草，罕有人跡，我給他打電話，響好幾聲也沒接，神神叨叨，不知道一天在幹啥。我坐在馬路邊上吹風，很多卡車開過去，載著重物，震得地面直顫，我手裡的菸也有點夾不住，落了一褲子灰。十來分鐘後，我叔給我回過來電話，問我啥事兒，我說沒事，來看看你，到這邊了，找不到具體位置。他說，你在哪呢？我說，我也不知道這是哪，走了二里地，大門都沒找到。他說，大門拆了，就前幾天，違章建築。我說，那我咋辦？他說，附近有啥標誌物。我說，啥也沒有，旁邊兩棵樹，一棵禿了，另一棵也禿了，身後是雜草，半人多高，再後面是牆，一股尿騷味兒。他說，你這樣，往前走十米，再轉過身，看看牆上有沒有東西。我起身向前，照他說的辦，走到對面，回頭看牆，盯了半天，說，啥也沒有，就幾個模糊的字兒，標語口號。他問我，具體啥字，哪一條？我說，看不太清，精神病什麼玩意，然後是，辦法總比困難多。他說，那我知道了，你站那別動，在難字底下等我。我說，叔，我挑個別的字行不，不太吉利。他又補一句，不是精神病，前半句是，只要精神不滑坡，你那文化呢？還念過大學的呢。

我叔騎著自行車過來的，長袖襯衫，戴個前進帽，也不嫌熱，到我近前，單腳點地，沒下車，問我，手裡拎的是啥。我說，好賀兒，你是今天過生日不？來瞅一眼。他說，瞅我幹啥，瞻仰遺容啊。我說，想跟你喝點酒，咱往哪邊去。他說，你上來吧，坐我後面。我說，我都多大了，自己走，你馱不動我。他說，你多大啊，小逼崽子，趕緊上來，道兒遠，騎車還得好幾分鐘。他往前溜了兩步，我跟在後面助跑，摟著我叔的腰，躍上後座，又一輛卡車從我們身邊開過去，揚起塵土，自行車搖搖晃晃。他說，廢物不？我說，啥？他說，找個地方都找不到，你說你幹啥能行，跟你爸一樣。我說，我幹啥都不行，行了吧，就你行。他頓了一下，然後說，咋的啊，跟叔還來勁兒了。我沒說話。他說，別不說話，有意見提。我說，我能有啥意見，剛才車一過去，土太大，有點迷眼睛。

廠子基本黃了，只留幾個打更的，每天搬個板凳，瞪著上銹的設備，真不明白這東西有啥好守著的，誰能偷走咋的，白給我都不要。我叔指著那堆廢鐵說，經濟滑坡啊。我說，那對。我叔說，原來幾百個工人，現在都遣散了。我說，政策不行。我叔說，像你明白似的。我說，明白，主要賴我，行不？反正咋嘮都是我不對。

我倆坐在收發室門口喝酒，菜擺在地上，列成一隊，看著頗有氣勢，我叔愛吃烀的花生米，一把四粒兒紅，一口小白酒，滋溜滋溜，喝得挺快，風采不減當年。我攆不上進度，沒話找話。我叔問我，這幾個菜，得多少錢？我說，不花錢。他說，賒來的啊？我說，不是，我開的飯店。他說，你不在出版社上班呢麼，開啥飯店，學歷白瞎了。我說，我也不想啊，單位鬧轉制，開不出工資，半死不活，不走不行了。他說，賠你錢沒？我說，賠仨月工資，之前攢點兒，又從我媽那借點兒，開個小飯店，維持生活，總不能啥也不幹。他說，買賣可不好做。我說，累點兒，對付著能活。他說，黃了再找別的唄，開啥飯店，你爸要知道這事兒，肯定得跟你上火。我說，上啥火，過兩天我多給他燒點兒。他又喝一大口，問我，想你爸不？我說，不想。他說，作夢啥的呢？我說，我不作夢。

喝到晚上八點多，我有點大[22]，問他，叔，法院判沒呢？他說，判個屁，我都沒起訴，之前那麼說，主要是給小凡聽，你可別給我說漏了，馬淑芬自己帶個孩子，那兒子也不立事，不容易，咱不能那麼幹，畢竟有過一段感情，願意住就住著唄，我無所謂。我說，你是不是糊塗，馬淑芬跟你過，到底圖點啥，你心裡沒數啊？他說，你還能比我明白咋的，這事兒你少管，輪不到你。我說，那現在這算咋回事，家都讓人佔了。他說，我住得不也挺好，冬暖夏涼，還僻靜，正好我不願意跟人說話，老闆還給我按月開支呢，撿錢似的，有啥不好。我說，那你最近看見小凡沒？他說，沒看見，你看見了？我說，我也沒看見。

三瓶就剩個底兒，酒勁上來了，我腦袋直迷糊，只能聽見風聲，嘩啦啦一大片，像是要來收割我，我有點坐不住，眼睛緊閉，心想今天這是沒法回去了。我叔興致挺高，跟我說，來，就咱這景兒，你朗誦個詩。我努力睜開眼睛，卻什麼也看不清，只有一盞燈，光線昏黃，左右擺盪。我說，朗誦啥啊？他說，小時候你不老背嗎？唐詩三百首，我一上你家去，你爸就讓你出來表演，嘰哩哇啦，這個那個的，一句聽不明白。我說，都忘了。他說，完犢操。我說，叔，我睏了，想喝白開水，還有點想吐。他說，完犢操。又說，進屋吧，這點兒逼酒讓你喝的。

半夜醒一回，吐了不少，我叔還沒睡呢，收拾完給我倒了杯熱水，在一邊嘆氣，我

22 喝多之意。

喝下去後，舒服不少，就又睡著了。迷迷糊糊之際，聽見外面有人在喊，孟慶輝，孟慶輝。我叔好像應了一句。外面的人接著喊，幹雞巴啥呢，開門。我叔就出去拉大門了，接著一道強光射進來，估計是車的大燈，我的眼前一片通紅，滾燙洶湧，彷彿身處地火的邊緣。車開進來，發動機半天沒停，轟鳴作響，循環往復，像是報廢之前的聲聲喘息。

我叔送我走，手裡拎著一壺水，像去旅遊，造型挺別致，說是怕我口渴。他這人粗中有細，幹啥都不馬虎，這點我挺佩服。他推著自行車，我在旁邊走，到車站後，我說，叔，你有啥事兒，隨時給我打電話。他說，我能有啥事兒，管好你自己得了，成天有點笑模樣兒，事兒別老藏心裡。我表面點點頭，心裡想，我他媽是真藏著事兒呢，憋了半宿，喝成那樣也沒告訴你，你姑爺子余林進去了，挺好的辦公用品買賣不做，就在外面胡扯有能耐，客戶也不去維護，非得出去跟人搞非法集資，錢沒掙著，人倒是搭進去了，到現在倆月，一點說法也沒有，孟凡天天守著個破逼櫃檯，根本不賣貨，找我哭過好幾次，這事兒我能跟你說嗎？跟你說有用嗎？咱都管好自己得了。

我等了二十分鐘，公交車還沒來。我叔說，你慢慢等，我先走，怕那邊有任務，給你媽帶個好，以後沒事兒不用來，等過年的，我上你家去一趟，看看弟妹。我說，那行。他又補充一句，有空的話，你去多找找小凡，她就跟你好，你有文化，說啥她能聽，別人信不過。我說，這兩天就去。說完，他騎上車，沒走幾步，又返回來，跟我說，你少喝點酒，別跟你爸似的，見酒沒夠兒，昨天情況特殊，平時別那麼整，你家有遺傳，肝不咋行，這你得聽我的。我說，叔，我聽你的，啥都聽你的。

返程路上，經過許多平房，正在拆遷，滿地瓦礫，一副破敗景象。我想起來，剛跟沈曉彤在一起的時候，她家就住在這樣的房子裡，有上下水，但冬天還得燒煤，滿屋一層灰，她爸一直在外地打工，好幾年也不回來，說是在衣索比亞挖礦，正在攢錢，要送她留學，去美國考個專升本[23]，我聽了都想樂，但沈曉彤就信，成天作美夢。平時就她跟她媽倆人在家，我有時過去幫著幹點活兒，走訪送溫暖，她媽挺認可我的，覺得我實在，有一次在廚房裡，她媽一邊做飯，一邊跟我說，曉彤啊，就樂意想那些不著邊兒的事兒，心性不定，跟她爸似的，無論多大歲數。我說，姨，我懂。她媽說，自己的孩子啥樣，我自己知道，我對你沒啥看法，挺仁義的，但你也別傷著。我說，姨，我心裡有權衡。

畢業之後，沈曉彤沒找到合適工作，有陣子在藥房幹收銀，晚上也值班，我過去陪她，吃飽了沒事兒幹，就看看電視，沈曉彤愛看外國旅遊節目，《世界真奇妙》之類，景

---

23 中國專科學生進入本科階段學習的選拔考試。

色也未見得多美，電視裡的人就是一頓驚嘆，我覺得很假，她看得津津有味。我問她，要是結婚，妳想去哪裡旅行。沈曉彤說，哪都行，哪兒好就留在哪兒，不回來了，反正結了婚，肯定不在藥房待了，沒意思，成天覺得自己也像個病人。我問，那妳最想待在哪裡呢？沈曉彤說，加利福尼亞。我說，挺好，陽光雨露，遍地夢想，歌兒裡總唱。沈曉彤說，以前看過一個電影，就發生在那裡，一個爸爸，有點精神病，住院時看過幾本書，堅信此處埋有寶藏，出來後也不去工作，鬍子拉碴，成天拖著女兒去尋寶，歷盡艱辛，女兒為了照顧他的情緒，也一起跟著瘋，倆人在超市裡打了口井，特別深，她爸跳入其中，不知所蹤，總之特別荒唐，女兒清醒過來後，一陣痛哭，對自己也有怨恨，整挺難受，電影的最後一幕，女兒掀開父親讓她買的洗碗機，你猜怎麼樣，全是金幣，閃著光，照亮她的臉，天啊，可真好，她爸沒騙她，我看完後，對加州就很嚮往，相信也好，不信也罷，人在加州，無論許什麼願，上帝都能聽得到，在瀋陽就不行。

飯店的生意是一天不如一天，天太熱，大家不愛吃辣的，也能理解，這點我之前沒考慮到，正琢磨對策呢，房東忽然給我來了個電話，說租期要到了，打算漲價。我說，剛幹沒幾個月，你就要漲，這不合適吧，有合約在。房東說，你從別人手裡兌過來的店，跟我有啥關係，這地理位置，我必須一年一漲，租不租吧，不租有的是人要。我有點為難，之前的存款基本都搭裡面了，沒幾個能活動的，想來想去，覺得怎麼也要堅持一下。我的朋友不多，境況也都一般，只能去找孟凡借錢，畢竟有個買賣，按說條件過得去，手頭多少能寬裕點兒。我拎了幾個菜過去，孟凡沒在商場，櫃檯用藍布蒙著，落了一層灰。我給她打電話，問在哪裡，她說在外面辦點事兒，我問是不是余林的事情，她說對，沒有具體說法，還是得等，她合計花點錢，人在裡面能少遭點罪，另外也看看有沒有緩兒，不太樂觀，涉及金額挺大。我說，祝妳順利，有消息了說一聲，省得我跟著提心吊膽。孟凡說，你來找我幹啥？有事兒你就直說。我想了想，跟她說道，本來想管妳借錢，短點兒房租，現在這個情況，算了，我自己想辦法。孟凡說，差多少？我報了個數。孟凡說，你別急，等我兩天，給你打卡裡，卡號先給我發過來。

我等了一個禮拜，銀行卡裡也沒有進賬，那邊房東催得挺急，我只好一五一十地跟我媽交待，我媽坐在旁邊聽著，也沒回應，她一直不太支持我幹飯店，覺得不務正業，當天沒表態，過後還是去了趟銀行，破了張定期存摺，回來把錢遞我手裡，就跟我說了一句話：利息都白瞎了。我心裡不太好受，但這狀況，進退兩難，屬實不好辦，只能咬牙堅持。

盛夏時，我新上了幾款涼麵，用心調製，量大實惠，也配上外送，生意略有好轉，一個月算下來，能剩個幾千塊錢，比上班時稍微強點兒，但就是真累，天天在廚房裡熬油，渾身不是正經味兒。我也沒聯繫孟凡，沒時間，也沒心情，還一個原因是，我跟新雇來的服務員處對象了，她人挺好，長相不提了，性格穩當，扎實肯幹，對我也不錯，老家在本溪，挨著城邊兒，條件雖然一般，但是家裡有地，就等著動遷分錢呢。

我本來都快把沈曉彤忘了，結果接到了她的喜帖，告訴我馬上結婚，讓我過去隨禮。我越想越不自在，她結婚當天，我大醉一場，挨桌敬酒，很不得體，新婚丈夫是那天麻將桌上的一個人，謝頂，眼神像鷹，不太友好，至於叫啥名字，我早就記不得了。婚宴結束後，我自己又喝了很久，沈曉彤及其家人在二樓吃團圓飯，剩我自己在大廳裡，杯盤狼藉，其間，沈曉彤她媽下來看我一次，跟我說，孩子，差不多行了，都是過去的事兒了。我沒吱聲。她媽說，今天這個場合，你來這一出兒，不合適，但姨不挑你，姨是過來人，都能理解，你好自為之。我還是沒說話。她媽從兜裡掏出一個紅包，塞到我口袋裡，我低頭一看，是我剛包給沈曉彤的，上面寫著八個字：志同道合，喜結良緣。她媽跟我說，孩子，這個錢你收回去，到此為止吧。我想了想，也沒客氣，揣上紅包，往門外走去。外面陽光很曬，像是金幣散出來的，我走在路上，記起我們也有過一段相互依戀的時刻，雖然不長，但也夠我回憶的了。想到這裡，我心懷誠摯，向著天空祝福，加油啊，沈曉彤，前面有個加利福尼亞在等著你呢。

回到飯店，我看著我對象在彎腰擦桌子，露著半個屁股，橫喘粗氣，使了挺大勁，漆都要蹭掉了，我跟她打招呼，也沒理我。沈曉彤她老舅坐在一邊哼曲兒喝茶水，婚禮上我讓他提前回來看店，估計不太高興，跟我對象說了點啥，不然不能這樣，我也不在乎。她在我面前走過來走過去，後背露出來的那截白肉來回地晃，我越來越暈，酒勁兒上來，吐了一地。

我媽不知道我處對象的事情，沒愛告訴她，知道的話，肯定也是反對，沒好下場。有時忙得晚了，我跟我對象就住在店裡，桌子一拼，鋪個毛巾被，倒頭就睡，夏天太熱，屋裡更悶，我天天半夜都醒，睡不安穩，醒了就喝酒，一瓶接一瓶，直到天亮，進貨來的那些酒，我自己得喝掉一半。有一次喝完，出去撒尿，回來時沒留神，摔到地上，桌子翻了，啤酒瓶子碎一地，店裡的地面一直沒徹底清潔過，總是一層油，特別滑膩，我半天都沒爬起來，像電影裡的小丑演員，手一撐地，就又滑倒，再一撐，直接摔得仰過去，躺在玻璃碎片裡，聞著麥香，就這樣，我對象也沒醒，鼾聲蓋天，我躺在地上昏睡過去，第二天早上一看，手上全是血跡，臉上也有，給她嚇夠嗆。沒過幾天，我倆也分手了，這事兒她辦得挺次，事先都沒通知我，我頭天晚上回了趟家，再到店裡時，人就失蹤了，連帶著幾樣廚房用品，電話也打不通，我一開始挺著急，還想著去報警。她老舅跟我說，還報警呢，你自己咋回事，自己不清楚嗎？就你這德行，誰能跟你過啊。我想了想，覺得也有道理，這幾個月活得不像人樣，醉生夢死，必須要改變一下，重振精神，再次出發，於是抄起啤酒瓶子，在手裡轉了一圈，握緊瓶口，一個箭步，往她老舅的腦袋上砸過去，動作沉穩，響聲清脆美妙，但效果屬實一般，人還在那立著，一動不動，像被一桶涼水澆過，或者剛欣賞完一場不可思議的魔術，瞪眼睛望著我，不知所措。我有點不服，沒想到，他看著瘦弱，其實還挺頑強，便又起開一瓶啤酒，仰頭喝掉一半，掄起剩下的半瓶，再次砸去，他往旁邊一躲，罵我一句，然後叫著跑出大門。我去後廚取刀，掉頭追去，殺到街上，已經看不見人影兒，向前跑了幾步，便體力不支，癱坐在地，不停地大口喘著氣，雙手發抖，什麼都握不住。很多人繞開我走，我無法平息，只得躺倒在地，太陽曬在身上，真暖和啊，舒服極了，我感覺自己正不斷上升，超越樹木、聲音與風，倏然加速，凌入空中。

沈曉彤給我打電話，說，她老舅又失蹤了，問我知道咋回事不。我說，我他媽哪知道，我還找他呢，然後就掛了電話，從此再沒聯繫過。年前，我還見到過一次余林，叫不太準，是在商場裡，我去買兩套衣服，準備面試，剛出來便看見個人，只是背影，體型啥的跟余林都很像，頭髮立整，夾個包兒，正在下電梯，我跟在後面，離得遠，不太敢認，後來我緊追幾步，喊了一聲，余林。他沒回頭，腳步好像慢了一下，隨後加快，急匆匆地鑽進出租車裡，不知要去向何處。那天，我很思念孟凡，想著要給她打個電話，或者去看一看，給她唱歌，帶她吃飯都行，但也沒去，回家睡了一下午。醒過來時，天已經黑了，我媽也不在家，我有點著急，出門去找，發現她正坐在小區的健身器材上，穿著過冬的棉衣，眼睛望天。我說，媽，你出來也不告我一聲。我媽說，作了個夢，夢見你爸了，說喝酒呢，沒帶鑰匙，讓我出來迎迎他，我在這邊等一等，萬一他真回來了呢，可別進不去屋。

我媽說，每年一到冬天，她就感覺自己要過不去，渾身上下，沒一塊兒好地方，眼睛也不好使，有時候看著挺遠的東西，其實離得很近，走著走著，撞在了一起，有時候往前邁步，伸出手去，想摸摸那些看起來離得近的東西，卻又怎麼都搆不著。我說，媽，我帶妳上趟醫院，做個全身檢查，都放心。我媽說，不去，別再查出來有啥大病。我說，怕不行，也得面對。我媽說，用不著，我自己心裡有數。我說，妳能有啥數。我媽說，啥我沒數，心裡明鏡兒似的，記住你爸以前跟你說的，凡事看開，行就是行，不行就是不行，路還長，別執著，別較勁，跟誰都犯不上。我說，我較啥勁了。我媽說，你自己琢磨。

大年初二，早上起來，我下樓去放鞭，看著火藥拈兒往前走，嗞嗞啦啦，卻邁不開步，雙腿無力，無法退避，炮聲一響，嚇了自己一跳，精神倒是緩和過來一些。回來跟我媽煮餃子吃，電視裡在重播晚會，相聲小品，整得挺熱鬧，就是沒一個有意思的，看著看著，我媽睡著了。我洗畢碗筷，來到外屋，跟孟凡打了個電話，給她拜年，她的聲音很小，聽起來有些沙啞。我說，我叔跟你在一起過節沒？給他帶好，我發短信，他也沒回我，上次還說春節要來我家，結果也沒個動靜。孟凡說，去不了了，走了。我沒反應過來，問她，上哪旅遊去了啊？孟凡說，人沒了。我楞了一下，問道，啥時候的事兒？她說，就在年前，腦溢血。我說，這大事兒咋沒跟我說？她說，怕你花錢。我說，我去送一送我叔，那是應該的。孟凡說，沒都沒了，麻煩你一趟，有啥意義，人走得挺急，在醫院沒待幾天，火化完後，我直接買墓地下葬了，跟你爸一個墓園，同一個山頭，倆人離得近，抬頭就能看見，互相還能做個伴兒，一輩子了，就他倆對得上脾氣，誰也不行。我心裡難過，講不出話，嗓子發顫，又不想讓她聽出來，就一個字兒一個字兒往外蹦，問她說，那妳咋樣？她說，櫃檯不租了，東西扔在庫房裡，欠了不少錢，也不知道咋辦。我說，余林呢？孟凡說，出來了，又跑了，你說我咋那麼傻呢，腦子缺根弦似的，他在外面跟人都過上日子了，我愣是沒發現，一天天的，活得稀裡糊塗，不說這些，腦袋疼，前幾天路過，我看你的飯店也兌出去了，改賣衣服的了，你現在幹啥呢？什麼時候有空，過來看看我啊。我說，再說吧。然後掛掉了電話。

這事兒我沒告訴我媽。初三早上，我去市場備了點東西，菸酒糖茶，一個人坐車去了墓園，總共二十多站，晃蕩一道，我有點暈車，險些沒吐出來。墓園冷清，溪流結冰，沒什麼人，我走過索道和石橋，在山坡上找到了我爸的碑。四周的假花已經褪色，上面落了不少枯葉，我清理乾淨，綁好新花，擺上祭品，又給他點上菸，我也抽一根，坐了半天，也不知道說點啥好。我想，他和我叔正在看著我，你們說吧，我聽著就行。菸燒完後，我拎著兩瓶酒，想再去看看我叔的墓，按照孟凡的說法，抬頭就能看見。

我仰頭望去，半面山坡，密密麻麻，全是墳墓。行至谷底，我擰開了瓶蓋，喝著酒逐一看去，筆鋒雄健，姿態挺拔，但所有的名字都像是同一個，無法辨認，走過一半，還是沒找到我叔，可我已經有點醉了，需要休息。我放下背包，躺在碑間的空地裡，陰影穿過其中，勾勒出複雜的印跡，像是一道迷宮，無人指引，我走不出去，所有的懇求都得不到回應。雲層漫過樹梢，一陣風吹過來，沙沙作響，松針紛落，如同驟雨，清點著全部的死者。我吹著口哨，在等鳥兒叫，一個無比清澈的母音，過了很久，也還是沒有，正午即將到來，光線筆直，照著我的身體，沒入我的意識。我的頭腦愈發昏沉，閉上眼睛後，想起許多個凌晨與黃昏，它們一無所知，卻又無比寬容，悄然無息地矗立在彼處，像是曠野，或者深草，將我緩緩擁入懷中。

漫長的季節

無非是三年，一片幽暗的樹蔭，一場驟然而落的雪，一陣濃重的睡意，彷彿越過了這個障礙，就能徹底甦醒過來，打個哈欠，走出門去，迎向和煦的暖風，洗塵的細雨。

防鯊網距離岸邊四百多米，游上一個來回，至少燃燒掉五百卡路里，約等於一份咖哩飯，一包泡麵，或者一袋薯條加個漢堡，這些是我估出來的，有個軟體，能記錄每日攝入與消耗的熱量，但我手機裡的空間很緊張，裝不下了。六月份到現在，每週我都會游上幾圈，也沒瘦，反倒黑了不少，擦了防曬也不管用，數值什麼都證明不了，無論怎麼精密的科學，一旦落到我的頭上，就會變成誤差，這沒辦法。就像防鯊網也不能阻攔真正的鯊魚，在水裡時，我經常想著，到底有沒有一隻勇敢的鯊魚，抖著背鰭和尾鰭，向著那些壞橙子似的浮標從深處威武駛來，以鋒利的牙齒撕咬聚乙烯網，突破嚴守的防線，來跟我相會。比較理想的狀況是，我騎在牠的身上，乘風破浪，出海遠航，要是實在沒看上我，把我吃了也不是不行，最好幾口解決掉，沒太大痛苦，只留下一片殷紅的水面。可能不那麼明顯，無非是一小瓶墨水倒入海裡，潮來潮往，很快就消散了。

海水浴場的更衣室不分男女，被泡沫板隔作不規則的小間，連綿起伏，如課本上的一道道舒緩的等壓線，有的地方僅一人寬窄，也很奇妙，身在其中，並不那麼壓抑，偶爾還有開闊、自在的感覺，能聽到海浪起伏的聲音，沖刷著陸地，一種無比純淨的嘈雜；帶著鹹味的風從腳底下鑽過來，吹得人心顫，像是上著夜班的媽媽忽然跑回家裡，裹著一身的涼意，把手伸進被窩，撫摸著我的肋部。還有那些小小的沙粒，螞蟻似的，順著小腿一路往上爬，走走停停，陽光之下，閃爍如同鱗片，刺著發燙的身體。海浪是鯨的嘆息，人是魚變的，以及，有些金子總埋在沙裡，這是小時候媽媽講給我的道理，也像在說我。每次換好衣服後，我都會在裡面坐上一會兒，聽聽別人說話的聲音，外面放著的流行歌曲，有時坐著就很想哭，不知道為什麼。我平時不是這樣的，我在家裡從來都很平靜。

小雨以前跟我講過，循著海邊的音樂走去，就能看見那些出游的快艇。斜倚在沙灘上，橫七豎八，如一群擱淺的大魚，旁邊立一塊牌子，上面寫著，三十塊錢一圈，等你上了船，裝死的魚就又活了過來，流彈一般，在海水裡飛行，轉了一圈又一圈，不受控制，總之，沒個百十塊錢回不來，看著瀟灑，掀風鼓浪，馳騁於天際，誰坐上誰倒楣。開到大海中央，馬達一停，船身晃得特別厲害，這時，他就跟你講起價錢，談不攏的話，也不為難，隨便找個地方把你卸在岸上，自己看著辦。小雨說，他讀高中時，有次在船上吵了幾句，硬是沒給錢，對方也不發火，馬達聲一響，誰的話也聽不到，船越開越遠。小雨環顧四周，只有汪洋一片，便很害怕，心臟一直懸著，身體向內萎縮，呼吸急促，默唸著逃脫術的口訣。臨近一段陌生的海岸，如蒙啟示，來不及多想，他一下子跳入水中，頭也不回地游了過去。快艇立於海中，來回擺盪，像是一位追擊數日的疲憊槍手，夕陽之下，竭力控制著顫抖的雙臂，企圖瞄準獵物。他撲騰了半天，來到岸上，舉目荒涼，不知身在何處，走了半個多小時，終於找到公交站，耷拉著腦袋，跟人要了一塊錢，這才上了車。乘客很多，一個空位也沒有，小雨光著腳，只穿一條泳褲，扶著欄杆站了一路，窗外吹來的風使他的皮膚變紅，起皺，一陣陣發緊。他打著哆嗦，牙齒亂顫，頭都不敢抬起來，聽著那些報過的站名，一站又一站，總也到不了，如被凌遲。這麼一想，還是鯊魚好，沒什麼心機，要麼遠走高飛，要麼就地完蛋，至少有個痛快話兒。

從更衣室往北邊走，約二十分鐘，繞過半月灣，有那麼一小片海灘是我承包下來的，出手比較闊綽，至少我單方面是這麼認為的。這裡比較荒僻，背後是斷崖，長不了樹，常年潮濕，陰鬱滑膩，彷彿被塗過一層閃著黑光的清漆。坡上雜草葱蘢，狹長的葉片呈鋸齒形，一團一團，緊密不透風。岸邊沒有細沙，遍佈粗糙的碎石，大大小小，豎起尖利的稜角，很不好走。海浪是個窮凶極惡的歹徒，生於暴風的肩頭，面目猙獰，奔湧至此，如猛抽過來的一記耳光，簡直心驚。交界之處凝聚著無數白色的泡沫，相互依偎著、吞吐著，不離不散，熾烈的光射過來，顯出變幻不定的顏色。我總想著，如果有一天我見到了上帝，對他說的第一句話就是，請不要再往大海裡倒洗衣粉了。

沒什麼景色可言，也就很少有人來，我在這裡游了好幾天，感覺不賴，什麼都不想，什麼也不用在乎。有一次，游累了回到岸邊，我躺在防潮墊上，瞇著眼睛曬太陽，還悄悄拉下了肩帶，不過也就一小會兒。我的這身泳衣還是上高中時媽媽拿回來的，那會兒每年夏天都會搞個泳裝節，從外地請來模特，讓她們穿著泳裝走臺步，電視裡從早到晚持續轉播，壯觀極了，三千個模特同時穿著比基尼在海邊亮相，列成優美的弧形，如大海輕捷的翅膀。不止於一道亮麗的風景，還破了金氏世界紀錄，當場頒發金字證書，我們都很激動，期末考試時，好幾個同學的作文寫的都是這個事情。

那段時間，媽媽身體不好，就不上班了，在家門口的裁縫店裡幫忙，我從別人家的信筒裡偷了一份晚報，帶回家給她看，泳裝設計大賽面向全市徵集作品，畫幾張示意圖，輔以簡單的文字說明，入圍就有三百塊錢可以拿，頭等獎則是五千元。我很心動，慫恿媽媽報名參賽，她有點猶豫，總覺得選不上，大半輩子了，什麼好事兒也沒輪到過她，其次，她也不會游泳，沒有靈感，像一條記性很差的魚，忘掉了鰓的用途。我一直央求著，跟她說，這次有希望，我想好了兩個不錯的名字，一個叫自游自在，胸前印一隻矯健的小海豚，線條流暢，尾巴甩到後面，像是跟游泳的人抱在一起，另一個叫水精靈，天藍色的彈性布料，與大海的顏色一致，荷葉袖邊，後背與腰側做成網格，裙襬下垂，游起來時，一舒一張，緩緩地散落著。我寫作業，媽媽陪著我熬夜畫圖，總是畫不好，模特小人兒的雙腿看著太過柔軟，青蛙一樣蜷曲，腳掌如蹼，很不協調，改來改去，截止日期到了，我寫好說明，將那兩張擦得薄薄的草紙塞在信封裡寄了出去。之後幾天，我一直盯著電視，等待公佈結果，當時也有預感，可能不會是我們，但還抱著一點點的期待。果不其然，第一名給了個學美術的男孩兒，眼神狡猾，留著半長的頭髮，說話的聲音有點啞，發言卻很得體，還感謝了這片海灘，「我睡著的時候，它像一只搖籃，使我身心和睦」。我很羨慕，又不太服氣，他的設計一點兒也不好看，不過是扯了一截繃帶裹在身上，模特穿起來像是打敗了仗的傷員，走得一瘸一拐，並不十分和睦。

那天下午我很傷心，哭了好長時間，不是因為沒得獎，而是覺得這個世界只是我和媽媽組成的，沒有其他人，我們就活在兩個人的世界裡，誰也聽不見我們的話，如在海底，孤獨長達兩萬里。第二天，媽媽晚上回來時，帶了兩套泳衣，裝在發黏的綠塑料袋裡，說是主辦方寄過來的，類似於參與獎，精神可嘉，以資鼓勵。我一點也高興不起來，看也沒看，放在衣櫃裡，一次都沒穿過。結婚前，我收拾衣物，發現了這兩套泳衣，可能是放得有點久，散發著一股樟腦丸的味道。我上身試了試，沒想到，尺碼很對，款式也不過時。我跑到客廳，走了兩個來回，展示給媽媽看，問她我穿著漂不漂亮，記不記得這件衣服，以及那次落選的設計大賽。媽媽躺在床上不說話。

一個叫彭彭，一個叫丁滿，我為今天的兩位不速之客分別起了名字。他們來得比我早，提前佔據了這片海灘，看起來有八、九歲，實際可能不超過七歲，海邊的孩子總比同齡人長得快一些。彭彭穿著一條鬆垮的藍褲衩，神情專注，挑揀著片狀的石頭，聚成一小堆，再大叫一聲，用力投向海裡，可惜一個水漂兒也沒打出來過。在空中劃過一道低低的弧線後，石頭隱沒無蹤，我總覺得他要把自己也扔進海裡。丁滿在一邊看著他，雙手掐腰，嘴裡唸唸有詞，宛若教練，時不時地，他的手會伸向後背輕抓幾下，好像身上剛爬過了一隻小螃蟹。鋪墊子時，他們發現了我，也許是有點難為情，兩人停了下來，轉而走向岸邊那塊最大的礁石，很像是一塊鐵，或者焊在海底的黑色寶塔。兩人比著賽，沒用幾步，便站在了塔頂，海風吹過來，他們艱難地保持著平衡，丁滿很緊張，不太敢起身，彭彭的褲衩掉了一半，眼看著褪到膝蓋。實在是有點危險，我不太放心。

我踮起腳來，朝著他們高喊：嘿，下來啊，你們倆。他們俯視著我，似乎有點猶豫。我擺起手勢，大聲叫道：回來，太高啦，快回來啊。兩人撓撓腦袋，蹲了下來，一點一點向下蹭，提醒著對方可以落腳的地方，幾分鐘過後，才安穩著地。我鬆了口氣。有時就是這樣，你也不知道自己是怎麼上去的，只在高處看了看風景，什麼都沒來得及做，來時的那條路就消失不見了。

丁滿向我跑了過來，彭彭跟在後面，腿有點軟，兩個人氣喘吁吁，分不清身上是海水還是汗水。他們來到近處，瞪圓眼睛，低頭看著我，像在觀察一團曬乾的海藻。我望著他們，想起自己什麼零食也沒有，有些過意不去。丁滿沒說話，彭彭把腦袋探了過來，問我，妳剛才說什麼？我說，沒什麼啊。彭彭說，妳不是在跟我們說話嗎？我說，是啊，不是。他有點迷糊，抬高了嗓門問我，到底是，還是不是。我說，不是，是。彭彭更暈了，無計可施，皺著眉頭看丁滿，我樂得不行。丁滿扭過身體，跟彭彭說，你別理她。彭彭跟我說，我以為妳找我有事兒呢。丁滿捅了他一下，說道，別跟她說話了。我說，不要生氣嘛，我請你們吃雪糕，不知道推車賣雪糕的什麼時候過來。彭彭說，我可以幫妳看看他走到哪兒了。我說，好啊，我們一人一根。彭彭說，我想吃個棗味兒的。我說，那我吃個奶油的。丁滿說，我不吃，你怎麼還理她。

彭彭和丁滿並肩前行，踏上尋找雪糕的旅程，比劃著說了一路，越走越遠，這片海灘又歸我了。我在心底歡呼了一聲，掀去浴巾，慢慢走入海裡，陽光不錯，和緩的波浪將我穩穩托住，可只游了一個來回，就沒什麼興致了，轉頭回望，身後的水痕迅速癒合在一起，彷彿什麼都沒發生過，無人從此經歷，大海不曾止息。我回到岸邊，等了很長時間，直至太陽落在水面上，他們也沒有回來。

我乘著拉客的小摩托回家，四塊錢，突突突突，最棒的交通工具，機動性高，從不堵車，這一路上，頭髮也吹乾了。很難想像，媽媽以前最大的愛好是騎摩托車，我一點印象也沒，只見過照片，還是在別人家裡。她燙著及肩的大波浪，戴了一副淺色的方框墨鏡，遮住大半張臉，手上拎著頭盔，旁邊是一輛紅色的鈴木摩托，如同掛曆上的美人兒，媽媽年輕時很好看的。別人跟我說，有一次在路上見到媽媽騎車帶著我，我不在前面，也不在後座上，而是被她揣進皮夾克裡，一大一小，兩個腦袋齊齊從領口裡伸了出來，不管不顧，迎著風落眼淚，看上去相當惆悵。我問過她有沒有這回事，她否認了，說自己不會騎。媽媽總是這樣，對於跟現在無關的事情，都覺得沒發生過，好在有照片為證。我問她，騎車帶我去了哪裡？她說，想不起來了。我問她，車哪去了呢？她也說，不記得了，車也不是我的，過去太多年了。她不說也沒關係，我有自己的辦法，在最好的晴天裡，把照片向著太陽舉高，這樣的話，就能看到當時發生的事情。媽媽拍過照後，收起了邊撐，掛上空檔，向下踩著打火桿，一溜菸兒開出去，歡呼聲在身後響了起來。她順著風走，車速與風速一致，道路平坦，感覺不到自己正在行進，周圍很安靜，世界是一個密封的罐子。天空有雲飄過，下起了小雨，那也澆不到她，媽媽在雨滴的縫隙裡穿行。有一個她即將認識的好人，真正的好人，仰平了身體，正在大海的中央打著轉兒，像一片年輕的葉子，夜霧濕潤，無人能夠窺透，而她將一路騎去，無憂無懼，活在世上，也如行於水上。

但媽媽不能在水中飛翔，她連游泳都不會。媽媽躺在床上，講不了話，也動彈不了，眼睛總是閉著，像在思索，有什麼很重要的事情等著她來做決定。長長的睫毛像一彎新月，在夜裡發著光，星星守在她的窗外，由南向北，緩緩下降，天亮之前，終於落回了海面。清晨的大海輕輕抖動著，毫無規律，如人戰慄，也像媽媽最初時的那只拇指，精靈一般，不自主地在空氣裡滑動，畫出一個記憶裡的圖案，可能是摩托車，或者一套泳衣，一位好人。我預感不妙，從外地趕了回來，拖著媽媽去做肌電圖，醫生測了十幾次，把鋼針扎進她的舌頭裡，媽媽很無助，嗚嗚地叫著，滿頭大汗，雙手亂抓，像隻快被悶死的小狗，或一個束手無策的啞巴，面臨著巨大的災難，沒辦法求助，更不能向誰訴說清楚。我哭著想，重刑也不過如此吧。醫生命令道，快，把舌頭伸直，快一點，不然沒有效果，罪都白受了，不要耽誤時間。屈辱且怕，我甚至想到了自己糟糕的初夜，就這樣展示著，光天化日，一覽無遺。媽媽的臉扭曲得如同一張被揉皺的舊報紙，鋼針與呼吸同步收縮，來來回回地攪動，反覆刺透，拷問著受損的神經，她的嘴被撐得很大，頭向後擰，用喉嚨喘著氣，發出古怪的哀聲，伸手想去抓點什麼，眼前卻什麼都沒有。我扯住自己的頭髮，跺著腳，亂喊亂叫，想在她面前下跪，如果這樣她能好過一些的話。媽媽看著我，口水淌了下來。

我想，醫生說的不對，我們所受過的罪，有哪一種不是白白浪費的？看過檢查報告，他們對我說，按目前進展，最多不過三年，做好準備。語氣輕鬆得像是幫我提前預訂了一個假期，到了那時，一切都會清晰起來，她不再痛苦，我也沒了負擔，太陽照常升起，天穹橫跨在海洋的遠側，光明向我這邊挪動了一小步，歌聲繚繞萬物，金錢唾手可得，失去的愛情也會回來，總之，我將會擁有我想要的全部，作為一種莫名的恩賜。無非是三年，一個漫長的季節，魚兒溯流，逡巡洄游，草木持存，日日更新；無非是三年，一片幽暗的樹蔭，一場驟然而落的雪，一陣濃重的睡意，彷彿越過了這個障礙，就能徹底甦醒過來，打個哈欠，走出門去，迎向和煦的暖風，洗塵的細雨。而障礙又是什麼呢？我的媽媽嗎？

在門外時，我沒聽見收音機的聲音，就知道閔曉河已經到家了。他討厭額外的聲響，總覺得吵，每次回來後，一定要先把媽媽枕邊的收音機關掉。媽媽沒聽到過晚上的廣播，她的一天從《實時說路況》開始，然後是《心有千千結》、《談房我當家》、《隋唐演義》和《海濱時刻》，最後一個節目是《生活零距離》，往往只能聽到一半，許多人打來電話，訴說困境，反應生活裡的大事小情，後半段是對前一天問題的調查通告。可惜媽媽每天聽到的只是問題，數不勝數，沒有窮盡，從沒得到過任何的答覆。

臥室的房門關著，悄無聲息。閔曉河的媽媽在做飯，我換過鞋子，洗淨雙手，摸了摸媽媽的臉，問她有沒有想我。媽媽看著我不說話。我幫她重鋪好被單，按摩了雙腿，然後去廚房幫忙，只有一個菜，已經做好了，分辨不出是什麼，半固態，像一碗攪過的水泥，閔曉河的媽媽讓我端上桌去，再叫他出來吃飯，我喊了兩聲，又敲了敲門，還是不見人影。我跟閔曉河的媽媽說，喊過了，沒有動靜。她說，別管，還是不餓。我說，今天怎麼樣？她說，翻了幾次身，聽著還是有痰，夜裡多注意，霧化的藥快沒了。我說，好，閔曉河今天回來得挺早啊。她說，是，比妳要早。然後我就不說話了。我知道，她這是來了情緒，故意說給我聽呢。

結婚以來，我沒管她叫過媽，一直喊姨，改不了口，無法突破心理這關。不得不說，她對我家一直都很照顧，我內心感激，媽媽的情況沒什麼好轉，拉鋸戰似的，她怕我堅持不住，每週都過來幫忙，坐著十幾站公交車，替我照看一個下午，做頓晚飯，再趕車回去。她總說，過日子就像喘氣兒，一呼必換一吸，有來有往，進退得當，只呼不吸的話，不知不覺，便油盡燈枯了。道理如此，但她也不年輕了，連著幾個月，都是這麼過來的，有時一週兩次，有時三次，確實辛苦，我都記在心裡。也很奇怪，一方面，她來的次數越來越多，雖有抱怨，我也能感覺得到，她與媽媽之間愈發難以分離，媽媽不講話，她就說給媽媽聽，一說一個下午，一件過去的事情要講上許多遍，有幾次我正好遇見，她坐在床的另一側，佝僂著背，自己抹著眼淚，話停在嘴邊上，見我回來，就不講了，起身去了廚房。另一方面，這麼說不太合適，其實我很盼著她來，不是推卸責任，只是真的很想往外面跑，抑制不住，也不去什麼地方，就在海邊待著，聽浪、看海或者游泳，類似的心理總會令我有些羞愧。對於這一點，倒也不難消化，過意不去時，我就會想，這也是閔曉河的媽媽自願的，她心裡很清楚，這段關係建立在什麼樣的基礎之上，無非是在還債而已。可說到底，一切決定都是我自己做的，沒人逼著，所以又有什麼資格去苛責呢？想不明白。每天夜裡，我都會暗下決心，一旦媽媽離開了，我就跟閔曉河離婚，受夠了，誰勸都不行，愛說什麼就說什麼，我誰也不怕，反正不欠你們的。但是，媽媽還活著，還在思考，內心明亮如鏡，一天又一天，她看得見我，聽得到我，能想著我，盼望著我，那麼，漫長的季節過去之後，這筆帳還能算得清楚嗎？我總是處在這樣的境地裡，愛不好也恨不起來，所有的理解與寬恕，最終都變成了自己的負擔。我想起來，小雨以前跟我說過許多次，你必須立在堅實的岸上，才能真正告別海浪。但他並不知道，我的海岸那麼小，幾粒流沙而已，很快就被沖掉了，我一個人站在水裡。

飯後，我去廚房收拾，閔曉河的媽媽進了屋，跟他說過幾句話，準備去趕車，最後一趟七點半，下來後還得走一段路，到家差不多要九點了。出門之前，她跟我說，明天還來我家。我說，我也沒什麼事情，要麼您休息一天。她想了想，說，我還是過來吧，習慣了，自己待著也沒意思。

不一會兒，閔曉河抱著籃球走了出來，我問他吃不吃飯，他不看我，也沒回應，埋著腦袋繫鞋帶。我們的相處就是如此，沒什麼好說的，正常交流都很困難。我覺得他心裡根本沒我，也好，反正我也差不太多。說來慚愧，結婚這麼久了，我還是總會想起小雨來，媽媽剛生病時，他提過要跟我一起回來，我拒絕了，不是不需要，而是覺得他沒那麼情願。不情願的事情，往往落得更不堪的下場，我對此異常恐懼。回來以後，我給小雨發過兩次訊息，都很長，說了很多自己的感受，他回得很遲，也很草率，分開已成定局。我不是不理解他，但在家裡還是忍不住胡思亂想，被幻念折磨著，有時很想他，有時又想把他殺了，雖然他也沒做什麼過分的事情。我困在這些情緒裡，反反覆覆，走不出來，有那麼幾次，夜裡失眠，彷彿還聽見他在遠處輕輕吐了一口氣。我越想越不甘心，老是在哭，半個多月下來，枕巾硬得割臉，眼睛一直沒消過腫。媽媽很自責，整天畏首畏尾，覺得是她的病拖累了我。其實不是的，我想，不是這樣，我很對不起媽媽，自己的生活過得一塌糊塗，無論做什麼都很失敗。

那陣子過得不太好，我還跟媽媽發了脾氣，明明她受著很大的折磨，我非要在火上澆油，好像媽媽真的犯了什麼錯似的。我對她說，你自己待著吧，明天我就走。她站在那邊，愣了一會兒，然後說，那也好，也好。可是我要去哪裡呢？根本不知道。說著輕鬆，怎麼都行，這也意味著沒什麼必須要去的地方，哪裡都不屬我，沒人需要我，除了媽媽。我說過後，又有點後悔，躺著玩手機，不敢抬頭。媽媽彎著腰去了廚房，在水流聲裡嘆氣，擦過一遍地面，又切了個蘋果，放在小碗裡端了過來，我噘著嘴，腦袋斜過去，跟她緊挨在一起，我們用一根牙籤輪流扎著吃。蘋果不是很脆，放得時間有點久，我們吃得很慢，半天也不動一下，像要把嘴裡的蘋果含化。不知為什麼，我始終記得這一幕。

十點半，閔曉河還沒回來，如同往常，我給媽媽洗過臉，把被子從臥室裡扛了出來，鋪在客廳的沙發上，枕著扶手，跟媽媽睡在一側，這樣的話，半夜探過手去，就能摸到媽媽的衣袖，小時候我每天都是這樣入睡的。我告訴媽媽說，今天在海邊見到了兩個小朋友，一個有點胖，一個很瘦，長得像動畫片《獅子王》裡的人物，還記得吧，當年很出名，妳領著我去電影院看的，總之，倆人都很可愛，我答應了要請吃雪糕，可惜沒實現，誰體驗過誰就知道，吹著海風吃雪糕是一件多麼美妙的事情，還有，我剛看了天氣預報，明天的溫度不錯，沒有霧，中午可以出門曬一曬太陽。說著說著，媽媽閉上了眼睛，我也睡著了，在夢裡，我吃了一根雪糕，之後肚子有點疼，走不動路，冷汗直流，蹲在地上休息，忽然被一團藍灰色的影子拖住了腿，力氣很大，使勁兒把我往底下拽，我嚇壞了，完全拗不過，拚了命地連踢帶打，不敢大聲叫，對方像在擺弄一具屍體，惡狠狠地擰著，動作粗暴，喘息聲刺耳，我的整個人被他握在手裡，沒辦法掙脫。

我哭著說，別這樣，媽媽還在，求求你了，什麼我都答應，求求你，媽媽還在這裡，請不要這樣。他根本聽不到我的哀求，伸手進來，蠻橫地分開了我的雙腿。哭出聲來的那一刻，我也醒了過來，屋內空蕩，一片漆黑，如同沉靜的岬角，沒有人，也沒有影子。我轉過頭，發現媽媽睜著眼睛，望向天花板，我也看了過去，空氣波動，灰塵纏繞，在夜裡，好像有誰在那裡塗著一幅透明的畫。

丁滿發明了一種遊戲，在海灘上勾出圓圈和方格，兩個方格是戰場，一主一次，圓圈是各自的基地，他還給每顆石頭安排了職位，尖尖的是將軍，橢圓形的是戰士，略小一點的是士兵，帶花紋的是醫生，不能上陣，可以救死扶傷，但只有兩次機會。講述規則時，彭彭看著很憂愁，吃光了三根雪糕，冒了一腦袋汗，還是滿臉的困惑。我也沒太明白，不過不耽誤遊戲，跟出牌一樣，每一輪掏出同等數量的石頭對壘，自行組合搭配，戰場任選，具體數目由守衛者來決定，可以是兩顆，三顆，或者四顆。猜拳過後，彭彭佔得先機，他說，十顆。丁滿說，一共就十顆。彭彭說，對，我知道，不行嗎？丁滿說，不行，分不出來勝負。彭彭說，那就是平局，很好，以和為貴，以和為貴。我樂得不行，丁滿白了他一眼。我問丁滿，他在學校時也這樣嗎？丁滿說，什麼樣？我想了想，說，愛好和平，很重感情。丁滿說，智商不行的都重感情。我說，別這麼說嘛，你們都很聰明的。丁滿說，我跟他可不是一個學校的。

我們玩了兩局，能用的石頭越來越少，原因是輸掉的或沒救回來的都要扔到海裡，沒辦法再來闖蕩一番，這很殘酷。我提議再給它們一次機會，彭彭也很認同，主要是他負責著找石頭的工作，來回來去，跑了好幾趟，很辛苦。丁滿否決了，他說，打仗就這樣，時光不能倒流，死人不能復活，所以得學會珍惜，這樣的話，有些東西才顯得珍貴。我像是被他上了一課，張大了嘴巴，講不出話來。遠處的歌聲飄了過去，彭彭在地上打著滾，拒絕行動，嘴裡咿咿呀呀，背著什麼口訣，丁滿用手挖了個挺深的沙坑，把剩下的石頭埋了起來，他跟彭彭說，做個記號，三年後，我們再把它們挖出來，看看有什麼變化。彭彭說，不還是石頭嗎？丁滿說，那可不一定。彭彭說，三年？丁滿說，對，三年。彭彭說，我怕我忘了。丁滿說，沒關係，我記得住。

丁滿說話時的樣子會讓我想起小雨，明明是一些小得不能再小的事情，經他這麼一講，就有了不同尋常的意義，嚴肅得可笑，認真得無聊，鄭重得毫無道理，不知為何，你還會覺得有點激動，彷彿什麼都可以被愛，什麼都值得留戀，什麼都需要被紀念，沒什麼轉瞬即逝，一日長於一年，三年又好像只是過了一天。我大學時讀的中文系，學得不好，不是很敏銳，許多文字裡的情緒感受不到，小雨念的是國際貿易，對文學很感興趣，經常來我們這邊聽課，自己也寫些東西。我們剛談朋友時，有一天在自習室，我跟他說，給我寫首詩吧。他說，不行，怎麼能這麼隨便。我聽著就不太高興，直接走掉了，半天沒理他，他以為我很生氣，其實我只是想回去給他寫點什麼，但也沒寫出來，怎麼表達都不太對。第二天早上，我剛起床，收到了他發來的一首詩：

打個響指吧，他說
我們打個共鳴的響指
遙遠的事物將被震碎
面前的人們此時尚不知情

吹個口哨吧，我說
你來吹個斜斜的口哨
像一塊鐵然後是一枚針
磁極的弧線拂過綠玻璃

喝一杯水吧，也看一看河

在平靜時平靜，不平靜時
我們就錯過了一層臺階
一小顆眼淚滴在石頭上

很長時間也不會乾涸
整個季節將它結成了琥珀
塊狀的流淌，具體的光芒
在它身後是些遙遠的事物

我問他，這首詩叫什麼名字？小雨說，還沒想好，原來的題目是〈女兒〉，現在想改一改，你覺得〈漫長的〉怎麼樣？我說，漫長的什麼呢，話沒說完。小雨說，還不知道，都可以，反正都很漫長，歷史在結冰，時間是個假神，我們也不必著急。後來他又寫過一些，談論盲道、松蔭或氣象學，只有這首我讀了許多遍，至今也還記得。分開之後，有天下午，我很委屈，心裡堵得厲害，默默哭了一會兒，就想找他說說話，撥了兩個電話過去，十幾聲長音結束，無人接聽，我抱著手機等他回給我，直至後半夜，也沒有動靜，而那時候，我也什麼都不想說了。遙遠的事物，我想，響指雖小，卻可將其震碎，他說的沒錯，我就是碎掉的遙遠的事物。

媽媽很幼稚，也有點自私，想在自己還能思考和行動的時候，見到我有個著落，或者沒這麼簡單，那些可以預見的未來，她不忍心只讓我一人承受，不管怎麼說，有了伴侶的話，至少能分擔一部分。就算不夠和睦，互有隱瞞，就算總有爭執，怎麼都走不到對方的心裡，那也是一條隱祕的細線，始終牽扯著我的精神，那麼，她離開之後，我就不至於滑落下去。媽媽覺得，人不畏困境，也不懼鬥爭，怕的是既沒有愛人，也沒有對手，睜開眼睛，出門一看，滿世界全是瘋子和故人，他們之中的一部分威脅著你，使你恐懼，另一部分冷眼旁觀，因為他們與你再無任何關係。這樣一來，過得就很疲憊，沒什麼想要爭取的，也沒什麼可以期盼的，無事可做，也無話可說。我跟她說，媽媽，我可以照顧得很好，不只是妳，還有我自己。媽媽說，我相信啊，所以更不想讓妳一個人了。

我與閔曉河第一次見面是在醫院，閔曉河的媽媽在那裡當護工，從早伺候到晚，每天能賺八十塊錢，她很勤快，性格也不錯，天南地北，什麼都能聊，媽媽很喜歡這樣的人，因為她自己總是羞於開口，無論是生活還是疾病，都沒什麼好說的，既不想面對也不想抱怨。閔曉河的媽媽一直鼓勵著她，跟她說道：不能全聽大夫的，得有自己的主意，但也要相信現在的醫療水平，康復不是沒有機會，她親眼見過一位患者，病情相似，後來有所好轉；不要吃動物內臟和花生，記得補充一些蛋白質；如果有需要，她可以來幫忙照顧，相逢就是緣分，千萬不要客氣。媽媽聽得很認真，眼神閃爍，我想，有人跟她說話就是很大的安慰，不管是誰，說的又是些什麼。媽媽沒有我想的那麼堅強，也不那麼聰明，看起來小心翼翼，為人處事警惕，其實她的原則很簡單，媽媽沒有自己，一切以我為主，只要不是讓我歷險，怎麼樣她都能接受。

閔曉河坐在臺階上抽菸，頭髮剃得很短，穿著一身藍灰色的工作服，不太合身，他的個子不高，遠看像是被安放在一尊未完成的雕像裡，只露了個腦袋出來。我走過去時，閔曉河朝著旁邊的袋子點了點頭，裡面裝著一些顏色鮮豔的水果，神情像是賞賜，非常高傲，令人不適。我擺了擺手，也不講話，實在沒什麼心思，當時我還在等著一項很重要的檢查結果。我坐在離他一米遠的位置，想著自己的事情，不時聞見一陣刺鼻的油漆味道，那一刻，要不是媽媽在樓上的病房裡望著我，我真想跑掉。閔曉河不看我，自顧自地說著，初次見面，幸會，我叫閔曉河，中專學歷，在船廠上班，不怎麼忙，工資待遇一般，身體還行，半月板受過傷，沒大問題。我點了點頭。他繼續說，平時作息規律，三餐正常，吸菸，不喝酒，不看書，也不看電視，沒什麼特殊愛好，偶爾打打籃球。我說，好。閔曉河說，家裡的條件，妳多少也知道一些，租房子住，我爸前年沒了，我媽在照顧妳媽。我說，是，謝謝。閔曉河說，但妳也不用覺著欠我的，沒必要，我在外面待過幾年，見識不多，道理總歸知道一些。我說，行。閔曉河說，按照我媽的想法，年內結婚，明年生子，她來幫我們帶孩子。我說，現在談這些，為時尚早。閔曉河說，所以，我今天過來就是想告訴妳，我不聽她的。我說，什麼？他說，我有自己的事情要做，即使不做，我也有東西要想，我想了好幾年，也沒明白，還得繼續，所以不喜歡被打擾，當然，如果結了婚，我也不會打擾妳。我說，沒懂，不過不要緊。他說，平時我不怎麼講話，今天準備了挺久，說得不好，請多擔待，時間差不多了，我得回單位去，妳的話少，這點很好，估計也不會喜歡我，沒關係，日常相處，或者見上一面的人，不討厭就算不錯了，剩下的事情，妳自己拿主意，我聽妳的，再見。

等到七點十分，菜熱了一遍，閔曉河也沒回來，電話打不通，吃過飯後，我有點沒精神，臉頰發熱，可能是白天在海邊吹到了。媽媽今天一直半張著嘴，唇部皺緊，如海螺的尾殼，似乎想要說些什麼，我把耳朵湊了過去，卻只有空洞的呼吸聲，伴隨著一點不太好聞的味道。閔曉河的媽媽有點著急，問我說，他今天加班？我說，應該是。又問，提前說過沒有？我說，好像沒。之後才反應過來，我都不知道他昨晚究竟有沒有回來，只記得作過的那個夢。閔曉河的媽媽點了點頭，沒再多問，披上外套，穿鞋背包出了門。我把家裡收拾一遍，用手機放著歌曲，然後躺在臥室的床上，想來想去，給閔曉河發去一條訊息，問他幾點回家。看著這幾個字，我感到很陌生，陷入了一陣恍惚。這裡是不是他的家呢？我真不知道。婚後不久，閔曉河搬了過來，背著一包行李，手裡拎著籃球，像是來打一局客場比賽，速戰速決。家裡有人在，媽媽才肯去住院，她總覺得我一個人生活很危險，性格毛糙[24]，日子過得草率，不如她心細。在醫院裡，媽媽總問我，水龍頭關好沒有？我說，關好了。她又問，煤氣呢？我說，也關了，出門都檢查過了。媽媽想了一會兒，問道，你們過得怎麼樣啊？我說，很好啊。媽媽說，開始不太順利，需要磨合，相處久了就好了，也離不開了，人就是這樣的。我說，媽媽，我們很好。

閔曉河的生活很奇怪，每天下班後，在家待不多久，就又抱著籃球出去了，有時回來得早一些，有時要後半夜。剛住一起時，我沒什麼心思顧及他，彼此感情不深，後來覺得過於詭異，我猜他一定沒去打球，而是在做什麼不可告人之事。有一次，他出門後，我偷偷跟在後面，看見他把球塞進車筐裡，騎著自行車，來到附近的一片室外場地，又把車在欄杆上鎖好，拍著球走了進去。場地很暗，沒什麼燈光，只有四個木板球架守衛在此，很像是衰老倦怠的士兵，不知敵軍將至，而海邊的潮霧一陣陣襲來。閔曉

24 漫不經心、粗心大意。

河不換衣服，不做熱身，也沒去投籃，他走到場地的邊緣，把球放在屁股底下，仰頭坐了上去，身軀筆直，如同一位替補隊員，隨時上場。我透過樹叢看著他，從黃昏到深夜，身後的大車飛馳，載著油罐、混凝土與砂石，呼嘯而過，似在吶喊。我盡力想像著她所望去的方向，傾斜的球框，熄滅的燈和噴泉，濡濕的樹梢，相互倒映的天空與海，浪潮在另一側鳴響，連綿不斷，如空曠的號角，聲音向著地心蕩漾，回環無際。閔曉河就坐在那裡，像一座將被淹沒的村落，凝結在岸，一動也不動。

我原以為，閔曉河總有一天會消失，那時，我將無比難過，痛苦且不甘，必須承認，我對他不存什麼真正的期望。他的離開，無非驗證了我的又一次失敗，孤注一擲後的失敗，比從前更加徹底。有一段時間，我覺得閔曉河像是一臺收音機，裝好電池，擰開開關，嘈雜的聲響於耳畔長鳴，怎麼調節也接收不到信號，沒有切實的意義。但那天回來的路上，我居然產生了一種快要愛上他的錯覺，甚至認為他也愛我，並且永遠不會離開我，她有著很多堅定的信念，在所有事物的盡頭等待著，只是不說出來。對於她的行為，我不打算去理解，或者非要弄清什麼，只因我也有過相似的時刻，持續至今，無法脫逃。沒過多久，閔曉河回到家裡，依舊不說話，冷漠而拘謹，他脫掉衣裳，輕輕躺在我的身邊，呼吸和緩，我聞著揮之不去的油漆味道，想起一些遙遠的事物，接不通的電話，染蠟的水果，蜿蜒的海岸線，想起在白日裡，他持著一柄長刷，帶上古怪的面具，壓低了帽簷，以輕蔑的姿態破入艙門，來到大船內部，肆意潑灑塗刮，船身搖晃不休，也無法將之傾出，想到這裡，我開始暈眩嘔吐。

彭彭把小腿埋進沙子裡，扮作一位可怖的巨人，屁股來回扭著，假裝無法移動，在他不小心睡著的時候，慘遭暗算，被小人國裡的臣民們戴上了一副沉甸甸的沙銬。每次潮水襲來，彭彭都會大聲呼喊著救命，聲嘶力竭，彷彿快被淹死；待退去後，他又向著不存在的敵人低頭獰笑，揮舞著拳頭，砸向地面，好像在說，我倒要看看，你們究竟能把我怎麼樣。如此幾次，他轉過頭來，望向我和丁滿，狂妄的表情沒能及時收回，丁滿拾起手邊的一塊石頭，掂了幾下，佯裝要打，彭彭頓時驚慌，迅速把雙腳從沙子裡面拔出來，可惜用力過猛，埋得又太深，導致他一下子摔在地上，臉部向前，平拍入海，估計一時半會兒沒辦法囂張了。丁滿把石頭放了回去，嘆了口氣，感覺相當無奈。

我問丁滿，你們怎麼認識的？丁滿說，我不認識他。我說，不認識？丁滿說，對，我來這邊玩時，碰巧他也在。我說，你今年多大了？丁滿說，沒妳大。我說，這我也看得出來。丁滿說，那妳還問？我說，你給我講個故事吧。丁滿說，不要。我說，講一個嘛，你肯定讀過不少書。丁滿說，我從不輕易給別人講故事。我說，那好吧，我教你一句咒語，你不要告訴別人，不高興的時候，就在心裡反覆默唸，煩惱和憂愁都會消失，什麼也用不著擔心。丁滿說，什麼咒語？我說，哈庫那馬塔塔。丁滿說，你再說一遍。我說，記好了，哈庫那馬塔塔。

說完這句，彭彭大步跑了過來，上氣不接下氣，兩手指向腦頂，語無倫次地讓我們趕快抬頭。我向上望去，光線漸暗，從西到東，太陽和月亮同時出現在天空裡，先是一輪橙紅色的落日，凌躍海面，像是一枚大大的浮標，然後是一道黯淡的銀影，若隱若現，懸於高處。我驚呼一聲，站起身來，仰著頭朝前跑去，挑了個最好的位置，坐下來慢慢欣賞。丁滿也跟了過來，站在我的身邊，小聲說道：妳知道嗎，月亮的大小跟太平洋完全相等，所以，月亮是從地球身上掉下來的，它是地球的女兒。

媽媽坐了起來。門敞開著，閔曉河站在樓梯上，手裡捧著籃球，不知是要走還是剛回來。我問她一句，她也不答，只是向後指了指。我的心提到了嗓子眼兒，連忙跑到屋內，看見媽媽靠在床頭上坐著，腦袋耷在一旁，眼睛明亮，臉上還帶著一點點的笑意，燈光映照之下，媽媽的皮膚很白，也很憔悴，彷彿剛打過一場勝仗，疲憊之中又有幾分滿足。閔曉河的媽媽跟我說，剛在做飯，也沒注意，閔曉河掏鑰匙一開門，她聽到聲音，自己坐了起來。我很詫異，也有點怕，但盡量往好處去想，也許是下午的咒語起了一點作用，在天花板上作畫的神聽見了我的祈求，把媽媽扶了起來。若是如此，那麼這也能讓媽媽重新站立、穿衣、走路和騎車，或者不那麼貪心，只是說話也行。一小塊看不見的肌肉萎縮之後，媽媽就變得口齒不清了，字詞在她嘴裡打著滾兒，吞不下也吐不出來，她的自尊心很強，從那時起，索性一句話也不講了。我盼著媽媽能再說一點，盼著她告訴我，一切為時未晚，還會有另一個夏天，在遠處靜候，像大海等待著遺失的月亮，潮汐起落，我們彼此想念，而地球的心臟又跳動了一下；告訴我說，做好一切重來的準備，不過總比上一次要容易，只要循著波浪的紋理，溫習我們的記憶，想一想那些發生過的事情，就可以知道下一個季節的形狀。

我躲到廁所裡，哭了半天，不敢出來，怕這一切不是真的。閔曉河沒有出門，整個晚上，他守在媽媽身邊，寸步不離，面容嚴肅，保持著機警，像一位忠誠的騎士，正在保衛著他的王后。夜裡，閔曉河抱著被子來到客廳，鋪在地上，依舊不說一句話，關燈之後，我一隻手摸著媽媽的衣袖，另一隻手伸向了他，黑暗裡，閔曉河輕輕握了一下，很快就鬆開了，然後背過身去，蜷作一團，宛若嬰兒，沒過多久，便說起夢話來。

醫生說不清楚原因，建議再做一次檢查，觀察是否有好轉的跡象，概率不大，我沒有聽從。我想，既然選擇了供奉，無論是神還是咒語，都得全部交付出去，這是一張珍貴的入場券，不可濫用，也不可褻瀆。當然，我更相信媽媽，像從前那樣，她總有自己的辦法，不會游泳也能設計一套泳裝，沒錢也可以過得很體面，一個人也可以帶著我生活。

詩裡寫過，夏天盛極一時。那些盛大的日子裡，閔曉河每天陪我推著媽媽去海邊散步，媽媽很喜歡海水，她跟我說過，浪花沖來時，就是大海伸出了雙手，在岸上演奏著鋼琴曲，那是她心底的音樂。我們走過金色的沙灘，沉寂的落日，看見了許多可愛的人，拍照留念的情侶，結伴而行的朋友，拎著沙鏟和水桶跑來跑去的孩子，可沒再見過彭彭和丁滿。我很想讓媽媽認識一下他們，並對她說，這是我的兩個好朋友，一個叫彭彭，一個叫丁滿，彭彭是個強壯的勇士，力大無比，沒什麼能束縛得了他；丁滿是個厲害的魔術師，默唸一句咒語，太陽和月亮就會一起出現在天空的深處。

媽媽端坐在霞光裡，喝掉了許多的溫水。溫水驗證著奇蹟的進程，小小的一杯，如果能分成兩次喝完，且無聲音嘶啞或嗆咳，那就是有所好轉。我相信一定會如此。每日幾次，我把媽媽摟在胸前，接過閔曉河遞來的茶杯，一點一點餵她喝水。水溫好像只有閔曉河能夠掌握，不涼也不燙，魔術一般，恰與媽媽舌尖的溫度相同，在口腔內緩緩洇開，浸潤著心和肺。媽媽的唇角微展，像是在笑。

我沒有問過閔曉河要去往何處，一個明媚的午後，他與我告了別，走出門去，不再回來。意料之外的是，我不太傷心，只是有些惋惜，畢竟他還沒學到我的咒語，而在未知的旅途裡，那總會派上一些用場的。籃球也沒帶走，留在了家裡，我把它塞進衣櫃的深處，我想，許多年後，等我快要忘掉的時候，它會自己跑出來，跟我打聲招呼，再對我說一句，還記得嗎？我們在海邊的傍晚見過一次面。

閔曉河走後，他的媽媽也不再來了。她很難過，像是失卻了某種資格，悄然退場，盼望過的事情在她眼前只是掠了一下，就又消失不見了。我心懷感激，卻無法為此多做點什麼。入院之前，我送了一些媽媽以前的衣物，她一邊疊著，一邊跟我說，該發生的總要發生。我沒回答，分不清她在勸我還是勸自己。過了一會兒，她又跟我說，我們相處得很好，是吧，這一段時間。我說，謝謝，我都記得的。她望向媽媽，嘆了口氣，說道，有時候想一想，挺對不住你的。我說，我不這樣想。她說，有那麼一天的話……沒等講完，我便打斷了她，說，我知道，知道的。她就什麼也不說了。後來，我自己一個人時，總在琢磨那沒講完的半句話，到底指的是哪一天呢？是在說媽媽，我，還是閔曉河？而那會不會是同一天呢？

我試過用手背和手腕去感受水溫，或自己喝下一小口，還買過一支專用的溫度計，可怎麼也配不出來合適的溫度。三十毫升的水，媽媽再也沒有分成兩次喝掉過，她努力地吸一口氣，想多喝幾滴，卻只是不停咳嗽著，咳得我害怕、發抖，不敢再餵。初秋時，媽媽住進了病房，她的呼吸很困難，也沒再坐起來過，有時候我想，也許閔曉河當時是為了安慰我，故意那麼做的。不過這個念頭一瞬間也就閃過去了，不太重要，他比我聰明，總是知道自己應該做些什麼，並且義無反顧。我很想念他，想念聽得到夢話的日子，也很自責，後悔沒有學會他的魔術。

有一天傍晚，小雨打過電話來，他的聲音很小，我有點聽不清楚，但不想就這麼掛掉。我望著窗外升起的夜晚，倚在一側，像在舞臺上念起了獨白，向著所有人訴說：醫生建議切開氣管，我有點猶豫，媽媽肯定不想，她很在乎自己的儀表，總是穿得乾乾淨淨，現在也一樣，我還給媽媽買了好幾件新衣服。我們換了個地方，這裡專門做病人的康復和看護，價格不高，條件也還不錯。媽媽瘦了一點，你再見到的話，估計認不出來了，但她會記得你，媽媽的記憶力一向很好，誰來看望過，她都知道的。她不希望有人來，不想讓別人見到她現在的樣子，還會在心裡朝自己發脾氣，其實沒什麼的，我覺得她還是很美，比我好看，媽媽不知道，我以前很嫉妒她的。對了，我結婚了，就在去年，沒擺酒席，過得還可以，我的丈夫不錯，家人對我也很好。他為人誠實，很勤快，也有力氣，媽媽加上輪椅，一個人就抬得起來。這段日子裡，他出了趟遠門，不知什麼時候回來，雖然不在身邊，每次遇上什麼事情，我也總會想，如果換成是他會怎麼做，他跟我說過的話不多，但每一句我都記得。最近我老是想起小時候的事情，以前也給你講過，每到暑假，媽媽下了班會帶我去海裡游泳，她不會游，就站在水裡，眼睛盯著我不放，生怕我游得太遠，我總愛跟她開個玩笑，從近處游走，或者扎入海中，消失一小會兒，媽媽很緊張，大聲喊著我的名字，急得快要哭出來，我不太能聽見，水裡很安靜，像是一個密封的罐子。媽媽並不知道，我靜靜游過了她的身邊，一次又一次，漫無目的，身心和睦。說完這些，我掛掉了電話，淚水滴在窗臺上，還好他看不到。

媽媽躺在床上不說話。換過藥後，我趴在她的腿上睡著了，作了一個綿延的長夢，淅淅瀝瀝，水氣遍佈，夢裡有一陣不息的小雨，還有一條蜿蜒而去的河流，小魚和小蝦在裡面游著，像是要去郊游。雨水落在我的臉上，也落入河流裡。空氣循環，河流緩行，在望不見的盡頭，它步入高空，棲息於雲層。我在這樣的夢裡醒不過來，覺得自己也是一滴雨，從空中降落，變幻的風吹得我搖搖晃晃，我反而很愜意，這時，一陣強烈的氣流從兩側竄了出來，形成夾擊，來不及躲避，我打了個冷顫，徹底清醒過來。屋內沒開燈，我揉揉眼睛，發現彭彭和丁滿正站在我的兩側，分別舉著一隻胳膊，彭彭緊閉雙目，還在來回晃蕩，丁滿停了下來，看著我不說話。幾夜之間，他們似乎都長高了不少，丁滿還是那麼瘦，彭彭看起來更壯實了。

我嚇了一大跳，問道，你們怎麼來了？丁滿說，他帶我來的。彭彭說，他帶我來的。我說，這是什麼情況？丁滿說，我早就發現妳了。彭彭說，我也早就發現妳了。我說，你們倆從哪兒冒出來的？丁滿說，我住在這裡，三樓。彭彭說，我在二樓。我說，你們為什麼也住這裡啊？丁滿沒有說話。彭彭說，我渴了，能不能買根兒雪糕再說。我說，不能。丁滿說，我也想吃。我說，那也不行，快點兒告訴我。彭彭說，他沒吃過雪糕，平時不讓。我聽著有點難過，想了一會兒，跟他們說，我去哪兒買呢？彭彭搶著說，這裡沒有，得去海邊。我說，可是我在照顧病人啊。丁滿說，那我們一起去。我望向床上的媽媽，她的眼睛眨了兩下。

夜裡很靜，推開房門，走廊無人經過，我趕緊轉回身來，小心翼翼地背起了媽媽，從側面的樓梯一步一步往下走，媽媽伏在後面，呼吸得很慢，溫熱的氣息吹過我的髮梢，我一口氣來到樓下，出了一身的汗。丁滿背著我的布包，坐在輪椅上，彭彭從後面推著他，裝作出去透氣，兩人大搖大擺地從電梯裡走了出來。我們在花壇邊上會合，向著海邊出發。

我們踩著黯淡的樹影向前行去，彭彭大聲唱著歌，丁滿堵住了耳朵，保持著一段橫向的距離，我推著媽媽跟在後面，見到什麼都覺得新鮮。這一路上，我們遇見了許多商販，有賣貝殼和海螺的，也有賣頭飾和玩具的，就是沒發現賣雪糕的。丁滿有點沮喪，彭彭說，沒準兒他還在沙灘上呢，我們過去看看。

海邊有人設了一個套圈遊戲，拉開一條細長的紅線，分割出兩個世界來，一邊是人，一邊是禮物。看著離得不遠，很少有人能套中，禮物旁邊放著一盞盞彩色的小燈，閃著幽幽的光芒，像是一朵朵燈籠水母，好看極了。我問他們，要不要碰碰運氣？丁滿搖了搖頭，彭彭沒說話。我跑去買了二十個裹著青皮的竹圈，分成兩份，塞在他們手上，彭彭將竹圈套在小臂上，肚皮貼住紅線，喊著口令，傾身向前扔去，不太有章法，只套中了一瓶礦泉水，不過已經很不錯了。丁滿全神貫注，思索半天，他總共扔了兩次，每次五個圈一起，輕輕拈開，形成半環，攢足了力氣，找準角度，朝著微弱的光芒奮勇拋去，第二次時，居然套中了一隻柔軟的白色獨角獸，呈俯臥狀，睫毛很長，眼睛閉著，正在熟睡，背上還長著一雙短短的翅膀。我們都很高興，歡呼起來，我想媽媽的心裡也一樣。丁滿很大度，把獨角獸放在了媽媽的懷裡。我擰開礦泉水，喝了一大口，擦了擦嘴，又遞給丁滿和彭彭，他們把水喝光，我們向著那道半月灣走去。丁滿說，他有預感，我們要找的東西，會在那裡出現。

路不太好走，輪椅推著也很吃力，我們三人幾乎是抬著過去的，累得直喘粗氣，媽媽也流了很多汗水，鬢角濕透，她像在抱緊那隻獨角獸，用盡力氣，絲毫不肯放鬆。我們把媽媽放在沙灘的邊緣，好讓海浪能夠撫到她的身體。

丁滿的預感果然很準，賣雪糕的人不知從哪兒鑽了出來，我掏錢買下了全部，他很高興，如釋重負，騎上車子便離開了。我從輪椅上取下布包，把裡面的東西掏空，平鋪在沙灘上，又把雪糕一一擺開，對丁滿說，你只能吃一根。他點了點頭。然後又跟彭彭說，你負責幫我監督。彭彭說，放心吧，剩下的都歸我。我拍了拍他們的肩膀，攥著那件剛翻出來的泳衣，走去礁石後面，天氣很好，沒有風，海洋靜止如鉛，我把泳衣換在身上，聽著浪聲，獨自坐了一會兒，海風的味道讓我想起了許多事情。

我登上了礁石的最高處，高喊一聲，揮了揮手，媽媽無動於衷，彭彭和丁滿仰起頭來，不明所以，我打了個悠長的口哨，展開雙臂，直直躍入海中。身體觸到水面的那一刻，我看見了遠處明暗的燈火，瞭望臺高聳，船楫不倦搬運，靜止或者遠行，一大團雲從海上升了起來，籠罩著未知的季節。我向前游去，游了很久，也沒有抬頭，浪潮不斷向我湧來，我聽見許多模糊的喊聲，準備再開一次小小的玩笑。海水很涼，我想，在很遠的地方，人們無法抵達之處，它會悄悄結成一塊冰，映著月亮，彷彿仍在彼此的懷抱裡，從未離開。

防鯊網沒有那麼嚴密，下面破了一個很大的洞，一隻鯊魚可能已經游了過來，此刻正潛伏於此，伺機而動。我卻一點也不害怕，因為還有兩道很小的影子，始終伴在我的身側，也許是兩條活潑的金魚，游過來又游過去，用尾巴撞著我的雙腿，用鰭撫過我的膝蓋；或是我夢見過的小雨與小河，在海的深處重新凝結，變得闊大、堅實，演化為一小塊漂浮的島嶼，將我托了起來，一起一伏，掀起美妙的浪花。岸上吹過來的風使我溫暖，我舒了口氣，忽然想到，自己也許就是那隻走失的鯊魚，心懷萬物，四處游蕩，一次次地沉沒，又一次次地躍起來。在空中時，我可以望見一條星星的鎖鏈，掠過夜晚，照亮塵埃，浮在銀河的邊緣；在水裡時，我看到了一匹會游泳的白色獨角獸。

氣象

年歲漸長，凡事偏執，總想去捕捉一些逝去之物，何止星辰，何止氣象，何止不存的山脈，在這世上，唯有無因的徒勞，動人肺腑。

一九八三年夏天，我從師範學校調到市文聯工作，頭一天上班就遲到了。原因是前一夜跟同事們喝了不少白酒[25]，算作送別。我的人緣尚可，比較熱心，工作業績也有一些，但心裡明白，自己不太適合當老師。每次上課無非是低頭唸稿，磕磕絆絆，生硬刻板，連那些玩笑和語氣詞都是提前寫好的。嘴不夠伶俐，思維跟不上去，學生們話題一轉，我就沒辦法接了，在講臺上掛著半天，一句話都說不出來。同時，我也很厭惡重複，所以授課內容會依據時事而略作變動，比如在一九八一年，我引用了一部分李澤厚的觀念，以巫、尹為例，談及物質和精神勞動的分裂與分離。有位女同學很聰明，立即就想到了薩滿，她是少數民族，性格熱情，相貌有點怪，額骨微向外凸，像是長了一隻角，當時她在課上還給我們唱過異族的謠曲，我讓她談談大致內容，她說也不確定，只聽人講過一次，說的是丈夫被徵召入伍，前往沙場，數年未歸，妻子萬分思念，日夜祈盼，怎麼也沒有消息，內心焦渴如一眼枯泉，於是服食了草藥，默唸祕法，附在了一隻黑褐色的海東青身上，大鳥振翅翱翔，向北而去，藉著它探針一般的雙眼，凌躍雲海，掃過蒼茫大地，最後在一棵樟樹旁尋得丈夫的遺體，她停在屍首邊上，徹夜悲號，泣血而亡。奇怪的是，我完全感受不到這個情緒，以為是在熱烈地慶祝，一次勝利、一片光明或者一場豐收。一九八二年，我得知消息，畢業後，這位女同學返鄉結婚，嫁給了一位從沒睡過覺的馴鷹師，其眼窩深陷，目光似炬，指若虬曲的枯藤，也是在同年，她用藥將丈夫毒死，押送法場時，天空忽然出現了一隻潔白的大鷹，臂展如雲，俯衝直落，啄瞎了她的眼睛，僅餘兩個淌著血的黑窟窿，深不見底，判官一般地巡視眾人，她一聲也沒叫過，彷彿之前已經死去很久。聽聞此事時，我剛給學生上過課，談及一篇最近讀到的小說初稿（業餘時間我在一份本地的文學刊物兼任編輯），近似歌謠，頗具生機，故事發生在極北之地，有螞蚱、米湯、星星和晚霞，說是童話更為恰當，敘述口吻也像小女孩的囈語，每一句都輕盈、剔透，閃著淡淡的銀光。不單如此，小說裡還蘊藏著一種奇異的物質，可見亦可感，我讀過後，有時覺得冷，牙齒直打顫，有時又覺得熱，坐立難安，我一直沒想明白到底是怎麼回事。它像是一臺鬧鐘，在深夜裡準時響起，鈴音緊迫催促，我不得不醒來，讀了一遍又一遍，披上被子又放下來，喝掉大量的水，出汗不止，直至天明，精力竭盡，形同生過一場大病。它從不捕捉我，也不誘惑我，只是佇立於此，如黎明時飛來的一隻灰鴿，落在窗臺上，發出一聲聲莊嚴而溫柔的哀嘆。得知女學生的消息後，鴿子便飛走了，再也沒有回來過。那段時間裡，我內心焦灼，反思著是否自己也有責任，坦白來說，我收到過兩次她的信件，夾雜在一堆投稿裡，並不出眾。一次是幾首詩歌，寫得很潦草，字跡難認，立意也不算新穎；第二次是篇很短的散文，

25 指蒸餾酒，例如白乾、高粱酒等。

幾百個字，筆鋒變得蒼勁起來，規整而有力，我懷疑並非出自她手，掃過一眼就丟掉了。具體的內容記不清楚，但在這兩封信裡，隱約提過同一個詞語：氣象。我對這兩個字比較敏感，因為從前讀書時算是一個氣象愛好者，對於冷熱鋒、氣壓帶以及移動的雲團均十分癡迷，還能背誦蒲福風力等級表。遺憾的是，她的信我都沒有回覆過，雖非必須，倘若在艱難的時刻能給予一些支撐，總歸會有點用處吧。我懷著這種難以言明的愧疚，接連請了半個多月的病假，事實上，我當時很想把她記錄下來，變作一首詩或一篇文章，以示懷念，但怎麼寫都不太合適，我理不清自己與她到底是一種什麼樣的關係，或者往大了說，人和詞語到底是一種什麼關係，似懸在空崖，蹈於虛岸，既不可前進，也無法後退；寫下來就是專斷、冒犯與責難，不寫的話則是隱瞞、背棄和欺騙，完全不知如何是好。與此同時，我也感覺得到，那隻灰鴿一直棲在高處，凝望著我，等待召喚。

說來不可思議，第一天上班遲到後，接下來的幾年裡，我沒有一天準時到過單位，領導對此意見不小，我也很困擾。平時睡得晚，早起有一定難度，以及，有那麼幾次，我出門也不算遲，卻總會遇上不可預知的突發情況，從而延緩了我的步伐。有一次喝多了酒，凌晨時從飯店裡出來，夜霧很濃，能見度不高，我想，回家睡覺有點來不及，不如直接去單位，先沖個澡，然後開始工作，校稿送審，爭取提早下廠。途經江邊時，我發現三個年輕人並排站立，互不說話，大霧層層遮蔽，三人時隱時現。我望過去一眼，也沒太在意，繼續前行，剛走兩步，聽見身後傳來咚咚兩記悶響，像是重拳打在沙袋上，我立馬回身，想也沒想，將第三個人死死抱住。抱了一會兒，才發現這是個女的，個子不高，腰肢柔軟，長得相當清秀。我對她說，我不知道這是什麼情況，但妳絕對不能往裡跳。她說，誰啊你是，放開，聽見沒有，快點兒，把我鬆開。我說，不行，天亮了再說。她說，鬆開啊，我是冬泳隊的，正要練習呢。我說，少他媽扯淡，江面都凍冰了，結結實實，鑿都鑿不開。她說，犯得上嗎你，怎麼這麼愛管閑事兒。我說，妳犯得上嗎？她就不說話了，也不掙扎，過了一會兒，躲進我的懷裡哭了起來。還有一次，我在單位裡加班到很晚，餓得胃疼，準備去吃口飯，剛出大門，一個男人抬手攔住了我的去路，正值春夏之際，他穿得很厚，蓬頭垢面，像是一位流浪的拾荒者，看不出年齡，我以為他想管我要錢，下意識地摸了摸口袋，他反而退後一步，小心問道：帶著刀呢？我說，沒，你找誰？他說，找你。我說，抱歉，我們認識？他說，你想一想。我說，想不起來。他說，再想一想。我說，找我有事兒？他說，咱倆之間有筆帳。我說，我跟誰都沒帳。他說，你好好想想。我說，我這個人最討厭被盯著想事情。他說，你以前不是幹這個的，你瞎了狗眼。我說，你再罵一句？他說，你在請求我？我說，讓開，我要去吃飯。他說，大鳥在天上飛呢。我說，什麼？他說，大鳥在天上飛。我說，你讓開。他說，你記好了。我說，我記什麼？他說，回來時走一遍盲道，當自己是瞎了眼的。我說，不然呢？他說，我就剜掉你的眼睛。我說，操你媽的，有能耐你現在就動手。他說，記住我的話。說著，他拱了拱手，後撤幾步，消失在黑暗裡。我沒多想，找了附近的一家砂鍋店，吃飽喝足，覺得渾身很有力氣，出來之後，一陣涼風打透了我的襯衫，我忽然記起那人的話，低頭望向路面，確有一條剛鋪好的盲道，當時尚未全國推行，只在部分街道有所實施。我看著這條新路，如在兩塊磚之間畫了一道平行線，通去深邃的未知之處。於是，我閉起眼睛，踩著盲道，完全依憑感覺，一點一點挪步前行，那些凸起與斷裂的部分讓我想到電影裡的摩斯密碼，長短不一，滴答作響，像是要訴說些什麼，而唯有破譯了這些情報，我才能夠重獲光明。這一路上，我走得很小心，不斷想像著符碼與字母的組合，一步又一步，在我的意識裡，它們逐漸變成了字，然後是詞語，又組成句子，分列幾行，遙遙在望。我就這樣緩緩走去，任其引領，再次睜眼時，已是上午九點，陽光毒辣，周圍空蕩，我也不知自己身在何處。

這樣的經歷為我帶來了一些意料之外的收穫。江邊的女孩成為我的妻子，結婚之前，我鼓起勇氣，問她為何想要跳江自盡，聽完我的話，她很困惑，對我說道，那天根本沒有三個人，僅她自己，而她真的是想去游泳，被我一下子抱住，又聞到了很濃的酒味，反而害怕了，有點想跳。我十分不解，後來幾天的報紙上也沒出現過類似的新聞，實在想不通，索性作罷。其次，在盲道上行走的經歷被我寫成了一首詩，連同另外幾首，發表在一個不太重要的刊物上，沒曾想，外界評價很高，被多次轉載，還拿了兩個獎項。編輯部收到了各地殘障人士寄來的信件，紛紛致以謝意，感恩我對這個弱勢群體的關懷，這也令我不得不一次次違背心意地宣誓：盲道不盲；眼盲心亮；盲道上行著的是明確的靈魂。每次發言過後，我都很疲憊，也很恐懼，彷彿有一隻大鳥在天上看著我，隨時會啄穿我的謊言，而我的那隻灰鴿絕不是牠的對手。

我決定不再寫詩，專心辦刊物，半年後，主編病退，領導找我談話，說社內青黃不接，雜誌不景氣，希望我可以扛起重任。我說，時代變了，如果我接手過來，肯定要進行適當改革，使其面向市場。領導說，具體措施再議，但有兩個要求：第一，不能違法亂紀，小心吃不了兜著走，第二，為了避免牽連到我們，最好自己承包下來，從今往後，自主經營，廣闊天地，大有可為啊。我想了一個晚上，有了點思路，次日答應了下來，著手進行調整。我將原來的刊物分為兩個版本，上半月刊發小說、詩歌與相關評論，下半月辦成通俗雜誌，蒐集一些聳人聽聞的社會案件，寫得盡量簡明好看，結尾處為世人敲響警鐘。三個月過後，通俗版每期能發掉十幾萬冊，這樣一來，雜誌的經濟條件寬裕不少，我也有了一些別的想法。

當時全國的知名雜誌定期都要舉辦筆會，選個風景不錯的地方，集聚十幾二十位作者，從各地趕來，白天開會修改稿子，提些建議，交流心得，晚上喝酒閒談，增進彼此感情。我參加過幾次，認識了不少人，覺得很有意義，於是想藉著雜誌的名義辦一次詩歌活動，順道請些朋友來玩，日後也方便約稿。不過雜誌社的人手不多，還需定期出刊，若要組織這麼大規模的筆會，三五個人怕是忙不過來，於是我想到了兩位省內作者，或許可以過來協助。在此之前，我只編發過他們的作品，沒見過面，不知是什麼樣的人，就先給他們去了封信，以談詩為名，訂好日期，請他們帶著新作前來一聚，如果交流順暢，溝通無礙，二人行事又相對穩重，我就跟他們談談接下來的活動安排，並作為刊物的重要作者向外推薦。

約定當日，我特意跟朋友借了輛車，早飯也沒吃，起床後直奔車站，司機叫小韓，年齡與我相近，退伍兵出身，講話風趣，大概見我有點暈車，想幫我轉移注意力，他一直說個不停，講了不少部隊裡的事情。沒想到的是，小韓還在越南待過一段時間，不過也沒打仗，只在某處駐守，等待軍令調遣，當地風景不錯，依山傍海，局勢不穩定，大家也沒什麼心情賞景，每天過得提心吊膽。上面的人說了，那些越南兵就跟猴子一樣，在山區是山猴子，在水裡是水猴子，神出鬼沒，擅長游擊戰，很難應付。我抵著腦袋聆聽，小韓一邊開車，一邊說道：我們十幾個人住在一座破廟裡，正中央是一座講壇，兩條獅頭長龍環繞其上；屋頂掛著一副外國人的畫像，不知是誰，細長臉，兩撇小鬍子，頭髮很長；左右兩側，一邊是如來佛祖，盤膝而坐，另一邊也是個聖人，鬍鬚稀疏，向下垂著，仿若迎風而動。有天半夜，我起床去撒尿，外面霧氣很大，一片混沌，視線不清，尿完之後，總覺得有什麼東西在遠處晃動，沒敢大意，連忙跑回來叫醒了同伴。我們持槍出去，發現有一支隊伍正從海上登陸，漂浮在岸，穿著淡色軍裝，頂著鋼盔，分不清是哪個國家的，低頭向著我們走過來，行動艱難，像在抵抗一場巨大的風暴。距離幾百米時，我們開始喊話，對方無人應答，也沒停止步伐，不過走得依舊很慢，彷彿每邁一步都得思忖片刻，如同前來朝聖的僧侶。我們很慌張，搞不清狀況，忽然間，不知是誰開了一槍，接下來我們全部扣動了扳機，一槍又一槍，響聲連成一片，沒兩分鐘，對方紛紛倒了下來。我們不敢輕舉妄動，伏在地上，精神緊張，因為不知道還有多少人。天空下起一陣帶著腥味的雨來，濃霧漸被澆散，雨水落在我們的眼睛裡，十分難受，被硫酸燒了似的，完全睜不開，不斷地淌著眼淚。援軍趕到時，雨也停了，我們過去查看情況，發現海灘上只躺著十幾件空空蕩蕩的衣服，一具屍體也沒有，衣服上帶著彈孔，周圍有淺黑色的血跡，應是被海水浸泡多年，散發著鹽鹵的味道，袖管則被風吹得揚了起來，像在揮手示意。我們覺得奇怪，也沒來得及多想，因為當天接到指令，要求迅速撤離此處，趕去另一座城市，出發前，我悄悄回到海灘，揣了一件衣服回來，打在行李裡，始終留在身邊，帶回了國內。這些年裡，我拿出來過幾次，給我的朋友看，來龍去脈講了一遍，他們研究半天，跟我說道，衣服不是越南軍隊的，應該來自南朝鮮的白馬師，不過也不是七十年代這一批，可能是五十年代的。我就更糊塗了，怎麼也想不明白，你是做雜誌的，肯定有文化，看過不少書，你說說，究竟是怎麼回事呢？聽到這裡，我哇地一口吐在車上，全是隔夜的食物，我不常坐車，這次暈得實在厲害，狀況狼狽，小韓把車停在路邊，扶著我下來緩了一會兒。我漱了漱口，點上根菸，還是有點噁心，不知怎麼回答。剛才小韓講述的時候，我腦子裡一直迴盪著孫泱的那幾句詩，像是在為之做註解：到處是面孔，到處是護法神，到處是黑黢黢的一片，到處是白馬，生於一九三〇年。

孫泱的車上午十點抵達，晚了一個小時，接到她後，我們打過招呼，便坐在車站的休息室內等待陳珂，他的車差不多在下午一點。我問孫泱在何處工作，她提了一個學校名字，說在那邊當語文老師，我說，同行啊，我以前也是老師。她點了點頭，沒再講話。孫泱戴著一副墨鏡，辨不清眉眼，嘴有些前突，像是對什麼有所不滿。我說想看一看她的新作，她從公文包裡掏出了一卷稿紙，摩挲著舒展開來，恭恭敬敬地遞在我的手裡。孫泱的字寫得很小，不太好分辨，我埋頭連讀三首，完全移不開目光，被什麼東西所深深攫住。她的詩裡沒有過分誇張的音調，隱喻化與抒情性也退居其次，那些詞語的運轉方式無比奇特，帶著一種莫名的莊重與高昂，如同律令與判決，有著不可撼動的席捲之力。我翻至末頁，讀到了一首名為〈氣象學〉的詩，開頭幾句是：不可再議大地的法：新識叢叢如林！板塊魔方勻速周轉，高雲堆積，空懸著一種森羅萬象。讀到此處，有人從後面拍了拍我的肩膀。我嚇了一哆嗦，扭過頭去，一位戴著黑框眼鏡的男性笑瞇瞇地伸出手來，對暗號似的，開始背誦詩句：啟明星倒映著黑河，鍍亮了夜鷹的長眠；在傳說裡我採掘著神聖，逃亡者的烏雲掠過頭頂。朋友你好，我是陳珂，地質勘探員，偶爾寫一些詩，今天臨時換了一趟車，提前到了。

孫泱與陳珂在招待所裡稍作休息，下午五點左右，小韓把他們帶來我家，還拿了兩瓶不錯的白酒，說是送給我們喝，我留他一起吃飯。妻子不在家，特意為我們倒出地方，晚餐很豐盛，我燒了好幾道菜，雞鴨魚蝦，應有盡有，接待規格很高。孫泱不喝酒，只飲開水，也不怎麼吃東西，每道菜夾過兩次，便將筷子擱在碗邊，安靜地聽我們講話，從始至終，她的墨鏡也沒摘下來過。陳珂說自己的酒量不好，的確如此，幾杯落肚，脖頸處紅了一大片，他不停地抓來抓去，好像有點過敏。小韓很活躍，興致高昂，毫不見外，自斟自飲，喝了有一斤往上，我也喝了不少，情緒不錯，彼此交流過經歷與境況，初見時的陌生感漸漸消退。陳珂說，自己常年在野外，孤身一人，工作艱苦，只有詩歌作伴，對他而言，那就相當於垂危之人的氧氣瓶。孫泱說，比喻失敗了。陳珂說，什麼？孫泱說，詩歌不是氧氣，而是雜質，是無用之物，氧氣之外剩餘的部分。陳珂說，這個說法有意思，我沒這樣想過。孫泱說，詩歌也不用想。陳珂說，不想怎麼去寫呢？我打了個圓場，說道，有的詩人就是這樣，傾聽內心的聲音，筆尖在紙上流淌，自然構成了一首詩。小韓說，來，我們再喝一杯，李白鬥酒詩百篇，我祝福你們。陳珂說，未經思考過的詩句，我很難認可，那些詞語像是埋在地下的寶藏，必須徒手挖掘，才能使其重見天日。孫泱說，比喻又失敗了。陳珂說，為什麼？孫泱說，並無道理可言啊。我一下子想起了什麼，連忙翻出稿子，盯著孫泱的那首新詩，朗讀起來：鋒面氣旋一帶而過，真正的戰役發生於大洋底部銅鏡的反像：此處雷暴交疊，雨雪暈眩，並無道理可言。我對孫泱說，你的每句話都有出處啊。孫泱沒回答。陳珂聽後，眉頭鎖緊，問孫泱說，這幾句詩我沒太聽懂，可否進一步加以解釋？孫泱攤開手來，說道，很抱歉，我也說不清楚。陳珂說，那些句子是怎麼出現的呢？孫泱說，我從過去和未來裡偷回來的。聽見這句，我起初覺得驚訝，後來再一想，好像也合理，全部的詩都可以這麼解釋，無非回望與預言，夢囈與讖語，也即底部銅鏡的反像。想到這裡，我舉杯喝了一大口，這時，小韓點上支菸，慢悠悠地說道，有件事情，我一直沒弄明白，今天機緣巧合，在這裡想請教一下諸位。

小韓把上午跟我說過的經歷又講述一遍，我聽得不太仔細，說到一半時，酒精便如急行軍一般，忽至頭頂，佔據了高地，我坐在椅子上，半閉著眼，打不起精神來。講完之後，我聽見陳珂問他，事情發生於哪一年，你原本在何處服役。還沒等回答，孫泱說道，折騰了一天，很累，想回去休息。陳珂說，好，那我們走吧。我用僅有的力氣起身相送，竭力不使自己跌倒，腦子裡的最後一幕是與他們三人揮手作別，接著就什麼都不知道了。第二天醒過來時，我發現自己不在家裡，室內的裝飾極為陌生，外面嘈雜，似有人來往，想了一會兒，才明白這是招待所。我燒了一壺熱水，連喝幾杯，精神緩過來一點，洗漱過後，發現床頭櫃上放著一張紙條，上面寫著：小韓約我們去江邊游賞，感謝盛情款待，務必好好休息，我們一切安好，無需掛念，中午回來見。落款為陳珂。

等到下午一點多，三人才出現在我的房間裡，不難看出，他們這一趟玩得不錯，互相說著笑話，感覺相當熟悉，我反倒是成了外人。我們去食堂簡單吃了點東西，之後小韓告別，我把孫泱和陳珂帶回了辦公室，準備談談這一批詩歌的具體問題。陳珂有些家學，自幼熟讀古書，而後研讀地理專業，使其形成一套獨有的理論，他認為隱喻與轉喻之間存在著一個坐標系，呈現為一種函數關係，橫軸是替換與共時，豎軸是構造與歷時，相應語值所指示出來的未必是射線或折線，可能是一條或幾條拋物線，交雜互映，需要不斷地計算焦點，從而形成詩歌內部的張力形態，陳珂說，他的詩就是這樣精密推演出來的。我覺得他的理論比其作品更富於詩意，在新作裡，我很難感受得到那些嘗試，諸如：這些年裡，我們離開又住了下來。沒有鳥。這些年裡，我們停下又不得不走。沒有路。這些年裡，我們活著也正在死。沒有對，也沒有錯。這些年裡，我們一雪前恥。再也沒有詩歌。大地遍佈古河，天空是一隻瞎了的眼，罩著松樹的睫毛，吹散我們的馬車。

我覺得這首詩未能脫離平白的抒情格律，主語指代不明，詞句行動渙散，我對陳珂說，詩歌無法徹底懸空，你的理論很有趣，可作為某種圖示來展現，但同時也應注重你的生活經驗，比如那些行走和探索，伸手可觸的地理與星宿，並將其溶解在你的作品裡，使之更為神祕、壯闊、肅穆。孫泱不太認同我的觀點，她說自己被打動了，而且完全是生理性的，一些游移的聲韻在此得到了無比確切的位置，有人的詩屬白天，有人的詩屬夜晚，陳珂的詩彷彿屬於一切宿命的時間。我不知道說什麼為好，只一個上午，她已與陳珂結成某種同盟，從而放棄了自身的審美立場，這是我不願意見到的。我們三人同時陷入了沉默，幸好收發室的人前來解圍，說樓下有一個我的電話，出來後，我一直想著要如何擺脫這種局面，從何處再次切近，以使我們的討論更為精準、有效。我接起電話，朋友的聲音出現在聽筒裡，打過招呼後，他問我這幾天不需要用車了嗎？我說，什麼？他說，我安排了司機昨天過去，說是沒接到你們。我說，小韓來了啊。他說，誰是小韓？我讓老賀去的。我說，一個退伍軍人，在越南打過仗。他說，我們單位沒這個人啊，是不是搞錯了？我說，應該不會吧，昨天他還在我家吃的飯。他說，不是我派去的，也沒關係，安全接到就行，用車再聯繫我。我說，好，好。掛掉電話後，我出了一身冷汗，大腦一片空白，不知怎麼回到辦公室。

沒過多久，孫泱說想要休息，便告辭離開了。我跟陳珂坐著喝了半天茶，他說了不少亂七八糟的事情，包括詩歌的靈、屈原的巫術、古書裡的律法等，我的心思很亂，沒怎麼聽進去。五點剛過，我提議去招待所喊上孫泱一起吃飯，陳珂擺了擺手，故作神祕地說道，打個賭吧，孫泱肯定不在。我說，她不是說回去了？陳珂說，這你也信。我說，那她去哪兒了？陳珂說，小韓家裡，他們定好了，她要去看一看那件帶著彈孔的軍裝。我預感不妙，思來想去，還是跟陳珂講明瞭情況，告訴他說，昨天早上，我出門看見樓下停著一輛吉普車，以為是來接我們的，上車也沒怎麼聊，當日一切正常，你也在場，剛才朋友打來電話，我才知道並非如此，那輛車不是他派來的，至於小韓到底是誰，我現在也搞不清楚。陳珂吸了口氣，說道，這事兒有點蹊蹺了。

孫泱消失了兩天，我沒有報警，究其原因，一方面是出於私心，不想被捲入一些不必要的麻煩裡；另一方面，也覺得根本無事發生，或未必走向最壞的結果。我有很多種猜測，可能這幾天談得很投機，一起去了外地旅行，或者孫泱也沒去找小韓，而是臨時有事回家了，來不及告知。不過這些都無法解決我真正的疑慮。陳珂比我年長兩歲，一直安慰著我，但也能感覺得到，他的擔憂不比我少。我們一同去過幾次江邊，重溫他們那天上午的行動路線，試著追索一些蛛絲馬跡，自然是一無所獲，我也想不出來任何能聯繫到小韓的辦法，車牌號碼沒記住，只知道是輛深綠色的吉普，車門上印著一顆模糊的紅色五星。

我們坐在江岸的臺階上，一支接著一支地抽菸，水紋波蕩，暗光躍動，陰沉的天空映在其中，我想到陳珂的那句詩，天空是一隻瞎了的眼，覺得無比確切，而我們的馬車已被吹散了。我把這個想法跟他講了出來，陳珂一拍大腿，叫道，我想起來了。我說，什麼？他說，記得我們那天喝酒時孫泱說過的話嗎？我說，你的比喻很失敗？陳珂說，不是這個，她說，她的句子是從過去和未來裡偷來的。我說，有點印象，所以呢。陳珂說，把她的詩歌拿出來，我們讀一讀，也許有點線索。我趕緊把孫泱的詩稿從包裡掏了出來，一字不落地逐句細讀，不算好懂，沒看出什麼暗示，直至那首〈氣象學〉，當日讀過的那句後面，還有另外幾行：誰為劫持提供著峭壁與花名，誰的瞳孔就遲早渙散，目力塌陷，埋伏於中下游平原。陳珂看了半天，指著題目問道，附近是否有與此相關的地點？我想了想，說道，有一個觀測站，在城外不遠，沿著江水下行，我跟朋友去過幾次，義務勞動，那邊的雨量筒還是我幫著清洗的。陳珂說，我們去碰碰運氣。

觀測站規模不大，設施簡陋，無精打采地立在江中，採集著降雨量、蒸發量、風況、流速等水文資訊，無人值守，我們躍過護欄，正反環繞，搜檢一周，沒什麼特別的發現。服務室在前面約三百米處，我與陳珂跟那位年老的氣象員聊了幾句，沒想到他還記得我，大概許久沒跟人接觸過，他表現得十分熱情，端來了一盤不太新鮮的水果，始終講個不停。我趁機問他附近是否有人居住，他說現在沒了，後山上以前有幾列破舊的營房，偶爾一些士兵駐紮在此，不過搬得差不多了，很久沒再見過。我向著陳珂使了個眼色，與氣象員匆匆告別，向著後山走去。

一座長長的泥製水池擋在營房外，分成數節，早先應是飲馬所用，後經改造，連通了水路。槽架鬆散搖晃，被侵蝕得很厲害，鐵管暴露在外，滲出水珠，持續向下滴著，三隻灰鴿盤踞在營地的深處，朝著我們看了一眼，也沒飛走，低頭啄著地上的一大灘水。那輛深綠色的吉普車停在水池邊上。我們平復了一下情緒，推開半敞的中門，抬腳邁入室內，海水的腥味撲面襲來。

小韓坐在椅子上修剪指甲，穿著一件舊得發白的軍裝，胸前兩個明顯的星型破洞，露出泛暗的皮膚。孫泱躺在旁邊的板床上，雙目緊閉，身上覆著一張滿是汗漬的棉被，臉色如死灰，不知是死是活。我克制住升起的眩暈感，問道，小韓，什麼情況。小韓將食指比在唇邊，小聲說道，睡著呢，別吵。我說，孫泱怎麼了？小韓說，折騰了兩天，累得不行，讓她歇一會兒。陳珂向前走了兩步，說道，我們把她帶回去休息吧。小韓說，你帶不走，她不跟你走。我說，什麼意思？小韓說，她不想跟你們走，想跟我在這兒待著。我說，她自己說的？小韓說，沒這麼說，不代表不是這麼想的，我的事情她都懂，她心裡的話我也聽得見。陳珂說，不開玩笑了，現在一切還來得及。小韓說，你們有點緊張，沒必要啊。我說，那你到底是誰？小韓說，你這麼一問，我也有點兒糊塗了。陳珂遞去一支菸，對他說，我們來了，肯定不能就這麼走，你說是吧？小韓說，她很累，我們這兩天只是說說話，好幾年了，我每天就想找人說說話。我說，我們把她帶回去，今天這事兒，就當沒發生過。小韓沒講話。陳珂說，你愛上孫泱了？孫泱愛上你了？小韓說，沒有，不過你很有想像力，不愧是寫詩的，我就覺得她挺可憐的，她覺著我也是。我說，可憐？小韓說，對，她第一眼看見我，就知道我是誰，但她也不說，反正你要是按著別人的腦袋才能上岸，你也可憐。我說，沒太聽懂。陳珂說，小韓，想說點什麼的話，我可以陪你說一說。小韓說，不說了，我想睡一會兒，有菸有茶，你們自便吧。

說著，小韓脫了鞋子，上床鑽進被子裡，與孫泱挨在一起，闔上了眼，我們有點不知所措。沒過幾秒，他又睜開眼來，抬著脖子問道：你們冷不？我說，不冷，現在是夏天啊。他說，我怎麼這麼冷呢，跟在冰裡游泳似的。我說，你發燒了？他說，應該沒，你看我的頭熱不熱。我沒敢動，陳珂走向前去，用手背拂過小韓的額頭，望著我，面無表情，忽然間反過手來，用力將小韓的脖子卡死，從床上把他硬往下拖，我也撲了過去，纏住他的胳膊，小韓就跟一具屍體似的，壓根沒有反抗。我們把他拽到水池旁邊，只覺得重，累得上不來氣。小韓趴在地上，臉色青紫，昏了過去，一動也不動。陳珂擒住他的手臂，我跑回屋內，見到孫泱忽地從床上坐了起來，兩眼迷離，好像不知道發生了什麼，一束青光照在她的身上。她看了看我，口中唸道，三十年幻覺超載，三十年來我睡在凍土層，三十年話語引領著列車，三十年栩栩如生，三十年來我以為那是河流，而筆直之路正在離岸。說完，便又倒了下去。我背上孫泱向屋外走，還沒到門口，便看見那輛吉普車發動了起來，引擎爆破，如失掉心臟的鷹隼，只認得一個方向。那輛車在原地打了個轉，加足馬力，迅猛直衝，呼嘯著奔向江岸，無可阻攔。一聲巨響過後，吉普車與觀測站共同墜入水中，濺起了一陣灼熱的小雨，煙塵上浮，巨獸沉沒，只餘一件空蕩的衣服躺在地上。我拾了起來，舉在面前，忽覺寒冷無比，內心一陣陣抽搐，好像有誰在我的心臟上開了一槍，洞穿光亮，驚飛夜鳥。

上游水庫洩洪，搜尋工作一再延後，尋到屍體時，已經過去了好幾天，並且僅有一具，腐敗嚴重，不成人樣，沒有確切的結果公佈。我託人問過，據說屍體既不是小韓的，也不是陳珂的，二人如雨滴一般湮滅在水裡。我一直想去探尋陳珂從前的足跡，依據著曾經的通信地址，不知為何，總覺得他並未徹底離去，在那裡，似乎存在著某些事物與之緊密相連，也許是牧草，落葉，殷紅的峽谷，液態的思想，抖開散落的心靈，或一行未完成的詩句。可就像我無法按時上班一樣，始終不能奔赴彼處，總被一些意外的事情所耽擱。一九八七年初，我放棄了這個念頭，原因之一是孫泱的病逝，這對我造成了致命性的打擊，整日茶飯不思，精神恍惚，更重要的一點，從孫泱最後寄來的幾首詩裡，我得知我的妻子欺騙了我。與她初遇那日，確有三人同在江邊，兩個男性是她的好友，相識數年，深愛著她，激烈且痛苦，她不知如何取捨，那縱身一跳近似一場瘋狂的角鬥，必須準確躍入捕魚的冰洞，深吸長氣，潛在冰層之下，游至對岸，而活下來的那人便是小韓。我被這件事情折磨得快要瘋掉，難以平息，痛苦地想要離她而去，她一再哀求，懇請我的原諒，我不置可否。此時，我剛好有一個機會可調至省作協，於是想也沒想，將刊物轉了手，換個城市獨自生活，還是老本行，在雜誌社裡做編輯。一幹就是三十年，從助理到主編，其中的苦辣心酸，不足為人道，這些年裡，我忘掉了很多事情，逐漸尋獲自身的價值，取得了一些成績，也發掘了一批較有潛力的作者。二〇一八年，我的一位軍旅作家朋友推薦過來一篇小說，作者很年輕，名字沒有見過，小說叫做〈山脈〉，形式上有一些創新，不過也算不得突破，未能逃脫先鋒文學的另一重束縛。〈山脈〉分成五個章節，各行其是，以不同角度探討一篇消失了的小說將要如何持存，前面兩節寫得支離破碎，不明所以，我讀得很睏倦，到了第三節時，忽然清醒過來，這節由幾篇日記組成，敘述了作者本人與勘察員C的一段密切交往經歷，故事細節、人物面貌與說話方式使我認定這個C就是我當年的朋友，在此節末尾，他寫到了一場無可挽回的死亡，前仆後繼，新舊交替，生者持續步入夢魘。我抑制住內心的激動與悲痛，問朋友要來了這位年輕作者的郵箱，給他發去信件：您好，小說讀畢，很有想法，語言似可更精細一些，不知是否為終稿，有無修改意圖。沒有回覆。過了兩天，我又發了一封：您好，不知是否收到上一封信，小說擬留用，勿投他處，請留下相關資訊，以便支付稿酬、寄去樣刊。次日，我收到他的回信，總共三行，分別是姓名、銀行卡號和通訊地址，除此之外，什麼也沒有。我立即發去郵件：感謝支持，期待再次供稿，小說本身沒什麼問題，不過我有一私事不明，第三節中所提到的勘察員C，無論是職業、樣貌、品性，抑或舉止言談，與我一位失聯多年的老友極為接近，許久未見，我很想念他，離別之情，今猶耿耿，所以冒昧向您求問，這個角色是否存有原型，於何處得見，言辭混亂唐突，還請勿怪。沒有回覆。隔了三天，我又發去一封：按我推測，小說裡的部分詩句為C所作，墓穴圖也是他所繪製，與大熊星座映襯互念，這是我在三十年前給過的建議，而C的原名應是陳珂，苦居多年，熱愛或曾經熱愛過詩歌，你提到的烏雲、山泉、火光與樹，均是在其作品裡反覆出現的意象，不算新穎，卻絕對真摯，據我所知，他沒有女兒，只有一個兒子，所以很想知道，您與陳珂究竟是什麼關係？敢請便示一二，隻言片語亦可。沒有回覆。第三天，我徹夜未眠，望著空白的頁面，繼續寫道：打字不便，亦可與我通話，隨時恭候，盼複。換了一行，再寫：年歲漸長，凡事偏執，總想去捕捉一些逝去之物，何止星辰，何止氣象，何止不存的山脈，在這世上，唯有無因的徒勞，動人肺腑。我在底部留下了自己的電話號碼。沒有回覆。十天後，刊物印訖，我揣上兩本嶄新的雜誌，從電腦裡抄來一個地址，出門踏上了北行的列車。

文學森林LF0195

緩步

作者
班宇
一九八六年生，小說家，瀋陽人。
曾用筆名坦克手貝吉塔。
已出版小說作品有《冬泳》、《逍遙遊》、《緩步》等。

封面設計 朱疋
內頁排版 立全排版
責任編輯 陳彥廷
版權負責 李家騏
行銷企劃 黃蕾玲、陳彥廷
主　編 詹修蘋
副總編輯 梁心愉

初版一刷 二〇二四年十二月二十三日
定價 新台幣三八〇元

ThinKingDom 新経典文化
發行人 葉美瑤
出版 新經典圖文傳播有限公司
地址 臺北市中正區重慶南路一段五七號十一樓之四
電話 886-2-2331-1830　傳真 886-2-2331-1831
讀者服務信箱 thinkingdomtw@gmail.com
臉書專頁 http://www.facebook.com/thinkingdom/

總經銷 高寶書版集團
地址 臺北市內湖區洲子街八八號三樓
電話 886-2-2799-2788　傳真 886-2-2799-0909
海外總經銷 時報文化出版企業股份有限公司
地址 桃園市龜山區萬壽路二段三五一號
電話 886-2-2306-6842　傳真 886-2-2304-9301

緩步 / 班宇著. -- 初版. -- 臺北市 : 新經典圖文傳播有限公司, 2024.12
312面 ; 14.8 x 21公分. -- (文學森林 ; LF0195)

ISBN 978-626-7421-57-4(平裝)

857.63　113018645